Nachhaltigkeit liegt uns am Herzen.

Hergestellt in Deutschland
Gedruckt auf FSC®-Papier
Lösungsmittelfreier Klebstoff
Drucklack auf Wasserbasis

Natürlich

magellan

Martin Dolejš

Im Land der weißen Schokolade

magellan

Porzellanpalast

Das waren die letzten Stunden unserer Flucht. Unser kleiner knallroter Fiat 600 dröhnte über die Autobahn. Die Sonne schien, der Himmel war hellblau und am Horizont flimmerte die Luft. Als würde dort die Welt aufhören.

Ich war mit jedem Meter aufgeregter.

»Das ist sie!«, sagte mein Vater.

»Die letzte Raststätte vor der Grenze«, fügte Mama hinzu.

Ich schwieg und schaute mich angespannt um, während mein Vater in die Raststätte einbog: keine Polizisten, keine Grenzbeamten, keine verdächtigen Gestalten, die uns verhaften könnten. Die Leute streckten sich, aßen belegte Brote, rauchten, alles wirkte ungefährlich. Und sehr sauber.

Während mein Vater einen Parkplatz suchte, studierte ich die bunten Werbeposter mit westlichen Produkten. Lächelnde Kinder mit Schokolade, eine braun gebrannte Frau unter dicken Regentropfen und mit einem Duschgel in der Hand, Cowboys am Lagerfeuer, die lässig Zigaretten rauchten. Nichts davon gab es bei uns in der Tschechoslowakei.

»So!«, seufzte mein Vater, als er eingeparkt hatte.

Meine Eltern blieben sitzen, als müssten sie sich sammeln. Ich wartete stumm. Meine Mutter stieg schließlich aus und klappte den Vordersitz vor, damit ich herausklettern konnte. Mein Hintern schmerzte vom langen Sitzen und meine Hose klebte an meinen Beinen.

»Drei Kilometer!« Mein Vater deutete zur Grenze.

Er und Mama schauten gebannt dorthin. Nur noch drei Kilometer trennten uns von dem Ziel unserer langen Flucht.

»Ist dort Westdeutschland?«, fragte ich.

Meine Eltern blickten in die Ferne, wie zwei Partisanen, die demnächst ihre sichere Deckung verlassen mussten, um zu einem lebensgefährlichen Einsatz aufzubrechen.

»Hast du Angst?«, fragte mich Mama leise.

»Ich muss pinkeln«, antwortete ich.

Mein Vater lachte kurz.

Die Sanitäranlage strahlte weiß und duftete nach Putzmittel. Mein Vater lief mit mir zur Männerseite der Toiletten. Ich stellte mich ans Pissoir und wunderte mich über das pinkfarbene Sieb in der Mitte. Durfte ich da reinpinkeln?

»Was ist das?«, fragte ich.

»Keine Ahnung«, rief mein Vater gut gelaunt.

Ich schaute mich in den Toiletten um, die mir wie ein Porzellanpalast vorkamen.

»Weißt du, was das ist?«, fragte mein Vater, als er sich kurz danach mit einer rosafarbenen Flüssigkeit die Hände wusch, die mich an Geschirrspüler erinnerte.

»Kultur!«

»Kultur?«

Ich dachte, Kultur wäre so was wie Musik und Kino.

»Im Kommunismus ist den Leuten alles scheißegal. Häuser, Fabriken, Straßen, Scheißhäuser. Aber es ist Kultur, das alles zu erhalten. Der Westen blüht, der Osten verfällt!«

Ich grübelte, während wir uns mit Papierhandtüchern die Hände abtrockneten.

»Jetzt habe ich keine Zweifel mehr«, sagte er entschlossen.

»Zweifel?«, fragte ich. »Wegen der Flucht?«

Wenn ich gewusst hätte, dass er Zweifel hat, hätte ich die letzten Wochen in Panik verbracht.

»Aber ich dachte …«, stotterte ich irritiert.

»Was?«, fragte er.

»Dass es einhundertprozentig ausgemacht ist, dass wir die kommunistische Tschechoslowakei verlassen und ins kapitalistische Westdeutschland fliehen«, erklärte ich wie bei einem Referat.

»Komm!«, unterbrach mein Vater meine Zweifel, ohne zu antworten. »Wir essen was, bevor der Schleuser kommt!«

Ich schaute mich auf dem Weg zur Raststätte erneut um. Weiterhin keine verdächtigen Gestalten und keine Polizei. Aber die Worte meines Vaters machten mir Sorgen.

Dann verschlug mir jedoch etwas anderes die Sprache: Ivanka! Lange blonde Zöpfe, ein weißes Hemd und ein dunkelblauer Rock. Von hinten sah das aus wie die Uniform, die ich bis vor Kurzem auch getragen hatte. Die Uniform der Pioniere. Mit kurzer Hose statt Rock natürlich. Ich schaute ihr aufgewühlt nach, als sie die Raststätte betrat.

Es war unmöglich, dass sie hier war. Niemand durfte unsere Heimat einfach so verlassen, ohne Visum. Nicht einmal eine treue Pionierin wie sie. Wahrscheinlich schrieb sie gerade eine Rede zu Ehren Lenins. Oder übte Russisch.

Und trotzdem: Dieses Mädchen bewegte sich so aufrecht und selbstbewusst wie Ivanka. War sie uns auf irgendeine magische Art und Weise gefolgt? Oder träumte ich?

»Alles in Ordnung?«, fragte mich meine Mutter.

»Ja«, log ich.

»Du siehst ganz blass aus.«

»Er muss was essen!«, sagte mein Vater.

Wir betraten die Raststätte und ich schaute mich nach dem Mädchen um. Ich wollte sehen, ob das Unmögliche möglich war.

»Das ist doch unglaublich!«, rief mein Vater.

Er meinte das Warenangebot. Ich schaute mich um. Vor wenigen Wochen noch hatte ich mir nicht vorstellen können, dass Schaufenster im Westen voller sein könnten als unsere im Osten. Aber der echte Westen übertraf meine Fantasie.

»Schau dir das mal an, die vielen verschiedenen Schokoladen!«, deutete Mama begeistert auf die Auswahl.

»Die da gab es manchmal im *Tuzex*. Sehr gut!«, meinte Vater.

Tuzex war in der Tschechoslowakei ein Supermarkt, in dem man sich für unerschwingliches Westgeld oder teure Bons Westprodukte kaufen konnte. Doch mehr als der *Tuzex* interessierte mich gerade das blonde Mädchen. Ich suchte den ganzen Raum mit den Augen nach ihr ab.

»Schau mal!«, rief Mama und deutete auf Kinderüberraschungseier. »Die liebst du doch so!«

Ich nickte nervös. Und suchte nach Ivanka.

»Das sieht lecker aus!«, schwärmte meine Mutter mit einer Dose gewürzter Mandeln in der Hand.

»Schau mal!«, zeigte sie auf ein anderes Regal.

»ABBA!«, hauchte ich fassungslos.

Ich schaute mir das Cover der Kassette ehrfürchtig an.

»Ganz schön teuer«, sagte mein Vater.

Ich legte die Kassette schweren Herzens zurück. Wegen ABBA hatte ich das blonde Mädchen kurz vergessen. Ich schaute mich erneut um, konnte sie aber nirgendwo sehen.

»Das sieht alles so gut aus!«, schwärmte Mama über das gigantische Büffet des Restaurants.

»Und es ist sauteuer«, meinte Papa.

Ich schaute mich im Restaurant um. Auch dort konnte ich das Mädchen nicht entdecken.

»Was wollt ihr denn?«, fragte Vater.

»Schnitzel mit Pommes frites«, antwortete ich.

Mama schaute sich die Schnitzel an.

»Die sehen ganz gut aus. Schmecken aber bestimmt lange nicht so wie die von Oma Vera.«

Ich nickte und sah, dass meine Mutter traurig wurde. Wenn wir in wenigen Stunden über die Grenze flohen, gab es vielleicht nie mehr Schnitzel wie bei Oma Vera.

»Da drüben gibt es auch *Senwitschis*«, deutete mein Vater in Richtung der Kassen.

»Was sind *Senwitschis*?«, fragte ich.

»Belegte Brötchen!«, erklärte Mama.

Von belegten Brötchen hatte ich auf unserer Flucht eigentlich die Nase voll. Aber ich folgte meinen Eltern ohne Protest. Dabei entdeckte ich, dass es auch in der Raststätte Toiletten gab. Vermutlich war das blonde Mädchen darin verschwunden!

Die *Senwitschis* schmeckten sehr gut. Aber mein Blick klebte am Eingang der Toiletten. Das blonde Mädchen musste doch irgendwann rauskommen!

»Was ist denn los?«, fragte meine Mutter, die meine nervösen Blicke bemerkt hatte.

»Nichts«, log ich. »So eine Salami hab ich noch nie gegessen.«

»Das ist französische Salami«, erklärte Papa.

»Riecht ein wenig nach Maus«, schmunzelte Mama.

Wir rochen an der Salami und gaben Mama lachend recht.

»Aber sie schmeckt«, sagte ich.

Meine Mutter strich mir über den Kopf.

»Bevor der Schleuser kommt, darfst du dir was von den Süßigkeiten aussuchen.«

»Wirklich?«

»Klar!«, zwinkerte mir Papa zu und trank von seinem halben Liter Bier. »Gutes Bier!«

Ich strahlte voller Vorfreude, als mir ein Mann am Büffet auffiel. Ich konnte ihn nur von hinten sehen, aber er sah aus wie der Mann von der Staatssicherheit, dem ich aus Versehen verraten hatte, dass wir fliehen werden!

War Ivanka den weiten Weg gekommen, um mich zu identifizieren? Hatte uns die Staatssicherheit mit ihrer treuen Hilfe gefunden, nachdem sie sich Schnitzel mit Pommes geholt hat?

Mir blieben die letzten Bissen fast im Hals stecken. Ich starrte den Mann an. Er drehte sich um, und ich sah, dass er einen lustigen Schnauzbart und eine coole Sonnenbrille trug. Das war nicht der Mann von der Staatssicherheit!

»Wirklich alles in Ordnung?«, fragte mich Mama besorgt und befühlte meine Stirn.

»Ist bestimmt wegen der Flucht«, flüsterte Vater leise.

Sie schauten sich ernst an. Ich sah, dass sie sich Sorgen machten. Aber ich wollte nicht erzählen, dass ich uns vielleicht verraten hatte. Oder dass meine Pionierleiterin an dieser Raststätte sein könnte.

Der Mann setzte sich mit einem riesigen Schnitzel, einem Berg Kartoffeln und einer Art Bier, wie ich es noch nie gesehen hatte, hin und sprach mit seiner Frau auf Deutsch. Doch meine Angst, erwischt zu werden, war trotzdem wieder da.

»Meinst du, man kann dem Schleuser wirklich trauen?«, fragte Mama plötzlich.

»Benda und Cibulka haben ihn organisiert«, erklärte Papa.

Das klang wie ein Qualitätszeugnis. Denn Benda und Cibulka waren die besten Freunde meines Vaters, die schon in Westdeutschland lebten.

»Was macht der Schleuser sonst so? Oder ist der nur Schleuser?«, fragte Mama weiter.

»Keine Ahnung! Das haben wir doch alles besprochen …«

Ich stellte mir den Schleuser wie den französischen Schauspieler Jean-Paul Belmondo vor. Mit Sonnenbrille und einem Citroen DS. Nur tschechisch eben.

»Der Schleuser lebt seit zwölf Jahren im Westen!«, meinte Papa selbstsicher. »Mach dir keine Sorgen!«

»Ich frag ja nur«, sagte Mama nervös.

»Seine Kinder wurden schon in Freiheit geboren«, erklärte mir mein Vater.

Ich musste an Tierdokumentationen denken. Dort wurden Löwen, Tiger und Elefanten auch in Freiheit geboren. Was Freiheit eigentlich bedeutet, wusste ich nicht.

Während mein Blick an den Toiletten klebte, dachte ich darüber nach, was man den lieben langen Tag mit dieser Freiheit so machte. Ich wagte aber nicht zu fragen.

Und plötzlich kam sie heraus. Das blonde Mädchen mit den Zöpfen. Sie hatte sich auf den Toiletten umgezogen. Jetzt trug sie eine Jeans und ein rotes T-Shirt mit dem Aufdruck »BOSS«. Ihre Kleider von vorhin hielt sie in der Hand. Es war nicht Ivanka. Das Mädchen setzte sich zu ihrer Familie.

»Fertig?«, fragte mich Papa.

Ich nickte traurig, irgendwie enttäuscht, dass mir Ivanka nicht nachgereist war. Wir liefen zum Regal mit den Süßigkeiten, und ich warf einen letzten Blick auf das blonde Mädchen, um ganz sicher zu sein. Aber sie war es nicht.

»Was möchtest du denn?«, stupste mich Mama an.

Ich rieb meine Handflächen an meiner Jeans ab. Plötzlich war ich angesichts dieser Aufgabe überfordert. Was sollte ich mir aussuchen, wenn es alles gab?

»Was ist denn jetzt?!«, rief Papa ungeduldig.

Ich entschied mich für ein Überraschungsei und freute mich schon riesig auf die Überraschung.

Doch draußen in der Sonne hatte ich keine Lust mehr auf Schokolade und keinen Sinn für eine Überraschung. Ich musste nur noch an die Flucht und den Schleuser denken.

»Kannst du das Ei nehmen?«, fragte ich meine Mutter. »Ich will es mir für später aufheben. Wenn wir drüben sind.«

Meine Mutter nickte nervös.

»Aber vorsichtig«, warnte ich sie.

Mama verstaute das Ei im Kunstseidenschal in ihrer Handtasche.

Ich merkte, dass ich wieder pinkeln musste. Aber ich sagte lieber nichts, weil meine Eltern so angespannt waren wie bei unserem ersten Grenzübergang nach Ungarn. Sie blickten sich nervös um.

Da rollte ein weißer Ford Taunus ganz langsam und geheimnisvoll heran. Ich beobachtete das Auto und mein Herz begann zu pochen. Es war so weit. Unsere Flucht nach Westdeutschland stand kurz bevor.

Die Flucht

Der Schleuser stieg langsam und sehr bemüht, cool zu wirken, aus seinem Wagen aus. Er trug Jeans und eine schwarze Sonnenbrille. Meine Mutter schaute ihn schockiert an.

»Der sieht aus wie ein schlechter Trickbetrüger!«

»Dafür benimmt er sich wie ein Geheimagent aus einem Luis-de-Funès-Film«, versuchte es Papa mit einem Scherz.

Meine Vorahnungen waren nicht ganz falsch gewesen.

»Was machen wir jetzt?«, flüsterte Mama besorgt.

»Willst du wieder nach Hause fahren?«, fragte Papa scharf.

Mamas Gesicht sagte Ja. Aber da begrüßte uns der Schleuser schon übertrieben herzlich, als wären wir seine verschollen geglaubte Familie.

»Hruška«, rief der Schleuser mit lauter Stimme.

»Lukáš« erwiderte Papa.

Ich dachte darüber nach, dass unser Schleuser Birne hieß.

»Wie geht's euch?«

»Gut«, nickte Papa und beobachtete den Schleuser.

»Habt ihr die Raststätte gut gefunden?«, fragte Birne und sprach übertrieben lässig weiter, ohne auf eine Antwort zu warten.

Dabei legte er seinen Arm verschwörerisch um meinen Vater.

»Ich nehme Vera und den Kleinen mit dem Pass meiner Frau mit über die Grenze und dann hole ich dich. Alles klar?«

Meinen Eltern war ihren Gesichtern nach zu urteilen nichts klar. Zudem Birne »alles klar« auf Deutsch gesagt hatte.

»Das ist kein Problem! Meine Kinder sind im Pass meiner Ehefrau eingetragen und die sieht Vera ja sehr ähnlich!«

Er zeigte uns selbstsicher das Passfoto seiner Frau. Die mit viel Fantasie die Mutter meiner Mutter sein konnte. Wir schauten uns an, als würde Birne einen Witz machen. Aber Birne war es ernst.

»Kein Problem!«

Wir liefen zu seinem alten Ford Taunus. Meine Mutter mit zwei Koffern und ich mit meiner Jutetasche mit Spielzeug. Unser Auto würden wir zurücklassen. Zusammen mit unserem Zelt und unserem tschechischen Leben. Es tat mir leid. Der kleine rote Flitzer, der aussah wie ein Spielzeugauto.

Nach einer kurzen Einführung in das Verhalten illegaler Flüchtlinge auf Deutsch-Tschechisch, verabschiedete sich Mama von meinem Vater. Ich sah die Angst in ihren Augen. Aber sie machten beide weiter. Als hätte jemand die Entscheidungen getroffen und sie müssten da jetzt durch. Ich hatte Angst, wie am Tag meines ersten Eishockeyspiels.

»Ich muss pinkeln!«, sprach meine Stimme.

Die Erwachsenen schauten mich an, kurz aus dem Konzept.

»Was?«, fragte mein Vater, als hätte ich Französisch gesprochen.

»Ich muss«, sagte ich kleinlaut.

Birne nickte cool und redete beruhigend auf meine Eltern ein.

»Kein Problem!«

Er klopfte lässig auf meine Schultern und sprach mit mir wie ein Trainer kurz vor einer wichtigen Einwechslung.

»Du weißt, wo die Toiletten sind?«

Ich nickte. Birne wandte sich daraufhin meinen Eltern zu und redete in der Rolle des Trainers auf seine nächsten zwei Spieler ein. Ich schaute meine Mutter fragend an. Während sie Birnes Ausführungen zuhörte, wirkte sie wie eine aufgezogene Puppe, die nur noch das machte, was man ihr einprogrammiert hatte. Also lief ich ohne Begleitung zu den Toiletten.

Jetzt war ich allein im Porzellanpalast. Es war still. Totenstill. Auf dem Boden lagen Papierhandtücher, als ob jemand die saubere Pracht mit Absicht beschmutzen wollte.

Ich stellte mich nervös ans Pissoir und pinkelte. Dabei begann sich mein Kopf plötzlich zu drehen und mir wurde schwarz vor Augen. Ich sah Sternchen hin und her fliegen, auf meiner Stirn bildeten sich kalte Schweißtropfen und meine Knie wurden weich. Ich fiel zum Glück nicht ins Pissoir, machte meine Hose schnell zu und setzte mich an die Wand neben die Waschbecken. In meinen Ohren rauschte es wild.

Das rhythmische Rauschen wurde immer lauter. Es machte mir Angst, und ich hoffte, meine Mutter oder mein Vater würden kommen und mir helfen. Niemand kam. Also stand ich nach einer Weile zitternd auf und wusch mir mit kaltem Wasser das Gesicht. Das Rauschen verschwand langsam. Ich trocknete mein Gesicht mit den Papierhandtüchern und beeilte mich rauszukommen.

Aber draußen stoppte mein Körper, als wäre er gegen eine unsichtbare Wand gerannt. Meine Eltern wurden von zwei Polizisten befragt, die ihre Pässe in den Händen hielten. Birne war weg. Ich blieb im Schatten stehen und starrte bewegungslos in Richtung meiner Eltern. Was sollte ich tun?

Plötzlich schoss mir ein Gedanke durch den Kopf. Die Polizisten würden uns verhaften und verhören. Wie in einem Krimi. Ich stellte mir das Kreuzverhör vor:

»Wie ist dein Name?«, fragt ein Polizist auf Deutsch, das ich auf einmal verstehe.

»Martin Lukáš.«

»Was machst du hier?«

Meine Stimme zittert.

»Urlaub!«

»Drei Kilometer vor der deutschen Grenze macht ihr Urlaub? Ihr seid doch illegal hier. Was habt ihr vor?«

Ich schlucke ängstlich. Ein Schweißtropfen fällt von meiner Stirn auf die Tischdecke.

»Wir sind nur …«, stottere ich und fühle mich durchschaut.

»Ihr wollt aus der ČSSR in den Westen fliehen!«, sagt der zweite Polizist kühl.

»Was wollt ihr im Westen?« Der erste Polizist schlägt wütend mit der Hand auf den Tisch.

»Freiheit?«, sage ich unsicher.

»Weißt du überhaupt, was das ist?«, schreit der zweite Polizist.

Ich schüttele schuldig meinen Kopf. »Nein.«

»Und was ist das?«, fragt der erste Polizist kühl und knallt meinen Pionierausweis auf den Tisch.

Ich hatte den Ausweis für den Fall mitgenommen, dass wir von den Grenzposten der Tschechoslowakei erwischt werden und sie uns der illegalen Republikflucht bezichtigen. Dann hätte ich beweisen können, dass ich ein waschechter Kommunist bin und bei den Pionieren mitmache, um unsere sozialistische Heimat gegen den Westen zu verteidigen.

»Du möchtest den Westen ausspionieren!«

»Nein«, schreie ich verzweifelt. »Ich liebe ABBA!«

Die Polizisten glauben mir das nicht.

»Du spionierst für die Sowjetunion!«

»Die Pioniere sind die Jugendorganisation der kommunistischen Partei!«, sagt der zweite Polizist streng.

»Ja. Aber, ich bin nur drin, weil Oma Vera meinte, das wäre eine gute Idee …«, mir schießen Tränen in die Augen.

»Ist deine Oma Kommunistin?«

»Ich weiß es nicht.«

Eine Hand packte mich an der Schulter. Es war Birne.

»Deine Eltern wollen, dass ich dich rüberbringe. Zu ihren Freunden!«

Ich schaute zu meinen Eltern. Sie stiegen in das Polizeifahrzeug ein. Ich wollte schreien. Aber aus meiner Kehle kam kein Ton.

»Du musst jetzt stark sein«, sagte Birne.

Er packte mich an der Hand und lief mit mir schnell zu seinem Ford Taunus. Ich stieg wie paralysiert ein. Birne startete den Wagen. Im Kassettenplayer lief Elvis. Der Schleuser setzte zurück und fuhr langsam los. Genau in diesem Augenblick glitt der Polizeiwagen an uns vorbei. Ich konnte meine Eltern sehen. Ich wollte schreien, aber mein Körper reagierte wieder nicht.

Elvis sang. Am Rückspiegel baumelte ein Rosenkranz. Auf dem Armaturenbrett klebte ein kleiner, vergoldeter Bilderrahmen. Darin grinsten zwei Kinder in die Kamera. Vermutlich Birnes in Freiheit geborener Nachwuchs.

Ich fühlte mich wie im falschen Leben.

Dabei starrte ich das Polizeiauto an, ohne mich zu rühren. Meine

Eltern saßen auf der Rückbank. Sie wirkten, als hätte man sie beim Klauen erwischt. Meine Mutter schaute sich verzweifelt um, mein Vater redete mit den Polizisten. Für eine Sekunde trafen sich die Blicke meiner Mutter und mir. Dann gab das Polizeiauto Gas und fuhr davon.

Tränen, Verzweiflung und Hilflosigkeit krochen in mir hoch wie eine Spinne. Doch ich traute mich vor Birne nicht, meine Gefühle zu zeigen. Ich musste stark sein, wie beim Eishockey, wenn einen der Puck an einer ungeschützten Stelle traf.

»Wenn dich die Zöllner was fragen, sagst du einfach: *Miwara urlabba jugg slawa!«,* sagte Birne. »Verstehst du?«

Ich verstand nichts.

»Wie alt bist du?«, schaute mich Birne an.

Ich musste meinen Körper aus der Erstarrung befreien.

»Zwölf«, gab ich auf Tschechisch zu Protokoll.

»Zwölf«, erklärte Birne auf Deutsch.

Ich schaute ihn verständnislos an.

»Zwölf«, wiederholte er.

»Äh«, sagte ich.

»Das ist dein Alter auf Deutsch«, sagte er.

»Zweff«, mühte ich mich am schwierigen Umlaut ab.

Birne nickte, als wäre die Flucht damit geritzt. Wir fuhren bis an die deutsche Staatsgrenze. Ich schaute mich um, in der Hoffnung, meine Eltern würden plötzlich mit Blaulicht ankommen und mich aus diesem alten Auto retten.

Meine Eltern kamen nicht. Stattdessen kam die Angst. Die Grenzbeamten scherzten miteinander, blickten kurz in den Wagen und winkten uns durch. Sie nahmen den Pass, den Birne aus dem Fenster hielt, nicht einmal in die Hände.

Die Autobahn öffnete sich und mein Herz schnürte sich zu. Während die Straße für etwa hundert Meter mindestens fünfspurig war, fühlte ich mich eingeengt, als hätte man mich in der Freiheit eingesperrt. Ich war in Deutschland. Ganz allein. Die Autobahn führte schnurstracks in den goldenen Westen. Der tief stehenden Sonne entgegen. Ich drehte mich um. Niemand kam. Nicht einmal die Grenzbeamten.

Doch Birne floh nicht wie der geölte Blitz weiter. Stattdessen bremste er und hielt an. Nur wenige Hundert Meter nach der Grenze, auf dem Parkstreifen. Fast noch im Grenzgebiet.

Dort standen Benda und Cibulka, die besten Freunde meines Vaters aus unserer Heimatstadt. Cibulka hatte ich seit Jahren nicht gesehen, Benda seit einem Jahr. Cibulka hatte Tränen in den Augen und begrüßte mich herzlich. Benda sah immer noch wie ein Rockstar aus und grüßte mich lässig.

»Was ist mit Franta und Vera?«, fragte Benda.

»Die Bullen haben sie mitgenommen«, sagte Birne, als würde er den Freunden meiner Eltern mitteilen, dass die Polizisten zwei Schaschlikspieße haben mitgehen lassen, die wir uns jetzt eigentlich kochen wollten.

Ich schaute Benda und Cibulka Hilfe suchend an. Sie schauten ratlos zurück. Wir blickten zur Grenze. Dort passierte nichts. Die Beamten konnten uns sehen. Es wäre ein Leichtes gewesen, in ein Auto zu steigen und uns einzufangen. Aber das hatte im Westen wohl niemand vor. Alles war sonnig und leicht, obwohl ich mich grenzenlos verloren fühlte. Wahrscheinlich war das die besagte Freiheit.

»Was machen wir denn jetzt?«, zitterte Cibulkas Stimme.

»Wir fahren nach Göppingen«, sagte Birne entschlossen.

»Und dann?«

Benda schaute mich an.

»Und dann sehen wir weiter!«

Wir fuhren über die Autobahn nach Göppingen. Das war also Westdeutschland. Das Land von knallgrünem Apfelshampoo, weißer Schokolade und Mercedes Benz. Ich war das westliche Emigrantenkind, auf das mich meine Eltern so lange vorbereitet hatten.

Einsam saß ich auf der Rückbank, als hätte man mich entführt. Ganz allein. Ohne meine Eltern. Ich versuchte, meine Gefühle vor den Erwachsenen zu verbergen, und saß ganz ruhig da, kleiner als ein Staubkorn im großen Meer der Freiheit.

Radio Freies Europa

Kurz nach meinem elften Geburtstag wurde ich darauf vorbereitet, ein Emigrant zu sein. Mein Vater zog im Wohnzimmer die Vorhänge zu und schaltete unser altes Radio an, mit dem Oma Vera schon im Zweiten Weltkrieg Feindsender gehört hatte.

Die Anzeigen des alten Radios leuchteten geheimnisvoll grün in den abgedunkelten Raum und meine Mutter saß still und bewegungslos neben mir auf dem Sofa.

»Was ist ein Emigrant?«, fragte ich.

»Jemand, der auswandert.«

»Wohin?«

»Egal wohin!«

»Warum?«

»Ist doch jetzt egal«, grummelte mein Vater ungehalten. »Der Punkt ist, dass *wir* jetzt emigrieren wollen!«

Ich schaute meine Mutter fragend an. »Emigrieren« klang für mich wie ein anderes Wort für »filetieren«. Irgendwas, das Oma Vera gekonnt in der Küche machte. Meine Mutter blickte ernst zurück. Mein Vater saß auf der Sofalehne und versuchte, im Radio den richtigen Sender zu finden.

»Wohin?«, fragte ich leise.

»In den Westen!«

Ich wusste nicht, ob ich das konnte. Emigrant sein. Das klang wie etwas, das nur andere sein konnten. Etwas wie aus einem Film.

»RFE bringt heute eine Sendung darüber!«, erklärte Papa.

Dann fluchte er derb und schlug auf das alte Radio ein.

»Kommunistische Schweinebande!«

Es fiepte und rauschte.

»Franta!«, tuschelte Mama vorwurfsvoll.

»Die Kommunisten sabotieren RFE mit Störfunk! Deshalb funktioniert das nicht …«

»Mit Gewalt auch nicht!«, sagte Mama.

Mein Vater schlug erneut mit der flachen Hand auf das Radio ein. Plötzlich war Musik zu hören.

»Siehst du?«, fragte Papa triumphierend. »The Rolling Stones!«

Er sang gut gelaunt mit.

»*Ju kent awas get war ju wann!*«

Mama wirkte angespannt.

»Was ist RFE?«

»*Radio Freies Europa.* Die senden die Wahrheit zu uns«, sagte mein Vater.

»Woher?«

»*Direkt* aus dem Westen.«

Wir lebten in Kralupy an der Moldau, dreißig Kilometer nördlich von Prag. Die Welt war in zwei Teile aufgeteilt. Wir waren im Osten, dort herrschten die Kommunisten. — Was ist das?

»Und das geht?«, fragte ich.

Die Frequenz verschwand wieder.

»Offensichtlich nicht!«, rief mein Vater wütend.

Er schlug wieder auf das Radio ein.

»Verdammter Scheiß-Osten und beschissenes Nazi-Radio!«

Der Sender kehrte zurück.

Ich beobachtete meine Mutter, die das Radio nachdenklich anstarrte. Mein Vater sah ihren besorgten Blick.

»Ich geb auch meine sichere Stelle in Kladno auf«, versuchte er, Mama zu beruhigen. »Für die Freiheit!«

Sie lächelten sich an.

»Wir werden was Besseres finden im Westen.«

Im Westen war alles kapitalistisch und irgendwie auch demokratisch. Ich verstand es nicht ganz, fand westliche Musik aber gut. Mein Vater setzte sich in den Sessel und stopfte sich eine Pfeife.

»Das ist wie in den Kriegsfilmen«, murmelte ich. »Feindsender hören bei Verdunkelungsgebot.«

Mama schaute mich verwundert an.

»Alles Propaganda«, meinte mein Vater. »Die wollen den Kindern mit den ganzen Kriegsfilmen Angst machen. Und wer Angst hat, will keine Veränderungen!«

Meine Eltern nickten sich zu. Ich verstand nichts.

»Hier spricht Radio Freies Europa. Es ist Freitag, der erste Juni 1979.«

»Gut zuhören!«, sagte Mama ungewohnt lehrerinnenhaft.

Und Papa beobachtete mich.

Ich versuchte, die Nachrichten zu verstehen. Es ging um Aufrüstung, den baldigen wirtschaftlichen Zusammenbruch des Ostens und die Olympischen Sommerspiele in Moskau. Ich verstand nicht viel, aber die Namen, die Orte und die lockere Art zu sprechen klangen gut. Alles war aufregend, wie Westmusik.

»Und hier folgt jetzt der Bericht ›Emigration USA‹ von unserem

Korrespondenten Jirka Vokurka«, verkündete der lockere Sprecher. Ich war kurz abgelenkt, weil ich es lustig fand, dass der Korrespondent Gurke hieß. Daher ermahnte mich mein Vater:

»Jetzt geht's los!«, sagte er.

In der Sendung erzählte ein junges tschechisches Mädchen mit selbstbewusster Stimme, wie wahnsinnig leicht und lustig es ist, in den USA ein Emigrant zu sein. Mein Vater strahlte mich an:

»New York!«

»Hier in New York kam ich in die Highschool, konnte Englisch lernen und sogar Baseball spielen«, gab das tschechische Amerikamädchen stolz und wahnsinnig glücklich an.

»Was ist *Bejsból?*«, fragte ich meine Mutter.

»Pst, hör zu«, murmelte sie nervös.

»Du musst Englisch lernen!«, fügte mein Vater hinzu.

Er sah in seinem Morgenmantel und mit seiner Pfeife aus wie Sherlock Holmes.

»Englisch?«, fragte ich eingeschüchtert.

»Natürlich!«, sagte er. »Glaubst du, im Westen sprechen die Tschechisch?«

Er sagte das, als wäre da nichts dabei.

»Du musst keine Angst haben«, log meine Mutter.

Ich schaute sie erschrocken an.

»Ich hab keine Angst«, log ich zurück.

Der Bericht wurde durch einen Song von Neil Young unterbrochen.

»Alles verstanden?« Papa lächelte lässig.

Er hätte mich fragen können, was ich von Molekularbiologie hielt. Klang interessant und ich hatte keine Ahnung.

»Hm?«, erhöhte er den Druck.

Ich verschluckte mich fast an meinem gesüßten Hagebuttentee und nickte.

»Ja«, log ich zum dritten Mal. »Alles klar.«

»Wirklich?«, bohrte Mama nach.

Während ich darüber nachdachte, warum mir meine Eltern diese beunruhigenden Fragen stellten, diskutierten sie darüber, wohin sie fliehen wollten.

»Frankreich ist doch schön!«, schwärmte Mama.

»Und du hattest auf dem Gymnasium drei Jahre Französisch!«, gab ihr Vater recht.

»Komontsava?!« Sie lächelte.

»Ja«, sagte ich.

Ich mochte französische Autos, kannte den Eiffelturm und liebte Luis de Funès. Ich stellte mir vor, wie ich mit großen Gesten und Grimassen Französisch sprach.

»Frankreich klingt gut«, entschied ich.

Meine Eltern lachten. Ich verstand nicht, warum.

»Oder Schweden?«, fragte mein Vater.

Schweden war für mich Eishockey. Ich mochte die gelb-blauen Trikots der Spieler.

»Du passt mit deinen blonden Haaren und deinen Eishockeyfähigkeiten gut nach Schweden!«, glaubte Mama.

»Und Italien?«, fragte Papa.

Ich kam bei der Emigration kaum hinterher.

»Italien ist auch sehr schön!«, versuchte mich Papa zu begeistern.

»Italien hat überall eine Meeresküste«, fügte Mama hinzu.

Ich nickte. Oma Ester hatte mir einmal überbelichtete Urlaubsfotos aus Ägypten gezeigt, und mein Onkel Alois sagte, Ägypten sei wie Italien. Nur mit Wüste, Arabern und Pyramiden.

»Ist Italien nicht sehr arm?«

Im Fernsehen wurde oft gesagt, dass Italien sehr arm war. Vor allem im Süden.

»Alles Propaganda!«, kläffte Papa. »Der Alfa Sud wird in Süditalien hergestellt! Glaubst du, die sind arm, wenn sie solche Autos bauen?«

»Nein«, mutmaßte ich.

»Und Westdeutschland?«, schlug mein Vater plötzlich vor.

»Zu den Deutschen?«, fragte ich erschrocken.

Die Sache mit Deutschland war verzwickt. Von der DDR wusste ich aus der Schule, dass die Genossen dort in die Luft geschossen hatten, als 1945 die Sowjets angerollt kamen. Sie wollten ihre kommunistischen Brüder nicht verletzen. Demnach lebten die guten Deutschen im Osten und die bösen Deutschen als Nachfolger der Nazis im Westen.

»Die Westdeutschen sind nicht so wie die Deutschen in Propagandafilmen!«, versicherte mein Vater.

Ich sah ihn skeptisch an.

»Schau mal«, meinte Papa. »Die Westdeutschen bauen Mercedes, BMW, Audi, VW, Opel! Und die Ostdeutschen Trabant und Wartburg!«

Das Argument leuchtete mir ein.

»Westdeutschland ist wie Amerika!«

»Wie Amerika?«

»Ja!«, schwärmte er. »München ist wie Kalifornien!«

Da mein Vater schon mal in München gewesen war, glaubte ich ihm und stellte es mir ab sofort wie Kalifornien vor. Mit Stränden, Meer, Surfern und Bikinimädchen.

»Lasst uns gleich in die USA gehen!«, warf mein Vater spontan in den Ring.

Mama und ich schauten ihn an, wie er seine Pfeife rauchte.

»Amerika?«, seufzte Mama überfordert.

Amerika war auf der anderen Seite eines riesigen Meeres, das fast die halbe Seite im Atlas ausfüllte.

»Ich bin noch nie geflogen!«, sorgte sich Mama.

»Dann fahren wir mit dem Schiff«, bestimmte mein Vater.

Ich hatte Angst, mit dem Flugzeug abzustürzen. Und ein Schiff konnte untergehen, wie die Titanic. Daher war ich skeptisch. Wenn es in München auch ein Kalifornien gab, warum sollten wir dann in die USA?

»Chicago, New York, San Francisco …«, schwärmte Papa. »Wie das alles schon klingt!«

Es klang beängstigend.

»Und die Autos! … Mustang, Camaro, Cadillac!«

»Ja«, sagte Mama. »Weißt du noch, wie uns so ein großer Amischlitten mal überholt hat?«

»Ja!«, rief Papa begeistert.

»Das Ding hat unseren Alfa fast von der Straße geweht.«

Für mich war das eher wie eine Warnung. Mein Vater fand es lustig.

»Amerika ist so weit weg. Da müssten unsere Mütter jedes Mal fliegen, wenn sie uns besuchen wollen«, sorgte sich Mama.

»Na gut, dann wandern wir eben nicht aus.«

Jetzt war mein Vater sauer.

»Doch, aber … muss es gleich so weit weg sein?«

Ich dachte an das tschechische Mädchen aus der Sendung. Aber ich behielt meine Furcht für mich und schwieg.

»Dann fällt auch Kanada flach!«, knurrte er.

»Wieso nicht gleich Australien!«, antwortete Mama eingeschnappt.

Beide waren einen Moment still. Ich wartete ab.

»Na gut!«, sagte Papa plötzlich versöhnlich. »Wir bleiben in Europa.«

Ich nickte zustimmend und starrte auf das grüne Leuchten des alten Transistorradios. Die Sache war geritzt.

Mit der Sowjetunion bis in alle Ewigkeit

Kurz nachdem mir mitgeteilt wurde, dass ich bald ein Emigrant sein würde, wurde ich Pionier. Ein richtiger Pionier in hellblauem Hemd, rotem Tuch, kurzen blauen Hosen und einem echten Abzeichen.

Die Pioniere waren die Jugendorganisation der kommunistischen Partei. Ich trug ihre Uniform mit stolzgeschwellter Brust. Besser gesagt hätte ich sie gerne mit stolzgeschwellter Brust getragen. In Wahrheit fühlte ich mich in den Klamotten des Feindes wie ein Verräter. Meine Eltern bereiteten mich gerade auf die Flucht vor und waren schon immer gegen die »Kommunistenbande« gewesen. Mein Vater hatte mir dafür tausend Gründe genannt. Dass es im Osten keine Überraschungseier gab, leuchtete mir am meisten ein.

Und doch war ich sehr stolz, in dieser Uniform zum ersten Mal mit meiner Pioniereinheit durch die Stadt zu gehen. Wir waren die Elite und die Zukunft des Sozialismus. Das mussten meine Eltern ja nicht wissen. Ebenso wie meine neuen kommunistischen Freunde nicht wissen durften, dass mein Vater in Zeměchy die sowjetische Fahne von der Dorfkneipe gerissen hatte und wir planten abzuhauen. Niemand wusste irgendetwas und alle waren glücklich.

Mit mir waren auch zwei Kumpels aus meiner Klasse bei den Pionieren. Jakub und Michal. Jakub war ein großer schwarzhaariger Junge, der immer schaute, als würde er über etwas sehr Ernsthaftes nachdenken. Jakub und ich waren gut in Leichtathletik und liefen jedes Jahr bei Wettrennen gegeneinander. Ich gewann und Jakub wurde Zweiter. Er mochte mich trotzdem.

Bei den Pionieren war Jakub aus demselben Grund wie ich. Seine Mutter wollte, dass er studierte. Eine Voraussetzung dafür waren nicht gute Noten, sondern das Bekenntnis zum Kommunismus und zu unserem Bruderstaat Sowjetunion. »Die Drecksbesatzer«, wie mein Vater sie nannte. Und das beste Bekenntnis junger Leute waren die Pioniere.

Michal war klein und schmächtig. Er war der Torwart meiner Eishockeymannschaft und wollte Profispieler werden. Fast noch wichtiger waren ihm jedoch Murmeln. Er hatte immer welche in seiner Tasche und versuchte, jeden zum Spielen zu überreden, um seine Murmelsammlung zu erweitern. Michal war bei den Pionieren, weil Jakub und ich da waren.

Für mich gab es einen weiteren, heiligen Grund, für die sozialistischen Ideale unseres Vaterlandes einzutreten und mit der Sowjetunion bis in alle Ewigkeit zu sein: Ivanka!

»Freut mich, dass du dich bei uns engagieren willst!«, sagte sie bei unserer ersten Sitzung.

Dann wies sie mir mit einer eleganten Geste wie von einer sowjetischen Turnerin einen Platz zu. Ich setzte mich und beschloss, ab sofort so auszusehen, als würde ich mich wirklich engagieren wollen.

Ivanka war zwei Jahre älter als wir und neu in unserer Schule. Sie führte unsere Einheit und lief uns stets voraus mit ihren langen blonden Haaren, die sie zu Zöpfen gebunden trug. Mal als Pferdeschwanz, mal geflochten, mal einen und mal zwei, aber immer makellos wie einem Lehrfilm entstiegen.

»Mann, ist das ätzend!«, schnaubte Jakub leise.

Er meinte das Marschieren durch die Stadt.

»Ist wie bei der Armee«, keuchte Michal.

Ich nickte, war aber verwirrt. Ich hatte mich darauf eingestellt, das System mit meiner proamerikanischen Ideologie und meinen Westjeans zu unterwandern. Und dann kam Ivanka!

»Die nervt, die doofe Streberin«, ärgerte sich Jakub. »Alles, was sie tut und sagt, ist so wahnsinnig wichtig!«

»Ich würde lieber Murmeln spielen«, seufzte Michal.

Ivanka blieb an einer Kreuzung stehen und deutete ins Gebüsch.

»Wir müssen dieses Jahr mindestens zehn Kilo Holunderblüten sammeln!«

»Warum?«, wagte Michal zu fragen.

»Das ist wichtig für die Herstellung von Medizin!«, erklärte sie.

Sie sprach stets sehr gewissenhaft, als würde ihre fleißige, aufrechte und gehorsame Art das ganze System am Laufen halten. Dabei sah sie aus wie die Statue einer sehr jungen Heldin der sozialistischen Arbeit.

Eigentlich hießen meine Helden John Lennon, Ron Peterson und ABBA und nicht Lenin, Marx und Gagarin. Selbst unser Hund hieß Ringo, wie der Schlagzeuger der Beatles. Ich nickte trotzdem.

»Für Medizin!«, wiederholte ich zu Michal.

Michal schaute mich an, als wäre ich nicht ganz dicht.

»Nächste Woche werden wir Altmetall und Altpapier sammeln. Wir müssen dieses Schuljahr unser Soll übererfüllen!«

»Oh nein«, flüsterte Michal.

Ivanka nickte zufrieden, verschwand in einem Holunderbusch und begann, Blüten abzureißen. Jakub machte es ihr mit sehr ernstem Gesichtsausdruck nach, als habe er eine schwere Aufgabe zu lösen. Michal schaute lustlos auf den Boden.

Ich stellte mich neben Ivanka und bewegte mich synchron zu ihren eleganten Bewegungen. Neben dem Geruch des Holunders konnte ich deutlich ihren Duft wahrnehmen. Während sie sich beim Abreißen streckte, berührte sie mich zufällig.

»Das hier sind die besten!«

Sie zeigte mir dicke Blüten und ich nickte beflissen. Gestern noch saß ich mit meinen Eltern im Wohnzimmer, wir hörten Rolling Stones, und Papa erzählte bei Krimsekt und russischen Eiern, dass er Parteifunktionäre bestechen musste, um unsere Familienreise nach Jugoslawien und damit unsere Flucht in den Westen zu ermöglichen. Und jetzt Ivanka!

Ich wollte Ivanka verachten. Stattdessen hätte ich für sie das kommunistische Manifest auswendig gelernt. Mit Anhang. Etwas in mir wollte nicht, was ich wollte. Es wollte sogar das Gegenteil von dem, was ich wollte.

Im Gegensatz zu Jakub und Michal besuchte ich nun jede einzelne Sitzung unserer Einheit, wurde ein fleißiger Pionier und hörte Ivankas Vorträgen gebannt zu.

»Am zweiten September ist der Nationalfeiertag der Demokratischen Republik Vietnam. Am siebzehnten September ist der Tag der Tschechoslowakischen Luftwaffe. Am einundzwanzigsten September jährt sich die Gründung des *Rudé Právo*, am siebenundzwanzigsten September ist der Tag der tschechoslowakischen Eisenbahner, am sechsten Oktober ist der Tag der Tschechoslowakischen Volksarmee.«

Die Liste der sozialistischen Feiertage war endlos. Aber Ivanka las sie mit ehrlicher Begeisterung vor.

»Es wäre schön, wenn unsere Schul-Pinnwand dieses Jahr den Wettbewerb der besten Pinnwände unseres Landkreises gewinnen würde«, sagte sie.

Ich war ergriffen von ihrer Leidenschaft und wäre für sie in Florida einmarschiert.

»Wer möchte mir helfen?«

Ich meldete mich. Ivankas Eifer öffnete mir die Augen für die Wahrheit. Die Prawda! So hieß die Parteizeitung der kommunistischen Partei der Sowjetunion. *Prawda* heißt Wahrheit. Doch von Westmusik verdorben, hatte ich sie bisher offenbar übersehen. Jetzt liebte ich sie wie das Rot unserer sowjetischen Bruderfahne, dieses Rot der Lippen der Prawda!

Ich wollte für meine Eltern ein guter Emigrant werden und wurde unter Ivankas Augen eine rote Leuchtrakete der sozialistischen Jugend. Ein Vorzeigepionier, der Leninzitate schmettert, mit der Sowjetunion bis in alle Ewigkeit! Seite an Seite! Hauptsache mit Ivanka.

»Ich freue mich, dass du so regelmäßig kommst!«, sagte Ivanka am Ende einer Sitzung.

»Sehr gerne! Es macht wirklich Spaß!«, log ich.

»Hast du kommenden Mittwochnachmittag Zeit?«, fragte sie.

Meinen Körper durchfuhr eine sehnsüchtige Hoffnung.

»Natürlich.«

Sie deutete in Richtung Westen.

»Die Konterrevolutionäre platzieren ihre Pershing-Raketen an unserer Grenze und bedrohen uns!«

»Wirklich?«

Ich kannte Pershing-Raketen aus den Nachrichten. Das waren Raketen, die der Westen gebaut hatte, um uns im Osten alle abzuschießen. Ich fragte mich, was das mit dem Mittwochnachmittag zu tun hatte.

»Wir müssen achtsam sein!«, warnte sie.

»Natürlich!«, gab ich ihr entschlossen recht.

»Deshalb werden wir am Mittwochnachmittag Handgranatenweitwurf üben.«

»Toll, ich freue mich darauf!«, log ich.

Jakub und Michal liebten es, sich im Dreck zu wälzen, und sie freuten sich auf die Handgranaten, als es endlich Mittwochnachmittag war. Ich hasste es.

»Sind das echte Handgranaten?«, fragte Michal.

»Nein. Die sind aus Gummi«, sagte Jakub.

»Sie wiegen aber genauso viel wie echte«, erklärte Ivanka.

Wir liefen in alten Klamotten auf den Hügel über Kralupy, hinter dem weite Felder, Wiesen und Wälder lagen. Ivanka trug einen Beutel mit den Handgranaten-Attrappen und lief entschlossen voran, um unsere Heimat zu verteidigen.

»Zuerst machen wir einen Querfeldeinlauf«, befahl sie mit fester Stimme.

Wir starteten, kämpften gegen imaginäre Klassenfeinde, stürzten uns in Gräben, um Schulter an Schulter für das Vaterland zu sterben.

»Ihr müsst leise und wie unsichtbar sein!«, ermahnte uns Ivanka.

Wir rannten gebückt an spazierenden Rentnern vorbei.

»Heckenschützen!«, schrie Ivanka.

Wir warfen uns in den Dreck.

»Vorwärts, kriechen!«, schrie Ivanka.

Wir krochen auf allen vieren durch nasses Gras.

»Mine«, flüsterte sie und deutete auf einen großen Stein.

Wir entschärften den Stein.

»Hier lauern wir der NATO auf!«, ordnete sie an.

Sie deutete auf einen tiefen Graben. Wir versteckten uns.

»Handgranaten bereithalten!«, rief sie.

Sie lief mit ihrem Sack an uns vorbei und verteilte die Handgranaten.

»Ihr müsst die feindlichen Panzer treffen!«, erklärte Ivanka eindringlich.

Dabei legte sie sich neben mich.

»Ihr müsst aufpassen, dass die Handgranate so weit fliegt, wie es geht. Damit ihr euch nicht selbst in die Luft sprengt!«

Wir lagen im Graben und ich schielte zu ihr. In ihrem Gesicht waren Spuren von Erde, als hätte sie Kriegsbemalung angelegt. Wie schön sie war!

»Hurra!«

Plötzlich rannte sie los.

Und ich voller Eifer hinterher.

»Hurra!«

»Gegen die Faschisten!«

»Hurra!«

Wir warfen die Handgranaten, so weit wir nur konnten. Dann wurde der Angriff kurz unterbrochen, und Ivanka maß exakt nach, wie weit wir geworfen hatten, und notierte es in ihrer Akte. Leider war ich ziemlich schlecht.

»So wie es aussieht, bist du von deiner eigenen Handgranate zerfetzt worden, ohne den feindlichen Panzer erwischt zu haben.«

Ich nickte getroffen.

»Schade.«

»Ja, schade.«

Wir gingen verdreckt nach Hause. Jakub und Michal liefen vor uns und plapperten begeistert über ihre Würfe, machten Explosionsgeräusche nach und strahlten. Aber ich hatte den Krieg verloren, und Ivanka schwieg, als wäre sie enttäuscht. Dabei hätte ich sie gerne mit olympischen Weiten begeistert.

Als wir wieder zurück waren, drehte sich Ivanka zu mir um.

»Es freut mich, dass du dich so stark engagierst, Martin!«

Ich blickte sie mit feuerroten Ohren an. Sie legte ihre Hand wie ein General auf meine Schulter.

»Ich wünschte, alle Pioniere wären mit so ehrlichem Eifer dabei wie du.«

»Danke. Das finde ich … auch!«

Michal und Jakub schauten, als wäre ich nicht ganz dicht.

Ich hätte alles für Ivanka getan.

»Möchtest du mit mir den Fahnenappell zum Ersten Mai machen?«, fragte sie ernst.

»Selbstverständlich!«

»Schön«, meinte sie lächelnd.

Kurz danach hisste ich mit ihr in der Pause die kleine tschechoslowakische und die große sowjetische Fahne und erntete anschließend Spott.

»Was ist denn mit dir los?«, fragte Michal.

»Zwingen dich deine Eltern dazu?«, mutmaßte Jakub.

»Ja«, log ich.

Ich fühlte mich bei dieser doppelten Lüge besonders mies und wünschte, die ganze Propaganda, die Ivanka so brav wiederkäute, wäre wahr und ich könnte ihr kommunistischer Märchenprinz sein. Auf einem roten Traktor!

Helden am Straßenrand

»Wer hat heute Nachmittag Zeit?«, fragte Ivanka.

»Für Handgranatenweitwurf?«, hoffte Michal.

»Nein. Wir haben die große Ehre, die Mahnwache für unsere heldenhaft gefallenen Partisanen zu halten!«

Jakub und Michal versuchten, sich unsichtbar zu machen.

»Wer meldet sich freiwillig?«, wollte sie strahlend wissen.

Dabei hob Ivanka ihre eigene Hand. Meine Hand schoss hoch wie eine Katjuscha-Rakete. Sie nickte lächelnd.

»Martin Lukáš und Ivana Kačerova melden sich heute zur Mahnwache«, schrieb sie zufrieden in ihr Protokoll.

»Wie lange dauert das?«, fragte ich.

»Zwei Stunden.«

Zwei Stunden allein mit Ivanka! Ich zitterte wie unser Hund Ringo, bevor man ihn von der Leine ließ. War sie doch keine Statue aus sowjetischem Marmor und wollte mit mir ganz allein sein?

»Ich freue mich drauf!« Sie lächelte. »Dann können wir die heutige Sitzung hiermit offiziell für beendet erklären!«

Die Jungs liefen blitzschnell hinaus. Ich blieb sitzen.

»Kommst du?«, fragte Michal und hatte schon seinen Sack Murmeln in der Hand.

»Ich muss noch was erledigen«, rechtfertigte ich mich.

Ich schaute dabei zu Ivanka.

»Streber«, zischte Michal leise.

Die Jungs hauten schnell ab.

Ich wartete, bis Ivanka ihre Unterlagen sorgsam in eine Mappe gelegt hatte und ebenfalls ging. Dann liefen wir zusammen hinaus, als wären wir ein Paar. Sie nickte mir zu.

»Bis später!«

»Bis dann.«

Ich schaute ihr versonnen nach.

Um halb sechs fuhr uns Ivankas Vater in seinem miefigen Škoda in Richtung Prag. Dieser schlecht rasierte Mann, der wahrscheinlich erst vor wenigen Minuten sein sozialistisches Plansoll erfüllt hatte und deshalb ganz außer Atem war, redete mit seiner Tochter wie mit einer jungen Parteigenossin.

»Hast du dein Tuch ordentlich gebunden?«

»Ja, Vater.«

»Wie viel Kilo Altpapier habt ihr letzte Woche gesammelt?«

»Acht Kilogramm, Vater.«

Sie nannte ihn immer ganz förmlich »Vater«.

»Nur?«

»Ja, Vater.«

»Dann seid ihr unter dem Soll.«

»Ja, Vater.«

»Und Altmetall?«

»Da sind wir im Soll, Vater. Fünf Kilo.«

Bis zu diesem Augenblick hatte ich gedacht, dass der ganze Kommunismus eine Erfindung der Achtzehn-Uhr-Nachrichten war, bei der nicht wirklich jemand mitmachte. Doch nun sah ich den lebenden Beweis. Der real existierende Sozialismus war eine gottverdammte Tatsache. Ich wollte Ivanka erlösen, aber sie wirkte so angespannt, dass ich es nicht wagte zu sprechen.

»Und du, Genosse?«, sprach mich der Vater an.

Ich war irritiert. Meinte er mich?

»Du bist auch stolz, den gefallenen Helden die Ehre zu erweisen?«

Ich schaute Ivanka an. Sie sah mich an, als hätte sie Angst vor meiner Antwort.

»Natürlich.«

»Schön«, nickte er.

Ivanka lächelte erleichtert.

Zum Glück erreichten wir bald unser Ziel und stiegen mitten im Nirgendwo aus. Dort stand ein graues, halb verfallenes Denkmal, das mir noch nie aufgefallen war, obwohl wir schon unzählige Male vorbeigefahren waren.

»Hier wurden 1945 drei Partisanen erschossen«, sagte der Vater ernst.

Ich nickte ebenso ernst.

»Gut! Ich hole euch in zwei Stunden wieder ab.«

Er ließ uns aussteigen, ohne jede Geste von Zärtlichkeit seiner Tochter gegenüber, und fuhr in seiner Stinkkiste zurück. Wahrscheinlich musste er noch sowjetische Fahnen bügeln.

Da standen wir nun. Ivanka, das Denkmal und ich.

»Und jetzt?«, fragte ich.

Kaum dass ihr Vater weg war, nahm sie Stellung auf und platzierte sich rechts neben das Denkmal, das von einer halb verwelkten roten Nelke geziert wurde. Auf einmal wurde mir mit Schrecken klar: Ivanka wollte *tatsächlich* zwei Stunden Mahnwache an einer dreckigen Straße halten!

Ich stellte mich auf die andere Seite des Denkmals. Wir waren allein. Aber durch das Denkmal getrennt. Und sie machte keine Anstalten, sich mit mir zu unterhalten. Ivanka stand da wie eine schöne Statue.

»Und was machen wir jetzt?«, fragte ich.

Die zwei Statuen neben mir rührten sich nicht. Ich seufzte laut und schaute frustriert in die Ferne.

»Dort drüben hat mein Vater in seiner Militärzeit Dienst gehabt«, sagte ich.

Militärdienst war etwas Patriotisches.

»Radaranlage«, fügte ich hinzu.

Mein Vater hatte mir immer wieder erzählt, dass das Militär Menschen zu dummen Soldaten machte. Das sagte ich natürlich nicht. Ivanka rührte sich trotzdem nicht.

»Die halten sich aber nicht an die Geschwindigkeitsbegrenzung«, meinte ich bemüht lachend, als mir aufgewirbelter Plastikmüll um die Ohren flog.

Sie schaute mit ernstem Gesicht geradeaus. Ich stellte mich fünf Zentimeter weiter nach vorn, um sie sehen zu können. Sie reagierte nicht.

»Und uns beachten sie auch nicht«, fügte ich hinzu.

Nichts. Ich gab auf und wartete auf das Ende dieser Schnapsidee.

»Mamma Mia«, sang ich leise ABBA.

Da sah ich eine Bewegung! Meine Ohren wurden heiß. Ich hoffte, sie würde mir zuwinken, merkte aber: Sie salutierte!

Ich konnte es nicht fassen, doch es war die nackte sozialistische Wahrheit. Wenn ein Auto an uns vorbeiraste, ohne auch nur im

Geringsten von uns Notiz zu nehmen, hob sie ihren rechten Arm zum Pioniergruß und salutierte!

Ich beugte mich vor und sah sie an. Sofort traf mich ein böser, böser Blick, der mir vorwarf, die Sache nicht ernst zu nehmen und die Ehre der Gefallenen nicht zu achten. Ich salutierte ein paarmal. Aber auch das brachte keinen Erfolg. Ivanka blieb ein kühles Denkmal.

Als wir zwei frustrierende, kalte und sinnlose Stunden später von Ivankas Vater abgeholt wurden, saß auch Ivankas Mutter im Auto. Sie machte mir Angst. Sie war dick, hatte goldene Zähne, Warzen im Gesicht und redete wie die Nachrichten. Sie war ein kommunistischer Albtraum, in dem Menschen das wirklich ernst nahmen, was die Partei aus Gewohnheit von sich gab. Der Vater sagte nichts. Er roch nur nach Bier. Vielleicht hatte er doch keine sowjetischen Fahnen gebügelt.

»Die Pershing-Raketen werden unserem imperialistischen Klassenfeind wenig nützen, solange es die Sowjetunion gibt!«

»Ja?«, wagte ich zu fragen.

»Lernt ihr das nicht in der Schule?!«, zischte sie vorwurfsvoll, als wäre das meine Schuld.

Ich schaute zu Ivanka, die wirkte, als wäre sie innerlich emigriert.

»Was sagst du denn dazu?«, raunte die Mutter ihren bierseligen Mann an.

»Das ist schlimm«, erwiderte er beflissen.

»Weißt du, was eine US-amerikanische Atomrakete anrichtet?«, fragte sie mich wie eine Lehrerin ab.

»Nein«, gab ich wahrheitsgemäß an.

Sie pustete fassungslos Luft heraus.

»Was lernt ihr denn heutzutage in der Schule?«, erboste sie sich.

»Russisch.«

Sie blickte mich mit hochrotem Kopf an, als würde sie selbst bald explodieren wie eine Atomrakete.

»Das ist gut«, raunte sie und drehte sich um.

Ich beobachtete Ivanka, die unbeteiligt aus dem Fenster blickte.

»Ihr müsst wachsam sein, Kinder! Fleißige Pioniere! Für die Zukunft des Sozialismus. Allzeit bereit!«, lallte der Vater.

Die Mutter schaute ihn an, als ob sie überlegen würde, ihm eine reinzuhauen. Dann blickte sie seufzend nach vorn.

Ich hätte gelacht, wenn ich keine Angst gehabt hätte, dass Ivankas angetrunkener Vater in den Graben fahren könnte. Ivanka schämte sich entweder für ihre Eltern oder war beleidigt, weil ich nicht jedem Trabant salutiert hatte.

Ich legte meine Hand in ihre Nähe auf den Kunstledersitz. Ihr war offensichtlich mindestens so kalt wie mir. Obwohl eine ölige Hitze von vorne zu uns drang, vermischt mit Bier, Schweiß und billigem Deo, war es so eiskalt, dass sie zitterte.

Ich bewegte meine Hand mit sozialistischer Langsamkeit über die Naht, die unsere Sitze trennte. Weiter wagte ich mich nicht. Zwischen uns hing ein eiserner Vorhang. Ivanka bewegte sich keinen Millimeter.

Ich ließ meine Hand dort liegen, starrte aber auf der anderen Seite aus dem Fenster. Es wurde dunkel, die Straßenlaternen warfen ihr gelbliches und schwaches Licht auf die kaputten Straßen. Die Dörfer waren verlassen, es roch nach Schwarzkohle, die Hunde bellten. Auch die Mutter rührte sich nicht mehr. Vielleicht schlief sie. Ihr Vater starrte nach vorn. Ich hoffte, dass *er* nicht schlief.

Als ich endlich wieder zu Hause war, überraschte mich mein Vater mit einer ganzen Tüte Lebensmittel aus dem *Tuzex*.

»Hab ein paar Sachen aus dem kapitalistischen Ausland besorgt!«

Ich strahlte, während Mama meine Hände drückte.

»Du bist ja ganz durchgefroren. Ich lass dir mal ein schönes Bad ein.«

»Mit Tannenduft«, hob Papa hervor.

Er holte ein Schaumbad, das er ebenfalls im *Tuzex* gekauft hatte, aus der Tüte.

»Riecht mal daran!«, schwärmte er.

Mama schraubte den weißen Plastikverschluss auf, und wir steckten unsere Nasen beinahe rein, weil es genauso gut roch, wie es das Etikett versprach. Papa holte eine Dose gewürzter Mandeln hervor.

»Aus Kalifornien«, sagte er.

Meine Eltern malten sich aus, wie unser Leben im Westen sein würde. Ich probierte die Mandeln, deren Geschmack in meinem Mund geradezu explodierte.

»Was ist das?«, fragte ich begeistert.

»Barbecue«, las Papa vor.

»Babakju«, sprach ich es ihm versonnen nach.

Die lustigste Geschichte der Welt

»Ich hasse Russisch«, grummelte Michal leise.

Frau Genossin Lehrerin Romanova kam herein und wir standen zur Begrüßung auf.

»Setzen!«, befahl sie auf Russisch.

Wir setzten uns, und ich starrte auf die kyrillischen Buchstaben in meinem Buch, die mir wie ein unlösbares Rätsel vorkamen. *»Das ist die Sprache unserer Besatzer«*, sagte mein Vater immer. Bei den Pionieren nannten wir die Russen »Befreier«, weil uns die Rote Armee von den Nazis erlöst hatte. Aber selbst das stimmte nicht so ganz, hatte mir mein Vater einmal erklärt.

Die Kinder um mich herum lachten plötzlich. Ich blickte auf. Frau Genossin Lehrerin Romanova schaute mich ernst an.

»Bitte?«, sagte ich.

Sie wiederholte etwas auf Russisch, das ich nicht verstand.

»Sie hat dich was gefragt!«, flüsterte Michal.

»Und was?!«, flüsterte ich zurück.

»Keine Ahnung.«

»Verstehst du mich nicht?«

Ich starrte sie ratlos an.

»Dein Russisch muss viel besser werden«, drohte sie mir. »Sonst wirst du niemals in Moskau studieren können!«

In Moskau zu studieren, klang wie eine Strafe. Daher kam mir die Flucht in den Westen ganz gelegen. Da schoss mir auf einmal ein Gedanke in den Kopf wie eine heißkalte Druckwelle: *Was* sollte ich im Westen überhaupt werden!?

Bis dahin konnte ich mit der Frage, was ich mal werden wollte, wenn ich groß war, nichts anfangen. Ich hatte nicht die Absicht, erwachsen zu werden. Mir dämmerte aber, dass es schwer sein würde, ein Kind zu bleiben. Ich starrte aus dem Fenster auf eine Gruppe Kinder, die im Sportunterricht im Kreis liefen. Ich hatte keine Ziele. Zumindest nicht im Kommunismus.

Frau Genossin Lehrerin unterbrach meine sorgenvollen Gedanken.

»Kinder, ich muss euch etwas erzählen, was ich gerade in der Prawda gelesen habe!«

Frau Genossin Lehrerin trug eine Brille mit dicken Gläsern und breitem Rand und starrte uns mit großen Augen an.

»Wisst ihr, was radioaktiver Niederschlag ist?«

Frau Genossin Lehrerin legte eine Kunstpause ein. Die Kinder schüttelten verneinend die Köpfe. Ich wusste es auch nicht.

»Ich erkläre es euch! Passt auf: Drei sowjetische Forscher fuhren mit ihrem Forschungsschiff durch die Südsee. Sie dachten sich nichts Böses und machten ihre friedlichen Experimente zum Nutzen der Menschheit, als es mitten in der Südsee bei fünfundvierzig Grad im Schatten anfing zu schneien.«

Allgemeine Aufregung. Frau Genossin Lehrerin hob den Arm, um Ruhe im Raum zu schaffen. Sie wirkte so lässig wie sonst nie, da sie sich der Aufmerksamkeit ihrer Schülerinnen und Schüler sicher sein konnte.

»Was würdet ihr tun, wenn es im Sommer schneit?!«

»Schneeballschlacht!«

»Schneemann!«

»Limonade!«

Meine Mitschüler überschlugen sich mit Ideen. Ich beobachtete den selbstsicheren Triumph im Gesicht der Frau Genossin Lehrerin. Sie hatte ihr Publikum im Griff und vermutlich ein Ass im Ärmel. Die Pointe. Mein Vater war der beste Witzeerzähler, den ich kannte. Daher war mir das Prinzip vertraut.

»Die sowjetischen Forscher sind an Deck gegangen, haben den Schnee auf ihren Zungen zergehen lassen, haben gelacht und gejubelt!«

Spannungsaufbau.

»Und dann hat ihre Haut begonnen, sich zu pellen, bis aufs Fleisch, sie verbrannten innerlich, mussten sich erbrechen und starben!«

Ich wollte gerade fragen, woher Frau Genossin Lehrerin, beziehungsweise die Prawda, von den Details wusste, wenn alle gestorben waren, als meine Mitschüler mit ihren Fragen durcheinanderschrien. Etwas, das Frau Genossin Lehrerin normalerweise nie geduldet hätte.

»Warum?«

»War der Schnee vergiftet?«

»War es heiße Asche?!«

Frau Genossin Lehrerin schaute uns triumphierend an.

»Es war radioaktiver Niederschlag!«

Kunstpause.

»Was war passiert?«, fragte Frau Genossin Lehrerin.

Wir starrten sie an und in mir brodelte eine Idee.

»Die Franzosen von der hinterlistigen NATO haben Atombombenexperimente gemacht, und das, was wie Schnee aussah, war radioaktiver Niederschlag, an dem die Forscher jämmerlich *verreckt* sind!«

Große Betroffenheit. Ich war begeistert.

Die Wirkung von Frau Genossin Lehrerin Romanovas Worten haute mich um. Und ich hatte einen genialen Einfall, so klar wie Südseewasser. Ich wollte als Erwachsener lustige Geschichten aus meinem Leben erzählen. Ich nahm mir vor, bald die lustigste Geschichte der Welt zu erleben!

Als ich bis zum Abendessen immer noch keinen guten Witz erlebt hatte, machte ich mir langsam Sorgen um meine Zukunft.

»Wir fahren heute zu Jurij«, sagte Papa am Abend.

»Wer ist Jurij?«, fragte ich.

»Ein großer Kommunist.«

Ich schaute meine Mutter verwirrt an.

»Jurij ist ein hohes Tier in der Partei und hat gute Verbindungen. Möchtest du Marmelade oder Olmützer Käse?«

»Olmützer«, sagte ich.

»Jurij kann was für uns tun, damit wir unseren Reiseantrag bekommen«, erklärte Mama.

»Normalerweise dürfen Familien fast nie nach Jugoslawien reisen«, sagte Papa.

»Warum?«, fragte ich.

»Um Republikflucht zu vermeiden.«

Ich biss in mein Hörnchen mit Olmützer Käse.

»Nur Kommunisten und Leute, die gut bestechen, dürfen ausreisen.«

Mein Vater trug eine amerikanische Jeans, ein englisches Polohemd und französisches Aftershave.

»Deine Oma Vera und ich sind wegen dir in der Partei und du bei den Pionieren, aber das reicht nicht aus«, befürchtete Mama.

»Dafür besteche ich Jurij!« Papa grinste.

»Aber ist das nicht gefährlich?«, fragte ich.

»Der Typ ist ein Fan von meiner Band. Und ein noch größerer Fan von Luxusartikeln aus dem Westen«, winkte Papa lässig ab. »Ich weiß, wie man den kriegt.«

Ich war beeindruckt. Mein Vater war nicht nur lustig und klopfte Sprüche. Er machte die Dinge einfach, statt nur zu reden.

Nach dem Essen stiegen wir in unseren roten Alfa Romeo Giulietta Bertone Junior (Kantenhaube) und fuhren aufs Land.

»Jurij hat sich ein großes Haus auf dem Land gekauft«, sagte Papa.

»Bitte keine Sprüche gegen Russen und Witze über Kommunisten«, mahnte Mama.

»Bin ja nicht blöd.«

»Und du erzählst nichts davon, was wir zu Hause so reden«, fügte Mama hinzu und drehte sich zu mir um.

Ich nickte und blickte nach draußen. Die Menschen in den Dörfern blieben stehen, wenn sie unseren italienischen Flitzer sahen, und schauten uns nach. Ich tat so, als wäre mir das egal. So stellte ich mir meine Zukunft als erfolgreicher Witzeerzähler im Westen vor. Ich würde ein bodenständiger und sehr netter Star sein. Mir fehlte nur noch die lustigste Geschichte der Welt.

»Jurij und Lucie haben einen Sohn in deinem Alter. Patrik.«

Ich war gespannt. Als wir ankamen, stand Patrik skeptisch am

Eingang und beobachtete mich. Wir stiegen aus, und Jurij begrüßte meinen Vater und meine Mutter, als wären sie die besten Freunde.

»Schön, dass ihr da seid, ihr Lieben.«

Ich schaute mich um. Neben dem alten, ganz neu renovierten Bauernhaus stand ein großer weißer Mercedes.

»260 SE, 160 PS, Automatik!«, sagte Jurij stolz.

Mein Vater nickte anerkennend und testete fachmännisch die Federung.

»Tolles Auto.«

Ich schaute zu Jurijs Frau Lucie, die gerade ihre Schuhe in die Höhe hob, damit sie meine Mutter bewundern konnte.

»Sind die nicht toll? Aus Rom. Die Hose ist aus Paris. Alles *Tuzex*«, erklärte Lucie lächelnd und hakte sich bei meiner Mama ein.

»Dein Jeansrock ist ja auch ganz toll. Auch *Tuzex*?«

Ich schaute etwas ratlos zu Patrik.

»Zeig Martin doch deine Matchboxautos!«, sagte Lucie mit der offensichtlichen Absicht, uns loszuwerden.

»Ich muss dir mein neues Abendkleid zeigen. Direkt aus Bologna!«, schwärmte Lucie und zog meine Mutter ins Haus.

»Das sind meine Matchboxautos!«, erklärte Patrik wenig inspiriert in seinem Zimmer.

Patriks Zimmer sah aus wie aus einem Neckermann-Katalog herausgeschnitten. Bettwäsche mit FC-Bayern-Aufdruck, Poster von Bud Spencer und Terrence Hill, ferngesteuertes Auto aus Japan, ein Teppich mit einem Muster wie ein Fußballplatz und eine Fototapete mit Südseemotiv.

Ich dachte darüber nach, dass ich nicht erzählen durfte, was wir

Stil!

zu Hause über die Kommunisten redeten, während sich die Kommunisten hier ein wahres Westparadies gebaut hatten.

»Magst du?«, fragte Patrik und hielt mir eine Tafel weißer Schokolade hin. »Aus Westdeutschland!«

Ich war sprachlos. Weiße Schokolade war also doch keine Legende aus einem kindischen Wunschtraum. Sie war echt! Schon die Verpackung leuchtete magisch, wie der Sieg der sieben Zwerge über die böse Hexe. Weiße Schokolade war etwas so Wundervolles wie Pippi Langstrumpf mit ihrem Süßwarenladen. Etwas, das nur aus dem Westen kommen konnte.

Ich packte sie ganz langsam und vorsichtig aus, und mein Atem blieb für einen kleinen Augenblick der Ewigkeit stehen – sie war wirklich weiß!

»Unglaublich.«

Die Schokolade leuchtete verführerisch cremig weiß, wie eine Torte aus der Konditorei am Marktplatz in Kralupy. Sie roch auch ganz magisch. Ich steckte mir vorsichtig ein Stück in den Mund und wartete – der Geschmack durchfloss mich wie das pure Glück. Ich ließ die Schokolade im Mund zerfließen, um möglichst lange etwas von ihr zu haben. Das oberste Ziel meiner Zukunftspläne für den Westen war klar: Ich wollte mich nur noch von weißer Schokolade ernähren!

Patrik fand meine Reaktion sehr lustig und schenkte mir die ganze Tafel. Er hatte mehr als genug davon. Ich nicht. Ich fuhr ohne die lustigste Geschichte der Welt nach Hause. Dafür mit der weißen Schokolade, die ich in der Hand hielt wie einen sagenumwobenen Goldschatz.

Weiße Schokolade

Am nächsten Tag traf ich mich mit meinem Cousin Bobek. Er war ein Jahr älter als ich und spielte in meiner Eishockeymannschaft. Bobek war besessen von Westprodukten und hatte in seinem Kinderzimmer eine Wand mit leeren Verpackungen aus dem Westen verziert.

Seifenschachteln, Aftershaves, OB-Tampons. Sogar eine Tüte von Aldi hing wie ein Poster in seinem Zimmer.

»Schau mal!«, sagte ich stolz.

Ich holte zwei kleine Quader der weißen Schokolade aus meiner Sportjacke und gab ihm eines. Er war sprachlos.

»Was ist das denn?«

»Weiße Schokolade!«

»Nein!«

»Doch.«

»*Leck* mich am Arsch!«

Wir liefen lachend zu unserem Garten. Der Garten lag am Stadtrand und war vor allem der Rückzugsort unseres Großvaters väterlicherseits. Großvater Rudolf war ein großer Bastler und Erbauer von Geräten aller Art.

Bobek und ich freuten uns auf den Buggy, den Großvater Rudolf für uns baute. Wir waren im Sommer fünf Mal in einem Film mit Terrence Hill und Bud Spencer gewesen, weil es darin eine wilde

Verfolgungsjagd mit roten Buggys gab. Das waren coole Geländefahrzeuge mit großen Rädern und ohne Dach.

»Vielleicht hat er schon Räder!«, schwärmte Bobek.

»Oder einen Motor«, träumte ich.

»Oder Lichter!«

Da aufgrund der mangelhaft funktionierenden Planwirtschaft ständig etwas fehlte, hatte sich Großvater in seiner Freizeit darauf spezialisiert, Dinge zu bauen, die sonst nicht verfügbar waren. Sein erfolgreichstes Projekt war eine Betonmischmaschine. Das beste Projekt hatte er jedoch angefangen, als er auf einem Schrottplatz zwei alte Traktorreifen gekauft hatte, um einen Buggy wie aus dem Film zu bauen.

Wir waren begeistert und planten unsere ersten Fahrten für den kommenden Sommer. Dass ich wegen der Flucht genau in diesem Sommer vielleicht gar nicht mehr da sein würde, machte mich traurig. Aber ich verdrängte das, so gut es ging.

Wir betraten den Garten. Großvater Rudolf schraubte gerade an einem Rasenmäher herum. Er fluchte laut und derb, um nur einen Moment später eine italienische Oper zu pfeifen. Italienische Opern waren seine Leidenschaft. Eigentlich wäre er am liebsten Opernsänger geworden, wie dieser Caruso, von dem er oft sprach. Als er uns sah, hörte Großvater Rudolf auf zu pfeifen und strahlte uns an.

»Ah, da sind ja die jungen Rennfahrer.« Er lächelte uns an.

Er ließ den Rasenmäher liegen und lief mit uns in die Garage, in der unser Buggy stand. Er hatte noch immer keinen Motor, keine Bremsen und keine Vorderräder. Aber er hatte jetzt zwei riesige Schutzbleche!

»Super«, schwärmten wir.

»Die sind aus einem alten Citroen aus den Dreißigerjahren«, erklärte er. »Ich hab sie geflickt und lackiert.«

Unsere Augen strahlten. Die rot lackierten und gebogenen Schutzbleche sahen genauso aus wie bei Bud Spencer und Terrence Hill.

»Original wie im Film!«, schwärmten wir weiter.

Wir setzten uns auf den alten Moskwitsch-Sitz des Buggys und griffen das Lenkrad, das Großvater aus einem Trabant ausgebaut hatte. So fuhren wir im Geist schon über Wald und Wiesen und kamen uns wie Helden vor. Dass ich das wegen unserer Flucht vielleicht nie erleben würde, sagte ich weder Großvater noch Bobek.

Während Großvater Rudolf eine Dose Bohneneintopf in einen Topf Wasser stellte und diesen mit einem kleinen Gaskocher erwärmte, zeigte ich ihm die weiße Schokolade.

»Möchtest du? Das ist weiße Schokolade!«

»Unglaublich!«

Er schaute sie an wie ein Forscher, der ein seltenes und farbenprächtiges Insekt entdeckt hatte.

»Magst du nicht probieren?!«

»Diabetes«, winkte er ab. »Aber es sieht sehr lecker aus!«

»Westdeutschland ist das Paradies«, seufzte Bobek.

Großvater nickte lächelnd über Bobeks Fantasien.

»Als ich zur Zeit der Ersten Republik meine Kaufmannsausbildung in Karlsbad gemacht habe, war die Tschechoslowakei eines der reichsten Länder der Welt. Wie die Schweiz. Es gab Feinkost, Kolonialwaren, Damen in feinen Roben, Kostümen und Kölnisch Wasser. Und ich hatte meine Haare mit Pomade frisiert wie Fred Astaire«, erzählte er lachend.

»Das war bestimmt toll damals«, sagte ich.

Großvater nickte und sang einen Teil einer Arie, während er den Eintopf umrührte. Ich dachte darüber nach, was Ivanka wohl dazu sagen würde, dass damals alles besser gewesen war. Bevor die Kommunisten an die Macht gekommen waren.

Als guter Pionier wusste ich natürlich die Antwort: Die Arbeiter und Bauern waren von den Kapitalisten ausgebeutet worden. Ich konnte mir nicht vorstellen, dass Großvater jemanden ausgebeutet hatte. Schließlich hatte Oma Vera, Mamas Mutter, bei ihm als Näherin gearbeitet.

»In Westdeutschland gibt es *weiße* Schokolade«, verkündete ich die frohe Botschaft am nächsten Tag auf dem Pausenhof.

»Wirklich?«

»Das glaube ich nicht!«

Die Kinder schwankten zwischen Begeisterung und Neid. Nur Ivanka schaute mir skeptisch aus der Ferne zu. Da kam Genossin Lehrerin Romanova auf mich zu, die die Sowjetunion für das Paradies auf Erden hielt.

»Was erzählst du da?«

Ich bekam Angst. Hatte ich aus Versehen verraten, dass meine Eltern gegen die Kommunisten waren? Frau Genossin Lehrerin Romanova war wütend.

»Jetzt stellst du dich dahinten in die Ecke, damit du in Zukunft nicht wieder Lügengeschichten verbreitest!«

»Das sind keine Lügengeschichten.«

»Weiße Schokolade gibt es nicht! Nicht einmal in der Sowjetunion!«, schimpfte sie erbost.

»Doch! Ich hab sie *zu Hause*!«

»Ab in die Ecke! Und setz den Kindern keine verdammten Flausen in den Kopf!«, kläffte sie, als hätte ich sie persönlich beleidigt.

Als ich in der Ecke stand, machte ich mir große Sorgen. Meine Eltern hatten mir eingebläut, nie darüber zu sprechen, was bei uns zu Hause über den Osten, den Westen und die beschissenen Kommunisten geredet wurde. Seit der Ankündigung unserer möglichen Republikflucht hatte ich aufgepasst wie ein Schießhund. Aber die weiße Schokolade war einfach zu toll.

Die Mädchen kicherten und schauten mich an wie einen Lügner. Ivanka beachtete mich überhaupt nicht mehr. Ich schaute beleidigt zu ihnen. Natürlich musste ich unauffällig bleiben, doch ich wollte unbedingt beweisen, dass ich kein Westlügner war.

Wieder zu Hause, bat ich meine Mutter um eine Fa-Seifenschachtel, die sie noch aus dem *Tuzex* hatte, und steckte die letzten Stücke der weißen Schokolade hinein. Ich wollte der Genossin Lehrerin die weiße Schokoladenwahrheit unter die Nase reiben. Sie sollte sich schämen und so rot werden wie die Sowjetfahne.

Am nächsten Tag konnte ich die große Pause kaum abwarten. Als es klingelte, nahm ich mein Pausenbrot und die Seifenschachtel heraus und lief langsam auf den Pausenhof. Ich fühlte mich wie ein Cowboy auf dem Weg zu einem Duell, das er sicher und lässig gewinnen würde.

Frau Genossin Lehrerin Romanova hatte wieder Pausenaufsicht und unterhielt sich mit Ivanka. Die anderen standen in Gruppen herum. Ich packte die schöne Seifenschachtel aus. Sofort kamen einige Mädchen zu mir, als hätte ich ein Etui mit Edelsteinen geöffnet. Frau Genossin Lehrerin und Ivanka beobachteten uns misstrauisch aus der Ferne.

»Das ist aber eine schöne Schachtel!«

»Darf ich mal an ihr riechen?«

»Darf ich die Schachtel haben?«

»Oh, riecht die aber gut …«

Schnell bildete sich ein Kreis der Ehrfurcht um mich. Ich öffnete die Seifenschachtel und holte die kleinen weißen Quader heraus, wie ein stolzer Juwelier, der wusste, dass er gleich mächtiges Staunen verursachen würde.

»Weiße Schokolade«, sagte ich, als würde ich ihnen den sagenumwobenen schwarzen Schwan zeigen, und blickte zur Genossin Lehrerin.

Die Genossin Lehrerin und Ivanka taten so, als würden sie nicht merken, was da gerade geschah.

»Wer will mal?«, fragte ich.

Die Kinder schrien um die Wette, und ich gab denen, die mir gestern schon geglaubt hatten, einige Stücke zum Probieren. Ihre Augen funkelten. Meine auch. Die Zweifler gingen beleidigt weg und taten so, als würde sie weiße Schokolade nicht interessieren.

Ivanka lief davon. Doch die Genossin Lehrerin kam heran und schaute auf die Seifenschachtel in meinen Händen. Das Westprodukt war ihr ein Dorn im Auge. Ich blieb beim High Noon der Blicke entspannt und steckte mir ein Stück der Beweisschokolade in den Mund.

»*Die* schmeckt aber toll«, schwärmten die Gläubigen den Ungläubigen vor.

Ich erschrak. Die Schokolade schmeckte nach Seife. Die Genossin Lehrerin schaute mich herablassend an.

»Man steckt keine Lebensmittel in Seifenschachteln!«, ermahnte sie mich böse. »Nicht mal im Westen!«

Ich sagte nichts mehr. Das Duell war verloren. Dennoch schwor ich mir trotzig, eines Tages auf einem roten Buggy aus dem Westen zurückzukehren in diese verdammte, kleine tschechische Stadt und Westschokolade in allen Regenbogenfarben zu verteilen, wie der heilige Martin seinen Mantel.

Die anderen Kinder wandten sich den üblichen Spielen und Rangeleien des Pausenhofs zu, die Mädchen spielten mit meiner Seifenverpackung, die ich ihnen überlassen hatte, und Ivanka unterhielt sich wieder mit der Genossin Lehrerin. Ich aß traurig das letzte kleine Stück meiner weißen Schokolade, die nur noch nach Seife schmeckte.

Von der Sowjetunion lernen heißt siegen lernen

Während meine Eltern täglich darüber stritten, was man für die Flucht in den Westen einpacken musste, ähnelte mein Leben einem kommunistischen Propagandafilm: Ein von Westprodukten verwirrter Zweifler wird von einer jungen Pionierin aus dem Sumpf aus weißer Schokolade und Rockmusik befreit und erhält eine sinnvolle Aufgabe im Kollektiv. Ein dreifaches Hurra auf ein glückliches Ende mit Gesang und Traktoren im Sonnenuntergang.

Es war irritierend. Einerseits wollte ich ein kalifornischer Münchener sein, andererseits war es auch ganz schön, ein braver Pionier zu sein. Vorgaben erfüllen, sich wie die Speerspitze der Zukunft fühlen und zusammen mit Ivanka ganz einfach nur gut sein.

»Ich würde mich sehr freuen, wenn wir zur Spartakiade nach Prag fahren würden«, seufzte sie.

Ich wusste nicht, ob sie unsere Einheit meinte oder uns.

»Ich würde mich auch sehr freuen«, verkündete ich etwas zu laut.

Sie lächelte mich an, lief in die Mitte der Turnhalle und stellte sich in Pose, um den Bewegungsablauf der Spartakiade schon einmal für sich durchzugehen.

Die Spartakiaden waren im Ostblock Sportveranstaltungen, die regelmäßig stattfanden und bei denen die Jugend des Landes Wettkämpfe in allen möglichen Sportarten bestritt. Das Ziel war es, erfolgreiche Sportler heranzuzüchten, um westliche Sportler in Zukunft bei Wettkämpfen vernichtend zu schlagen. Und um zu beweisen, wie überlegen der Sozialismus war.

Unsere Schule wurde auserkoren, eine Abfolge von gymnastischen Übungen für die Eröffnungszeremonie der Spartakiade 1980 einzuüben.

Jakub und Michal waren nicht gerade begeistert.

»Wir sehen aus wie das tschechische Unterhosen-Ballett«, moserte Michal.

Wir trugen kurze weiße Hosen und weiße Unterhemden.

»Ich hasse Gymnastik!«, seufzte Jakub. »Das ist doch nur was für Mädchen!«

Ich beobachtete Ivanka, die unsere Choreografie perfekt beherrschte und aussah wie eine Primaballerina aus dem Bolschoi-Ballett.

»Jungs spielen Eishockey«, ärgerte sich Jakub.

»Und Murmeln!«, fügte Michal hinzu.

»Wir wären in Prag eine Woche zusammen in einer Jugendherberge. Mit nur *einer* Lehrerin als Aufsicht!«, schwärmte ich.

»Das wird sehr schön!« Ivanka lächelte.

Sie hatte sich zu uns umgedreht.

»Deswegen müssen wir uns alle ganz besonders anstrengen.«

»Ja, das müssen wir«, sagte ich aus voller Überzeugung.

Spartakiade war das Gegenteil von Rock 'n' Roll. Aber ich gab mir Mühe wie der Generalsekretär der Kommunistischen Partei der Sowjetunion Leonid Iljitsch Breschnew persönlich. Ich begann, den Ablauf sogar zu Hause zu üben. Denn ich wollte mit Ivanka nach Prag!

»Meinst du, wir schaffen es nach Prag?«, fragte Ivanka.

Ich schaute sie ertappt an.

»Ja, natürlich!«

Jakub und Michal beobachteten mich genervt. Ivanka nickte erhitzt.

»Ich finde, wir sind sehr gut!«, log ich.

Sie dehnte sich.

»Wir müssen die Besten sein!«

»Wir *sind* die Besten!«, lehnte ich mich sehr weit aus dem Fenster.

»Ich kotz gleich«, jammerte Michal leise.

Ich schaute ihn fragend an.

»Weil es so anstrengend ist?«

»Weil du so verdammt verknallt bist!«, schimpfte Michal vorwurfsvoll.

Meine Ohren wurden rot. Ich hoffte, dass Ivanka Michals Worte nicht gehört hatte. Sie schaute jedoch gerade zu Frau Genossin Lehrerin Romanova, die laut in die Hände klatschte.

»Grundaufstellung! Zack, zack!«, befahl sie.

Wir mussten die Bewegungen stundenlang wiederholen. Tag für Tag. Woche für Woche. Aber ich bemühte mich ehrlich.

»Bis dann!«, sagte Ivanka.

»Bis dann«, hauchte ich.

Unsere Probe war vorbei und sie stolzierte davon. Ich wäre ihr gern gefolgt. Stattdessen blieb ich mit Jakub und Michal in der Halle zurück.

»Sag mal, ist dir das nicht peinlich?«, fragte Michal.

»Ich bin nicht verknallt!«, log ich.

»Oder liebst du Gymnastik wie ein Mädchen?«, fragte Jakub grinsend.

Ich wusste nicht, was schlimmer war.

»Ich finde nur, dass Ivanka das sehr gut macht.«

»Du *bist* verknallt!«, urteilte Jakub schließlich ernst.

Ich zögerte.

»Leck mich am Arsch!«, fluchte Michal.

Er schaute mich amüsiert an.

»Eine Runde Murmeln?«

Ich hatte keine Lust. Ich lief stattdessen zu unserem Konsum, um mich mit Vitacit zu betäuben, meiner tschechischen Lieblingssüßigkeit. Das war ein Pulver, das man in Wasser auflösen konnte. Ich liebte es stattdessen, es zu schlecken.

»Ausverkauft«, meinte die Verkäuferin im Konsum genervt.

Meine tschechische Lieblingssüßigkeit gab es nicht. Ich grübelte, was ich mir stattdessen kaufen könnte. Auch bei den Bonbons sah es mager aus. Es gab nur verklebte Orangenbonbons von Zora, die den Gaumen aufschnitten, als hätten sie sozialistische Zahnärzte erfunden, um Kindern das Naschen auszutreiben.

Ich zerbrach mir den Kopf, als mich plötzlich ein Mann in einer grauen Jacke, beiger Hose und braunen Sandalen mit hellgrauen Acrylsocken ansprach.

»Wohnst du hier in der Gegend?«, fragte er.

Er beobachtete mich unverhohlen. Meine Omas hatten mich vor Männern gewarnt, die Kinder ansprachen. Ich schaute mich Hilfe suchend nach den in weiße Kittelschürzen gekleideten Verkäuferinnen um. Aber sie beachteten mich und den Mann nicht.

»Ja«, sagte ich.

Dabei beschäftigte ich mich ganz intensiv mit Kakaokeksen, um dem Mann zu zeigen, dass er abhauen sollte.

»Wo denn?«, fragte er.

Jetzt blickte eine der Verkäuferinnen zu uns herüber. Aber sie kam mir nicht zu Hilfe.

»Hm?«, grunzte der Mann streng.

Ich wollte lügen, aber irgendwie gelang es mir nicht. Der Mann hatte eine Ausstrahlung wie ein Lügendetektor.

»Gottwaldova 1050«, sagte ich.

Ich hatte Angst und war wie paralysiert.

»Und was macht dein Papa so?«

Dabei schaute er mich mit tierischem Ernst an wie ein Ziegenbock.

»Mein Papa?«

Mir schoss ein heißer Gedanke vom Kopf ins Herz. Der Mann könnte von der StB sein, der tschechischen Staatssicherheit! Ich hatte große Angst, etwas Falsches zu sagen. Die Verkäuferin schaute mich nun ganz genau an, machte aber keine Anstalten einzugreifen.

»Arbeiten«, sagte ich unsicher.

»In Kladno?«

Ich erstarrte. Der Mann kannte meinen Vater offensichtlich.

»Bei Zberné Suroviny«, fügte er hinzu.

Das war der Name der staatlichen Altpapier- und Altmetallverwertungsgesellschaft, bei der meine Oma Ester und mein Vater arbeiteten. Ich wollte am liebsten wegrennen, blieb aber am abgenutzten Konsumboden kleben.

»Ja«, sagte ich leise.

Ich studierte die Kakaokekse, bei deren Plastikverpackung durch meine verschwitzten Angsthände langsam die Farbe abging. Ich war mitten im berühmt-berüchtigten Kreuzverhör.

»Und was reden deine Eltern so zu Hause?«, fragte er mich unverblümt.

Ich spürte, wie ich rot anlief und zu schwitzen begann.

»Zum Beispiel darüber, dass in Zeměchy vor zwei Wochen die sowjetische Fahne von der Dorfkneipe heruntergerissen wurde?«

Mir wurde schlecht. Die Welt begann zu verschwimmen. Ich schaute auf die hässlichen Kommunistensocken des Mannes und hatte das Gefühl, bald ohnmächtig zu werden. Die Socken, die Schuhe und der Linoleumboden verschwammen langsam zu einem grauen Brei.

»Nichts«, gelang es mir zu lügen.

Der Mann durchbohrte mich mit Blicken.

»Möchtest du jetzt die Kekse kaufen?«, raunzte die Verkäuferin scharf.

Sie stand plötzlich neben mir und schaute mich böse an.

»Ja?«, sagte ich.

Ich fragte mich, ob sie sich Sorgen um die Kekse machte oder mich nur ganz geschickt aus der brenzligen Lage retten wollte. Ich eilte zur Kasse. Dort zahlte ich zitternd und floh aus dem Konsum. Dabei blickte ich mich noch einmal um. Der Mann redete jetzt mit der Verkäuferin, die mich währenddessen beobachtete. Ich rannte schnell weg, mein Herz raste.

Zu Hause aß ich die trockenen Kakaokekse und schaute aus dem Fenster auf die Kreuzung vor unserem Plattenbau. Ich hatte Angst, der Mann könnte jeden Augenblick hochkommen und meinen Vater verhaften.

Dabei ging ich das merkwürdige Gespräch immer wieder durch, auf der Suche nach einem Fehler, den ich begangen haben könnte. Vielleicht hatte mir der Mann Fangfragen gestellt, und ich würde schuld daran sein, dass mein Vater ins Gefängnis käme. Davor, dass man in den Zellen auf Befehl kacken muss und von primitiven Schlägertypen abhängig ist, die kacken, wann sie wollen, zum Beispiel während man selbst gerade isst, hatte er mir schon öfter erzählt.

»Alles in Ordnung?«, fragte mich Mama.

Ich schaute sie ertappt an.

»Ja«, log ich.

»Iss nicht zu viele Kekse, es gibt gleich Abendessen …«

Ich nickte und starrte auf die Straße. Der Mann war nirgendwo zu sehen. Aber ich fürchtete, dass die Staatssicherheit gleich bei uns klingeln würde.

Lernen, Lernen, Lernen (sagt Lenin)

Auch am nächsten Tag fühlte ich mich beobachtet und erschrak bei jedem Geräusch. Genossin Lehrerin Romanova klatschte in die Hände und ich hüpfte unwillkürlich hoch.

»Wer möchte heute Abend mit ins Theater fahren?«, fragte sie.

»Ich!«, schnellte Ivankas Arm hoch.

Ich schaute sie an wie ein rotes Wunder.

»Theater?«, fragte ich verdutzt.

»Ja! Es sind ein paar Plätze frei für verdiente Pioniere«, erklärte Frau Genossin Lehrerin.

»Verdiente Pioniere?«

»Ja, so wie wir!«, strahlte Ivanka ungewöhnlich gut gelaunt.

»Natürlich«, sagte ich.

»Also möchtest du mitfahren?«

»Unbedingt!«

Meine Sorgen, die Staatssicherheit könnte meinen Vater verhaften, waren vergessen. Die real existierende Ivanka zog mich an wie die Erde den sowjetischen Satelliten Sputnik. Wir liefen gemeinsam aus dem Klassenzimmer. Fast wie ein Paar.

»Bis heute Abend!«

»Bis heute Abend«, murmelte ich.

»Bis heute Abend«, äffte mich Michal nach.

Er machte Knutschgeräusche und umarmte sich selbst. Jakub beobachtete mich ernst.

»Kommt ihr nicht mit?«, fragte ich.

»Ist doch nur was für Mädchen!«, winkte Jakub ab.

»Und für Liebespaare!« Michal grinste spöttisch.

Ich nahm zu Hause ein Bad, überparfümierte mich mit dem Old-Spice-Aftershave meines Vaters und starrte danach fünf Minuten in meinen Schrank.

»Ich weiß nicht, was ich anziehen soll!«

Mama lachte.

»Was ist denn jetzt los?«

Bis dahin hatte ich morgens angezogen, was sie mir hinlegte.

»Die neuen Jeans aus dem *Tuzex* und deine tolle Papierjacke!«, sagte sie.

»Nicht meine Uniform?!«

Mein Vater lachte laut aus dem Wohnzimmer.

»Du könntest dir eine Krawatte von Papa ausleihen.«

»Ach, nee …«, sagte ich.

Ivanka sollte nicht merken, dass sich meine Welt nur um sie drehte.

»Ich ziehe die Westjeans und die Papierjacke an.«

»Gut.« Mama lächelte.

Mama zog mir mit einem nassen Kamm einen Scheitel und war stolz auf ihr Werk.

»Viel Spaß, Romeo«, sagte Papa lachend.

Ich verstand den Witz nicht.

Ich lief viel zu früh los, machte den ordentlichen Scheitel wieder unordentlich und rannte beinahe zur Schule, wo uns ein Bus abholen sollte. Als ich Ivanka aus der Ferne in einer Gruppe Kinder vor der Schule stehen sah, überkam mich Panik. Ich blieb beinahe stehen.

Am liebsten wäre ich davongerannt. Aber ich lief tapfer weiter wie ein sowjetischer Soldat. Unter den wartenden Kindern waren auch drei Jungs aus der Achten, die ich vom Sehen kannte, weil sie mich als Pionier immer wieder verhöhnt hatten. Sie trugen goldene Halsketten, rauchten und sahen aus wie die Rolling Stones.

Als ich bemerkte, was Ivanka anhatte, war ich überglücklich, keine Uniform angezogen zu haben! Sie trug einen schwarzen Rock und eine schwarze Bluse, dazu silberne Ohrringe und, wie ich zu erkennen glaubte, sogar Lippenstift.

Ich lief auf die Kinder zu und überspielte meine Unsicherheit damit, dass ich so tat, als würde ich die wartenden Klassenkameraden mit einer imaginären Kalaschnikow niedermähen. Das fanden die Stones peinlich. Ich auch.

»Ahoj.«

Ich gab Ivanka mit hochrotem Kopf die Hand.

»Ahoj«, erwiderte sie und fügte ein »Na?« hinzu.

Endlich zahlte es sich aus, ein Pionier zu sein. Meine Mutter hatte verdammt noch mal recht. Die Stones aus Kralupy schauten jetzt nur doof, denn Ivanka sprach mit mir!

»Ich hoffe, das Stück ist gut!«, sagte ich.

»Es ist schön. Ich hab's schon mal gesehen!«

Die Stones rauchten um die Wette, aber ich sah, dass es sie wurmte, dass sich der kleine Pionier mit der Luftkalaschnikow mit der hübschen Blondine unterhielt.

Ich stieg stolz in den Bus und folgte Ivankas Duft, der mich an das Haarspray meiner Oma Ester erinnerte. Das Parfüm roch künstlich, schwer und berauschte mich wie Klebstoff.

Ich setzte mich in eine Bank ihr gegenüber. Die Stones aus der Achten besetzten die hinterste Bank. Ivanka unterhielt sich mit zwei Mädchen aus unserer Klasse und lächelte mich an, als würde ich dazugehören.

»In Prag tragen alle Frauen Shorts!«, sagte Ewa.

Ewa hatte kurze rote Haare.

»Ich finde, die sehen aus wie kurze Trainingshosen«, sagte Jitka.

In der Tschechoslowakei trugen Jungs und Männer zum Sport kurze Trainingshosen, in Rot oder Blau.

Jitka lachte. Sie hatte lange schwarze Haare.

»Brigitte Bardot trägt das so«, sagte Ewa.

»Ivana Prochazkova auch«, meinte Ivanka.

»*Ich* würde das auf jeden Fall tragen«, behauptete Jitka.

»In Kralupy kriegt man das sowieso nicht!«, sagte Ewa.

»Dann vielleicht in Prag!«, hoffte Ivanka.

Dabei lächelte sie mich an. Ich grinste zurück, bis mir das Gesicht schmerzte. Ich sah mich in Prag schon mit ihr diese modischen Shorts einkaufen gehen.

»Schaut mal! Da wohnt Marek!«, schrie Ewa plötzlich.

Die Mädchen kreischten und setzten sich auf die andere Seite des Busses. Sie waren so schnell weg, dass mir keine Ausrede einfiel, warum ich ihnen folgen sollte. Ich kannte Marek nicht. Also blieb ich auf meinem Platz sitzen und tat so, als ob ich noch nie woanders hätte sitzen wollen.

»Echt?«

»Wo?«

»Na da!«

»Marek ist so süß«, sagte Ewa.

»Aber wisst ihr, was er gemacht hat?«, fragte Jitka.

Die Mädchen steckten die Köpfe zusammen, kicherten und ich war endgültig raus. Es hatte keinen Sinn mehr weiterzugrinsen. Ich starrte auf die andere Seite der Stadt, als wäre dort irgendwas mindestens so interessant wie Marek. Ivanka und die Mädchen schauten auf die Plattenbauten, die dort standen, wo früher einmal unsere Villa gestanden hatte, bevor sie in die Luft gesprengt worden war, um Plattenbauten Platz zu machen. Dort, wo einmal unser Garten gewesen war, wohnte jetzt also Marek.

Als wir im Foyer des Theaters auf den Einlass warteten, schaute ich zu Ivanka. Sie strahlte gut gelaunt und unterhielt sich mit den Stones. Was für eine Niederlage für die kommunistischen Ideale. Ich kippte eifersüchtig ein Glas Limonade in einem Zug weg.

Ich nahm mir vor, mit einem kalifornischen Bikinimädchen aus Bayern in die Tschechoslowakei zurückzukehren, um Ivanka eifersüchtig zu machen, als ich merkte, dass sich seit einiger Zeit Radka mit mir unterhielt. Ich schaute sie an und wunderte mich, dass sie sich über meine unerwartete Aufmerksamkeit freute.

»Ich finde das Gehampel total lächerlich«, sagte sie grinsend.

»Gehampel?«

»Für die Spartakiade!«

»Ich auch«, erklärte ich lachend.

Ich war so überrascht über Radkas ehrliche Worte, dass mein Lachen etwas zu laut ausfiel. Radka lachte ebenso laut, sodass sich alle nach uns umdrehten.

Radka war so alt wie ich und etwas kleiner. Sie hatte schwarze halblange Haare, süße Sommersprossen und eine zierliche Figur.

»Total lächerlich!«, sagte ich.

Wir lachten über die Spartakiade, auch wenn man uns dafür nach Sibirien schicken sollte!

»Aber nach Prag würde ich trotzdem gerne fahren«, meinte sie. »Dann hätten wir die letzte Schulwoche frei.«

»Und mit nur einer Lehrerin!«, fügte ich hinzu.

»Hoffentlich nicht mit der Romanova. Die nervt!«

Ich lachte. Radka war wie die kalifornische Tschechin aus dem Radio Freies Europa. Ganz lässig, selbstbewusst und eigen. Ich beobachtete unsere Lehrer.

»Ich glaube, die Romanova wäre früher bei der Gestapo gewesen!«, sagte Radka.

»Einen schwarzen Mantel hat sie ja schon!«

»Nur nicht aus Leder, sondern aus Vixlaivant.« Sie lachte.

Wir lachten. Vixlaivant, oder Wichsleinwand, war ein abfälliges Wort für alle billig hergestellten Stoffe der Kommunisten. Es fühlte sich rebellisch an, so etwas überhaupt laut auszusprechen.

Da spürte ich einen Blick, der mich durchfuhr wie ein heißer Blitz. Ich lachte also erneut, auch wenn es nichts zu lachen gab. Radka lächelte irritiert. Und Ivanka schaute her! Ich machte innerlich drei spartakiadische Luftsprünge.

»Magst du ABBA?«, fragte ich Radka.

»Klar. Und die Stones!«

»Die sind super«, sagte ich und sang kurz, ganz falsch, einen Song der Rolling Stones vor.

»Yeah!«, stimmte Radka mit ein.

Wir nickten uns zu wie zwei Musikkenner unter sich.

Dass ich mich so blendend mit der Antikommunistin Radka verstand, schien Ivanka zu beunruhigen. Ob aus persönlichen oder politischen Gründen, wusste ich nicht.

Ein Gong ertönte und wir durften das Theater betreten. Ich ging mit Radka hinein. Während die anderen wie aufgeschreckte Hühner herumrannten, um die besten Plätze zu ergattern – wobei das Problem entstand, dass niemand wusste, wo das im Theater eigentlich war, und alle deshalb wie im Kino nach hinten drängten –, schlenderten Radka und ich gleichgültig hinein.

Am Ende saßen wir in der Mitte der dritten Reihe. In dem Augenblick, in dem ich mich lässig zu Radka beugte, um mal wieder etwas total Lässiges zu sagen, setzte sich Ivanka neben mich, als wäre es das Selbstverständlichste der Welt.

»Na?!« Sie schaute mich ernst an.

Noch bevor ich bis drei zählen konnte, brannte ich wieder wie das ewige Gedenkfeuer an Lenins Mausoleum. Ich konnte nicht anders. Ivanka war eine sowjetische Geheimwaffe, der ich machtlos ausgeliefert war.

»Na?«, wiederholte ich.

Das Licht ging aus. Ivanka legte ihren Arm auf der Lehne ab und unsere Arme berührten sich! Ich spürte Ivankas Haut unter der Kunstseide ihrer schwarzen Bluse und meine Gefühle explodierten.

Ich blickte auf die Bühne, sah die Schauspieler hin- und herlaufen, sprechen, lachen, und alles ging durch mich hindurch, weil ich nur in dieser Berührung anwesend war. Ich lebte nur im linken Augenwinkel, spürte nur Ivankas Wärme. Radka gab wahrscheinlich sehr komische Kommentare von sich. Ich lächelte aber nur selig.

Ivanka schaute sich das Theaterstück mit geordnetem Vergnügen an, ohne mich zu beachten. Ihren Arm bewegte sie aber keinen Millimeter. Ich traute mich auch nicht, mich zu bewegen. Ich durfte diese Berührung nicht verlieren.

Die Vorstellung ging vorbei und Ivanka stand auf. Sie löste die Verbindung, als wäre nichts dabei, und ließ mich zurück wie Laika, den Hund, den die Sowjetunion als erstes Lebewesen in den kalten Kosmos geschossen hatte. Ich war schweißnass.

»Wie fandst du es?«, fragte Radka.

Sie schien sich ehrlich für meine Meinung zu interessieren.

»Ich weiß nicht.«

Radka lachte. Ich hatte es nicht als Witz gemeint.

Auf der Rückfahrt war ich still und unendlich erschöpft. Anfangs hatte ich noch gehofft, Ivanka würde sich zu mir setzen. Doch sie tat es nicht. Ebenso wenig wie Radka, die ganz hinten im Bus saß und ähnlich traurig wie ich aus dem Fenster auf unsere graue sozialistische Realität schaute.

Ivanka saß lachend vor mir, umgeben von ihren neuen Rolling-Stones-Freunden, und beachtete mich nicht, so als wäre nie etwas zwischen uns gewesen. Ich fühlte jedoch noch immer die Stelle, an der mich ihr Arm berührt hatte.

Als wir auf dem Weg zur Schule an unserer Platte in der Gottwaldova 1050 vorbeifuhren, sah ich in unserer Wohnung Licht. Es sah warm und einladend aus, und ich freute mich, nach Hause zu kommen. Da entdeckte ich auf der Kreuzung den Mann aus dem Konsum! Er starrte bewegungslos zu unserer Wohnung hoch. Mein Herz blieb fast stehen.

An der Schule verabschiedete ich mich schnell von Radka, beachtete Ivanka nicht weiter und rannte, so schnell ich konnte, durch die Stadt nach Hause. Kurz vor unserer Platte machte ich einen kleinen Schlenker, um mich von hinten und unerkannt an die Kreuzung anzuschleichen. Ich blieb wie ein amerikanischer Spion an der Ecke stehen. Der Mann war nicht mehr da.

Ich hatte Angst, er hätte meinen Vater schon verhaftet, und rannte, so schnell ich konnte, zu unserem Wohnhaus, schloss auf und flog die drei Stockwerke förmlich nach oben. Mein Vater war noch da. Die Stimmung war dennoch betrübt.

»Was ist denn passiert?«, fragte ich.

»Karel wurde verhaftet«, sagte Mama.

»Gott?«

»Nein, ein Bekannter von Papa.«

»Die Staatssicherheit verhört ihn seit zwei Tagen.«

Ivanka war schlagartig vergessen und die Angst vor der Staatssicherheit kam als Panikattacke zurück. Hatte das Verhör im Konsum etwas damit zu tun?

»Wir müssen hier weg!«, sagte Papa entschlossen.

»Ja, das müssen wir!«, gab ihm Mama recht.

»Was ist denn mit dir los?«, fragte mich mein Vater.

»Du bist ja ganz bleich, Martin«, wunderte sich Mama.

»Hast du was Falsches gegessen?«

Ich zuckte mit den Schultern. Und übergab mich vor Angst.

»Wir müssen hier abhauen«, murmelte ich.

»Ich glaube, der Junge hat Fieber«, vermutete Mama besorgt.

Deutschstunde

Ivanka und ich zogen in unseren sauberen Uniformen einen schweren und verdreckten Karren durch die Stadt.

»Ich hoffe, dass wir etwas Brauchbares finden!«, ächzte sie unter der Last des Karrens.

»Das hoffe ich auch. Altmetall hab ich in letzter Zeit eher selten gesehen in der Stadt«, versuchte ich mich an einem Witz.

»Das wird schon!«

Ich beobachtete sie kurz und hoffte, bald den Mut zu finden, sie ins Kino einzuladen.

»Was fehlt uns denn zu unserem Soll?«, fragte ich Fleiß vorheuchelnd.

»Fünfundzwanzig Kilo«, keuchte sie.

Ich schaute in unseren Karren. Ein verbogener Draht, ein löchriger Nachttopf, drei Dosen. Ich blickte zum Kirchturm der großen Stadtkirche und deutete mit dem Kopf hin.

»Wir könnten die Glocken mitnehmen, dann hätten wir genug!« Ich grinste sie an.

Ivanka schaute mich ernst an.

»Das geht nicht.«

»Ich weiß.« Ich lächelte.

Sie beobachtete mich eine Weile.

»Weißt du nicht, wann die Kirchenglocken geläutet werden?«, fragte sie besorgt.

»Wenn Leute heiraten?«

»Nein!«, rief sie erschrocken.

»Gottesdienst?«

»Es wundert mich, dass du das nicht weißt … Das muss man doch wissen!«

Sie machte eine Erklärpause und schaute mich sehr ernst an.

»Die Kirchenglocken läuten nur, wenn ein Nuklearangriff kommt!«

»Nuklearangriff?«

Sie nickte ernst und zog unseren Karren weiter, als müsste sie die Schäden aus dem Weg räumen, die Leute wie ich anrichteten. Ich schaute zum Kirchturm und in den Himmel.

»Wirklich?!«

»Dahinten ist eine Bauruine«, sagte sie. »Da könnten wir es versuchen.«

Ich nickte und schob den Karren mit ihr weiter.

»Ich bin mir ziemlich sicher, dass ich die Glocken schon mal habe läuten hören«, unterbrach ich nach einer Weile die Stille.

»Das war ein Probealarm«, erwiderte Ivanka selbstsicher.

Ich dachte darüber nach.

»Wenn uns die NATO und die Westdeutschen mit Atomraketen angreifen und die Glocken läuten, müssen wir in die Bunker rennen.«

»Wo sind denn die Bunker?«

»Ich weiß nicht …«, sagte sie verunsichert. »Aber die Genossen werden sie uns bestimmt zeigen!«

Wir erreichten mit unserem Karren, der sich immer schwerer anfühlte, ein graues Gebäude aus der Jahrhundertwende. Ich schielte zu den Fenstern hoch, die geöffnet waren. Man konnte deutlich Stimmen hören. Sie sprachen Deutsch.

»Meinst du wirklich, die Westdeutschen wollen uns angreifen?«, fragte ich.

»Natürlich!«, sagte sie. »Da stehen doch die Pershings!«

Ich schaute erneut zu den Fenstern und hoffte, dass niemand herausschauen und mich wiedererkennen würde. Das würde sich vor Ivanka wie Verrat anfühlen. Denn ich war noch vor wenigen Tagen dort oben gewesen, um heimlich Deutsch zu lernen. Die Sprache des Nuklearangreifers.

»Ich habe dich zu einer Probestunde Deutsch angemeldet«, hatte meine Mutter zu mir gesagt.

Mir blieb das Marmeladenhörnchen im Hals stecken.

»Was?!«

»Ich dachte, falls wir in Westdeutschland bleiben …«

Sie wollte wohl testen, ob ich in der Lage war, Deutsch zu lernen.

»Gut«, log ich.

Ich wollte meinen Eltern den Spaß an der Emigration nicht verderben.

»Gut, dann … gehst du da übermorgen hin.«

»Ich gehe da übermorgen hin!«, versuchte ich, motiviert zu sein.

»Ich begleite dich und warte draußen.«

»Gut.«

»Gut.«

Mama machte sich offensichtlich Sorgen um meine Zukunft. Ich bemühte mich, entschlossen und vorbereitet zu wirken. Auch wenn ich immer noch keine lustigen Geschichten auf Lager hatte für meine Zukunft am Swimmingpool.

Zwei Tage später liefen Mama und ich durch die Stadt, und ich schaute mich um wie ein Dieb, der die Vorräte des Kollektivs stehlen wollte.

»Alles in Ordnung mit dir?«, fragte mich Mama.

»Ja, ich hab nur gedacht, da wäre jemand, den ich kenne.«

Wir folgten der kleinen Straße entlang des Bachs, der zur Moldau führte. Dort standen ein paar Häuser aus der Jahrhundertwende, die nicht weggesprengt worden waren. Eines davon war eine graue Villa.

»Das ist es!«, sagte Mama.

Ich schaute zu den Fenstern hoch, konnte aber keine Deutschen erkennen.

»Das macht bestimmt Spaß«, versuchte mich Mama wenig glaubhaft zu motivieren.

Ich nickte und betrat mit ihr ein kleines und kühles Treppenhaus. Wir liefen ins erste Stockwerk. Dort stand eine Tür offen und ich hörte Stimmen.

»Ich warte auf dich.«

Mama deutete zur offenen Tür und setzte sich auf einen Stuhl, der neben einer großen Pflanze am Fenster stand.

Den Kurs leitete Frau Nemcova, was auf Tschechisch »die Deutsche« hieß. Ich war das einzige Kind. Links neben Frau Nemcova saß ein dicker Mann mit schütterem Haar. Er trug ein kurzärmliges hellblaues Hemd mit Schweißflecken und eine dicke Brille. Er wirkte, als wäre er der Schriftführer, denn er machte sich immerzu Notizen.

Frau Nemcova schaute mich ernst an und sprach mich auf Deutsch an. Für mich klangen ihre fremden Worte wie *»Spicku venedig dutsch?«*.

Ich schaute sie ratlos an. Sie schaute streng und für mein Empfinden sehr deutsch zurück. Ich blickte Hilfe suchend den dicken Herrn an, der mich mit einem Stift in der Hand ansah, als würde er ernsthaft auf meine Antwort warten.

»Spicku garlick dutsch?«, wiederholte Frau Nemcova.

Ich schwitzte.

»Untsi«, sagte Frau Nemcova zu dem dicken Herrn.

»Ick spickel venedig dutsch«, gab der dicke Mann an.

Frau Nemcova nickte zufrieden. Ich spickte gar nichts.

»Dannwammama!«, schloss Frau Nemcova die Einführung ab.

Ich schaute zu der jungen Frau rechts neben mir. Sie war sehr dünn, groß und trug einen roten Rock und eine weiße Bluse. Sie machte sich mit ihren langen, dürren Ärmchen fleißig Notizen und beachtete mich nicht. Ich verfolgte die für mich unverständliche Konversation.

»Ickwalla dutschlanna weliwana berlifana.« Sie lächelte.

»Dasabba wilkiseschen! Osbeli?«, nickte ihr der Mann zu.

»Na tier lick!«, rief die junge Frau.

»Wurlibba!«, fügte eine ältere Dame links neben mir hinzu.

Alle lachten. Ich sagte nichts.

»Wiegudasdi?«, fragte mich Frau Nemcova.

Ich starrte die ältere Dame an. Sie hatte blonde dauergewellte Haare und trug eine riesige Brille, an der ein goldenes Kettchen um ihren Hals hing. Sie sah aus wie meine Mathematiklehrerin und schaute mich ebenso streng an.

»*Everschtu nik*«, sagte sie.

Ich nickte, ohne sie zu verstehen. Sie wirkte besorgt.

»*Dawollmama!*«, sagte Frau Nemcova zu mir.

Alle wirkten motiviert. Nur ich schaute zur Tür. Aber meine Mutter stürmte nicht herein, um mich zu befreien. Meine Pioniere unter Ivankas Kommando auch nicht.

Frau Nemcova zeigte uns Zeichnungen von Wildvögeln und sprach uns die deutschen Bezeichnungen laut und sehr deutlich vor. Wir mussten sie ebenso laut und deutlich wiederholen.

»*Gans.*«

»*Gans.*«

»*Ente.*«

»*Ente.*«

»*Kranich.*«

»*Kranich.*«

Ich fragte mich, warum Wasservögel in Deutschland so wichtig waren. Der dicke Mann, die dünne Frau und die Mathematiklehrerin schienen hingegen alles zu verstehen und plauderten mit Frau Nemcova, als wäre nichts dabei.

»*Eber Schnappsack Hübbensett!*«

»*Deus misma flassa übba.*«

»*Komma kamma hintumma.*«

Die Stunde war so endlos wie die Sitzungen des kommunistischen Zentralkomitees im Fernsehen. Dort wurden stundenlang Reden gehalten, die ich auch nicht verstand. Die Vorstellung, nun wochenlang Wasservögel auf Deutsch behandeln zu müssen, war die reinste Folter.

Wie alle Sitzungen des kommunistischen Zentralkomitees ging

auch die endlose Stunde irgendwann vorbei und ich lief schnell hinaus.

»Ich muss noch kurz mit Frau Nemcova sprechen«, sagte Mama.

Ich nickte und wartete an der Treppe. Meine Mutter sprach leise mit der Deutschlehrerin. Ich konnte sie dennoch hören.

»Denken Sie, Martin ist sprachlich begabt?«

»Nein«, sagte Frau Nemcova glasklar.

»Vielleicht wenn er jeden Tag Deutsch hören würde?«

»Ich bezweifle das.«

Ich versuchte betroffen, so zu tun, als würde ich das Urteil nicht hören. Mama setzte ein bemühtes Lächeln auf, als sie nach dem harten Urteil auf mich zukam. Ich lächelte ebenso bemüht zurück.

Als meine Mutter und ich schweigend nach Hause liefen, wirkte sie fast noch besorgter als ich. Offenbar würde ich mein Leben lang wie ein stummer Tscheche durch Deutschland wandern und mich verlaufen, weil ich die Hinweisschilder nicht lesen konnte.

»Möchtest du ein Eis?«

»Ja!«, sagte ich überrascht.

Wir liefen zum Marktplatz, in Richtung der Eisdiele.

»Wann muss ich denn wieder hin?«, fragte ich.

Mama zögerte einen Augenblick.

»Gar nicht«, sagte sie.

»Gar nicht?«

»Nein.« Sie lächelte. »Ich finde, es hat keinen Sinn, dich zu quälen.«

Ich nickte zustimmend.

»Wer weiß, ob das mit der Flucht überhaupt klappt …«

Ich war überrascht.

»Und wenn nicht?«

»Dann geht alles einfach so weiter wie bisher.«

Ich erblickte eine lange Schlange vor der Eisdiele.

»Alles?«

Mama bejahte. Russisch, Pioniere, Ivanka, Eishockey. Wir stellten uns in die Schlange. Ich grübelte.

»Und wenn es klappt?«

»Dann wirst du die Sprache in Deutschland lernen.«

Ich lächelte zufrieden.

»Welche Sorte willst du denn?«

»Pistazie!«

Propaganda

Ich war froh, so lockere Eltern zu haben. Doch als ich mit Ivanka eine Woche später schon wieder unseren schweren Karren durch die Stadt zog, überkamen mich Zweifel.

»Die Deutschen haben wieder einen Kanzler«, verkündete sie auf einmal, als hätte sie meine Gedanken gelesen.

Kanzler war für mich nur ein anderes Wort für Hitler.

»Und neue Waffen haben sie auch wieder.«

Ich machte mir Sorgen. Vor allem darüber, dass *wir* dort bald als Emigranten einmarschieren würden. Wir zogen unsere Karre zu einer verlassenen Ruine.

»Hier könnten wir was Brauchbares finden«, beschloss sie.

Ich wollte sie gerade fragen, ob wir ins Kino gehen könnten, als plötzlich ein Junge auf dem Schutt der Ruine auftauchte. Er trug eine Atemschutzmaske, die er sich aus einem Staubsaugerrohr und einer Plastiktüte gebastelt hatte. Ich starrte ihn irritiert an und fragte mich, ob er gefährlich war.

»Ahoj«, sagte Ivanka.

»Ahoj«, erwiderte der Junge.

Seine Stimme klang durch seine Atemschutzmaske dumpf.

»Was machst du denn da?«

»Dritter Weltkrieg spielen«, grummelte er unter seiner Atemschutzmaske.

Ivanka nickte, als wäre das völlig normal.

»Es stimmt doch, dass die Deutschen wieder einen Kanzler haben?«, fragte sie den Jungen.

»Die haben sogar wieder eine Wehrmacht! Nur heißt die jetzt *Bundassa*!«

Das Wort Wehrmacht kannte ich aus den zahlreichen Kriegsfilmen, mit denen tschechische Kinder bombardiert wurden. Das andere Wort hatte ich noch nie gehört. Es klang gefährlich.

»*Bundassa?*«, fragte ich deshalb.

»Die haben das Wort nur ein bisschen geändert und marschieren wieder!«, bestätigte Ivanka.

Ich grübelte. Vielleicht hatte sie recht und alle Nazis waren 1945 von Ost nach West gepilgert und warteten dort auf naive Tschechen wie die Hexe auf Hänsel und Gretel im Knusperhäuschen.

»Oh nein!«, rief der Junge, als würde die *Bundassa* anrollen. »Mein Vater!«

Ich folgte seinem Blick und erschrak. Es war der Mann, der mich im Supermarkt vor dem Keksregal verhört hatte! Mir rutschte das Herz in die Hose. Plötzlich befand ich mich in einem Zweifrontenkrieg. Zu Hause die Staatssicherheit und im Westen die Nazis.

»Ahoj«, murmelte der Mann leise.

»Ahoj, Vater«, antwortete der Junge brav.

»Guten Tag«, sagte Ivanka.

»Wen haben wir denn da?!«, fragte der Mann und schaute mich prüfend an.

»Martin Lukáš«, denunzierte mich Ivanka dienstbeflissen.

Hatte sie mich in eine Falle gelockt?

»Ach ja … wir kennen uns ja schon!«

Es klang wie eine Drohung. Ich schaute den Mann mit großen Augen an.

»Wie geht es deinem Vater?«, fragte er ernst.

»Gut«, erwiderte ich mit zitternder Stimme.

»Aha!«

Ivanka beobachtete mich emotionslos. Ebenso wie der Junge mit der Atemschutzmaske.

»Komm!«, befahl der Mann.

Er riss seinem Sohn die Maske vom Gesicht und warf sie in den Schutt. Dann zog er ihn unsanft mit sich und gab ihm einen Klaps auf den Hinterkopf.

»Du hast nur Scheiße im Kopf!«

Ich schaute den beiden aufgewühlt nach. Sie stiegen in einen braunen Škoda und fuhren davon. Dabei warf mir der Mann noch einen finsteren Blick zu. Meine Knie gaben nach wie sozialistische Teelöffel aus Plastik. Ich war mir sicher, dass uns die Staatssicherheit bereits auf den Fersen war.

Ich tat so, als würde ich im Bauschutt nach Metall suchen, und fand tatsächlich einen Topfdeckel, den ich in unseren noch fast leeren Karren warf.

»Wer war das?«, fragte ich Ivanka möglichst beiläufig.

»Ein Polizist!«, sagte sie.

Ich zitterte.

»Der?! Aber … ohne Uniform?«

»Ja!«

Mir blieb die Sprache weg.

»Wollen wir dahinten schauen, ob das Bleirohre sind?«, fragte sie.

Ich nickte und wir wühlten uns durch den Schutt und Dreck. Schließlich hatten wir fast fünfzehn Kilo Metallschrott zusammen, den wir verdreckt und erschöpft zum Wertstoffhof schleppten. An Kino dachte ich gar nicht mehr.

Auf dem Weg nach Hause zu unserer Platte schaute ich mich um, ob mich der Mann mit seinem verrückten Sohn beobachtete. Es war niemand zu sehen. Ich schloss zitternd die Tür auf und rannte zum Aufzug, als wäre mir die Staatssicherheit wieder auf den Fersen.

Außer Atem kam ich in unserer Wohnung an. Meine Eltern waren noch nicht zu Hause. Alles war still. Ich lief zum Fenster und spickte durch die Gardinen auf die Straße. Der Mann und sein Sohn waren nirgendwo zu sehen.

Bemüht, meine Ängste zu verdrängen, ging ich ins Wohnzimmer und schaltete den Fernseher ein. Die Deutschen marschierten in der Sowjetunion ein. Hitler gibt den Befehl, alle Politkommissare zu erschießen. Die Deutschen waren kaltblütige Mörder. Die Juden wurden in Konzentrationslager gebracht.

Ich schaltete um. Auf dem zweiten Programm marschierten die Deutschen in Prag ein. Es schneite. Die tschechische Zwergenrasse muss sich unterordnen oder untergehen. Ich schaltete den Fernseher aus und das Radio an. Ich hoffte auf westliche Rockmusik. Doch es kam nur ein Bericht über die Gefahren der nuklearen Aufrüstung.

Ich lief unruhig umher. Meine Eltern wollten nach Deutschland fliehen, wo die Bundassa lauerte, die Staatssicherheit war meinem Vater auf den Fersen, und die Atomraketen flogen kreuz und quer.

Als mein Vater früher als gewohnt und sehr gut gelaunt nach Hause kam, hatte ich wieder nicht den Mut, ihm zu gestehen, dass ich nun schon zweimal von einem verdächtigen Mann angesprochen worden war.

»Komm, ich muss dir was zeigen!« Er strahlte mich an.

Wir fuhren mit dem Aufzug nach unten und traten auf die Straße.

»Super, oder?«

Mein Vater deutete auf einen knallroten Fiat 600.

»Süß!«, nickte ich.

»Wir holen Mama ab!«

Wir stiegen in den kleinen Fiat und fuhren los.

»Und der Alfa?«, fragte ich.

»Verkauft. Wenn wir jetzt nach Jugoslawien reisen, brauchen wir ein Auto, das weniger auffällt.«

Ich nickte. Besonders unauffällig war ein knallrotes Westauto auch nicht. Die halbe Staatssicherheit würde sich nach uns umdrehen.

»Der geht ganz schön ab, der Kleine.«

Er überholte einen kotzgrünen Škoda. Ich überlegte, ob ich ihm doch von dem Mann erzählen sollte. Aber irgendwie traute ich mich nicht. Wir fuhren den steilen Weg nach Zeměchy hinunter und überraschten Mama im Kindergarten.

»Der sieht ja aus wie eine kleine rote Praline«, schwärmte Mama vom roten Fiat.

»Ja, der ist super«, ratterte ich mechanisch herunter wie eine Aufziehpuppe.

Ich beobachtete meine gut gelaunten Eltern.

»Stimmt es, dass die Deutschen wieder einen Kanzler haben?«

»Ja.«

Ich erschrak.

»So wie Hitler?«

»Nein!« Papa lachte.

»Kanzler ist nur das deutsche Wort für Präsident.«

Er lächelte mich beruhigend an.

»Das ist alles nur Propaganda! Die Deutschen sind heute ganz anders ...! Wir müssen das Auto noch Oma Vera zeigen!«, meinte Papa stolz.

Wir fuhren los, und ich schaute mich um, ob irgendwo der Mann von der Staatssicherheit lauerte. Langsam hatte ich das Gefühl, jeder Mann auf der Straße könnte ein Beamter der Staatssicherheit sein. Sogar die Männer von der Müllabfuhr, die uns nachstarrten.

Wir bogen nach einigen Minuten ab und fuhren zum Haus von Oma Vera. Dort pflückte ich ein paar saure Stachelbeeren von Oma Veras Sträuchern und versuchte, normal zu wirken. Ich wollte nicht, dass sie meine Sorgen sah.

Am Abend saß mein Onkel Pavel mit uns vor Oma Veras Fernseher. Es lief ein Freundschaftsspiel zwischen der Tschechoslowakei und der Bundesrepublik. Es wurden tschechisches Bier und tschechische Limo getrunken, tschechische Wurst mit tschechischem Brot gegessen und für die Tschechoslowakei gefiebert.

Ich beobachtete meine Verwandten und meine Eltern. Die waren gut gelaunt und interessierten sich kaum für das Spiel.

»In Jugoslawien gibt es tolle Strände«, schwärmte Stiefopa Antonin.

»Die Jugos scheißen auf den Kommunismus«, fügte mein Vater hinzu.

»In Belgrad soll es ganz normale Geschäfte mit ganz viel Westmode geben«, meinte meine Mutter.

»Fußball spielen können die auch«, erklärte mir Onkel Pavel. Fußball war sein Leben.

»Sind die Campingplätze dort gefährlich?«, fragte Oma Vera.

»Bei Kaučuk hat mal ein Jugo gearbeitet«, erinnerte sich Stiefopa Antonin.

»Da hat Moskau nicht so viel zu melden!«, sprach Papa weiter.

»Jossip Vukovič hieß der Mann!«, nickte Stiefopa Antonin.

»Hajduk Split! Guter Verein!«, meinte Pavel.

»Aber ihr lasst Martin nicht allein ins Meer, ja?«, sorgte sich Oma Vera.

Mama nickte.

»Möchtest du ein Schnitzel?«, fragte mich Oma Vera.

Ich verneinte und versuchte, mich auf das Spiel zu konzentrieren und für die schwarz-weißen Deutschen zu sein.

»*Wurlibba!*«

Es war schwer, vor allem, da mir meine Eltern mit ihrer Unterstützung für die ČSSR in den Rücken fielen. Nur Oma Vera war halb auf meiner Seite, weil sie Franz Beckenbauer hübsch fand.

»Der sieht sehr fesch aus, der Beckenbauer.«

Als die ČSSR drei zu vier verloren hatte, war ich trotzdem traurig und machte mir Sorgen, wie es im Westen mit mir enden würde.

Spartakiade

Kurz nach meinem zwölften Geburtstag wurde die Sache ernst. Mein Vater machte sich keine Sorgen. Er lief stattdessen in die deutsche Botschaft und besorgte uns Dokumente, um in Belgrad einen Asylantrag zu stellen.

»Die müssen wir jetzt nur noch über die Grenze schmuggeln«, erklärte er, als er unter dem Fiat lag und an unserem roten Bonbon herumschraubte.

Ich bewunderte meinen Vater. Ich wäre auch gerne so mutig gewesen. Aber ich wusste, dass mir der Mut fehlte. Nicht nur beim Eishockey und bei der Flucht, sondern vor allem bei Ivanka!

»Verdammte Scheiße!«, schimpfte er.

Ich saß auf einem Hocker neben ihm und sollte ihm Werkzeug reichen.

»Die verdammten Italiener bauen so ein beschissenes Kühlsystem, das nicht funktioniert!«

Er fügte noch derbere Flüche hinzu und schleuderte einen Schraubenzieher weg. Ich reichte ihm den Schraubenzieher zurück und dachte an Ivanka. Wenn wir im Sommer abhauen würden, wurde die Zeit langsam knapp. Ich wusste nicht genau, was ich wollte. Außer Ivanka zu sagen, dass ich sie mochte.

»Penny Lane …«, sang Papa unter dem Fiat einen Beatles-Song. Er hatte wieder gute Laune.

»Die Italiener bauen einfach die besten Autos.«

»Stimmt.«

»Morgen Abend können wir ins Kino«, sagte er gut gelaunt.

»Ich muss zum Training.«

»Eishockey kannst du im Sommer mal ausfallen lassen!«

»Spartakiade.«

Er lachte. »Den Scheiß musst du jetzt nicht mehr machen!«

»Unsere Spartakiade-Gruppe hat sich aber qualifiziert.«

»Kino oder Spartakiade?«

Ein Stück Metall fiel auf den Boden.

»Verdammte Scheiß-Konstruktion!«, schrie Papa.

Ich verhielt mich still. Nach einer Weile brummte Papa wieder normal.

»Kannst du Mama in der Küche helfen?«

»Warum?«

»Ich muss westdeutsches Geld im Auto verstecken.«

»Warum?«

»Darf man nicht ausführen. Außerdem muss ich die Abschlusszeugnisse deiner Mutter, unsere Geburtsurkunden und so weiter verstecken …«

»Ach so«, sagte ich.

Papa schob sich etwas zur Seite und schaute unter dem Fiat hervor.

»Es ist besser, wenn du nicht weißt, wo die Sachen sind. Die Grenzer nehmen manchmal das ganze Auto auseinander und gucken den Leuten sogar in den Hintern … deshalb geh doch Mama helfen.«

Ich nickte und sorgte mich. Darauf, dass mir die Grenzer in den Hintern guckten, hatte ich wenig Lust.

»Und morgen Kino!«, zwinkerte mir Papa zu und verschwand unter dem Fiat.

Die Sache mit der Flucht rückte näher. Und ich fühlte mich unter Druck gesetzt, Ivanka endlich meine Gefühle zu gestehen. Jeden Abend nahm ich es mir vor und jeden Morgen verließ mich der Mut.

»Ihr dürft uns keine Schande machen!«, drohte Frau Genossin Lehrerin Romanova.

Wir standen in Reih und Glied in unserem Unterwäschelook in der nach Schweiß riechenden Halle unserer Schule.

»Es ist eine große Ehre, bei der Eröffnung der Spartakiade mitmachen zu dürfen!«

Frau Genossin Lehrerin stand in einem braunen Trainingsanzug und mit Trillerpfeife um den Hals vor uns und hielt eine Art Rede. Wir schauten sie an wie eine Unterhemden-Armee. Die Jungs trugen blaue Sporthosen, die Mädchen blaue Röcke. Während Michal Furzgeräusche machte, stand Ivanka in erster Reihe vor mir, wie eine Eins.

»Ihr müsst eure Bewegungsabläufe perfekt beherrschen! Damit es im Stadion *eine* Bewegung ergibt!«, erklärte Frau Genossin Lehrerin eindringlich.

Das wussten wir alles schon. Aber sie musste es uns immer wieder einbläuen.

»Deshalb!«, sprach sie bedeutungsschwanger und legte eine lange Kunstpause ein. »Zur Verteidigung und zum Aufbau unserer Heimat seid bereit!«

Die Unterhemden-Armee salutierte mit dem Gruß der Pioniere.

»Allzeit bereit!«, hallte es durch die Halle.

Frau Genossin Lehrerin Romanova ließ uns abtreten und die anderen liefen schnatternd aus der Halle. Michal wollte sich in Prag neue Murmeln kaufen, Jakub ein Buch über Pilze. Radka lächelte mich auf dem Weg zu den Umkleiden an. Wir hatten seit unserem Theaterbesuch nicht wirklich miteinander gesprochen. Ich nickte ihr grüßend zu.

Als alle weg waren, schaute ich in die leere Halle und dachte darüber nach, dass die Spartakiade meine letzte Schulveranstaltung im Osten sein würde.

Bald würde ich verschwunden sein.

»Das wird ganz toll werden, wenn wir in Prag sind«, sagte Ivanka.

Ich erwachte aus meinen Gedanken. Sie war zurückgekommen und stand auf einmal neben mir. Erwartete sie, dass ich jetzt endlich etwas sagte?

Ich liebe dich!, hauchte ich in meinem Kopf. Bald würde es anfangen zu regnen und Ivanka würde mich küssen.

»Ja«, antwortete ich stattdessen schlagfertig.

»Wir müssen uns sehr anstrengen, damit wir unserer Einheit keine Schande machen.«

»Natürlich!«

»Gut«, nickte sie und rannte zu den Mädchenumkleiden. Mich hatte wieder der Mut verlassen. War das etwa eine versteckte Einladung von ihr gewesen? Wollte sie, dass ich ihr meine Gefühle gestand? Ich war aufgewühlt.

Ich ging nicht ins Kino. Ein paar Tage später fuhren wir mit Frau Genossin Lehrerin Romanova zur Spartakiade nach Prag, und ich schwor mir, es Ivanka endlich zu sagen. Daher war ich auf der ganzen Fahrt schon nervös.

Wir klebten mit unseren Gesichtern an den Fenstern des Busses. Es war unglaublich, wie groß die Stadt war.

»Prag ist die schönste Stadt der Welt!«, schwärmte Ivanka.

Ich nickte und dachte daran, dass wir nach den Sommerferien nicht aus Jugoslawien zurückkehren würden. Was würde Ivanka dann tun? Wahrscheinlich zur Grenze turnen, um mich eigenhändig zu erschießen, dachte ich.

»Ich kann mir keinen schöneren Ort vorstellen!«, fügte sie hinzu.

Ich schon. Das kalifornische München meiner Fantasie. Vielleicht würde Ivanka ein schwarzes Kreuz hinter meinen Namen auf der roten Wand der Pioniere machen. Einer weniger, verführt von der weißen Schokolade.

Ich holte schon Luft und wollte es ihr ins Ohr flüstern. *Ich liebe dich!* Oder vielleicht: *Ich hab dich lieb?* Oder: *Ich mag dich?* Ich dachte zu lange nach und sagte nichts.

»Wir sind da!« Ivanka deutete auf ein Schulgebäude.

»Jetzt geht's los!«, rief ich übermütig.

Es klang, als wollte ich gleich mit einem Bier in der Hand in den nächsten Brunnen hüpfen. Jakub und Michal lachten, als würden sie mir direkt hinterherspringen. Ivanka schaute mich in vorauseilender Strenge an. Ich verstummte.

»Unsere Choreografie muss perfektioniert werden!«, drohte uns Frau Lehrerin Genossin Romanova erneut. »Daher ist heute Nachmittag um vierzehn Uhr und heute Abend achtzehn Uhr Probe!«

Wir seufzten enttäuscht.

»Können wir jetzt in den Park?«, fragte ich hoffnungsfroh und zeigte auf einen großen Stadtpark, direkt neben der Schule.

»Nein! Ihr dürft unsere Unterkunft nicht verlassen.«

Dann hielt Frau Genossin Lehrerin ein Seil mit Schlaufen im Fünfzig-Zentimeter-Abstand in die Höhe.

»Und wenn ihr nicht gehorcht, werden wir an diesem Seil durch die Stadt laufen. Damit niemand verloren geht!«

»Jetzt wird es ernst!«, sagte Ivanka.

Es klang wie eine Drohung. Sie wirkte, als würde sie gerade live vom tschechoslowakischen Fernsehen übertragen werden und der Welt zeigen wollen, dass sie das verdammt noch mal alles tatsächlich ernst meinte! Da konnte ich mit meinen kleinen, privaten Gefühlen nicht stören.

Wir liefen kleinlaut ins Schulgebäude, wo man uns in den Klassenzimmern auf Feldbetten untergebracht hatte.

»Freust du dich trotzdem?«, fragte mich Radka.

Ich schaute sie überrascht an.

»Geht so«, gestand ich.

Radka lachte laut. Ich hatte wohl unbeabsichtigt meinen ersten guten Witz gemacht.

»Pst!«, zischte Ivanka.

Sie blickte uns streng an. Ich wollte ihr gerade sagen, dass wir doch nur gelacht hatten, da wies uns Frau Genossin Lehrerin die Quartiere zu.

»Mädchen rechts, Jungs links!«, befahl sie.

Ich lief mit den Jungs in einen Klassenraum und suchte mir ein Bett aus.

Auf den groben grauen Decken stand »Tschechoslowakische Volksarmee«. Frau Genossin Lehrerin Romanova betrat in ihrem schwarzen Trainingsanzug den Raum und schritt die Reihen ab wie ein General.

»Damit würdest du bei der Armee nicht durchkommen!«, sagte sie, als sie mein Bett sah, und ging weiter.

Ich verstand nicht, was sie meinte. Michal und Jakub hoben grinsend die Schultern. Ich strich die Decke etwas glatter und stellte mich neben das Bett wie die anderen Kinder.

»Auf geht's!«, befahl die Genossin Lehrerin und pfiff in ihre Trillerpfeife. »In die Turnhalle zur Probe!«

Nach der sehr anstrengenden Probe schaffte es Radka durch lange Diskussionen, Frau Genossin Lehrerin Romanova trotz Widerstands die Erlaubnis abzutrotzen, uns im Supermarkt um die Ecke Eis kaufen zu dürfen.

»Na gut, aber ihr kommt gleich wieder zurück!«, gab sie etwas unsicher nach.

Ich war enttäuscht, dass Ivanka nicht mitkommen wollte. Ein Spaziergang mit Eis im Park wäre die perfekte Möglichkeit gewesen, ihr endlich zu sagen, was ich fühlte. Zum Abschied. Auch wenn ich nicht sagen durfte, dass es ein Abschied war.

Die Stadt wirkte entspannt und ich genoss trotz allem diese kurze Zeit ohne Überwachung mit Radka, Michal, Jakub und ein paar anderen Kindern aus unserer Gruppe.

»Freiheit«, schrie Michal laut.

Das Wort kam mir verdammt verboten vor, als hätte Michal gerade auch die rote Sowjetfahne von der Kneipe heruntergerissen, wie einst mein Vater.

»Schaut mal«, stammelte Jakub fassungslos.

Die Eistruhe des Prager Konsums bot wahre Schätze.

»Nanuk!« Das Schokoladeneis am Stiel.

»Gefrorenes Apfelmus!«

»Polarschnee!« Eine Art Vanillecreme.
»Mischa!« Ein Milchcremeeis.
Ich kaufte mir ein Erdbeereis am Stiel.
»Wollen wir in den Park?«, fragte Radka.
Ich hätte mich das nie getraut.
»Klar!«, sagte Michal mutig.

Wir liefen in den Stadtpark, der mir vorkam wie der Central Park. Wir aßen unser Eis und ich fühlte mich in der warmen Sonne erwachsen und frei. Jakub und Michal spielten mit einer leeren Dose Fußball, und ich stellte mir vor, dass mein Leben bald immer so sein würde. Im Westen.

Irgendwie freute ich mich schon drauf, dieses Kind zu werden, wie aus einem Film. Zugleich dachte ich aber auch an Ivanka. Ich schaute zum Eingang des Parks und hoffte, sie würde doch noch kommen.

»Was grinst du so?«, fragte Radka lächelnd.
»Nur so. Ich mag die Sonne!«
»Bald hast du ja ganz viel davon«, sagte Radka.
»Ich?«
»Ja!«
»Bei der Spartakiade?«
»Nein.« Sie lachte. »In Jugoslawien.«
Ich war irritiert.
»Dahin fahrt ihr doch in den Urlaub.« Radka lächelte.
»Woher weißt du das?«
»Das weiß jeder«, meinte Michal.

Ich dachte darüber nach. Hatte der Mann aus dem Konsum schon alle um mich herum ausgefragt?

Bevor ich mir weiter Sorgen machen konnte, tauchte Frau Romanova auf und schrie, als hätten wir die sowjetische Fahne geschändet, die wegen der Spartakiade vor der Schule hing.

»Ich bin enttäuscht! Ihr werdet die Schule ab jetzt nicht mehr verlassen! Und in der Stadt laufen wir nur noch am Seil!«

Ihre Stimme überschlug sich. Radka, Jakub und ich mussten lachen und wurden sofort mit einem Verweis bestraft.

»Jetzt ist Schluss mit lustig!«, keifte Frau Genossin Lehrerin.

Wir liefen wie geprügelte Hunde zurück. In der Schule wurden wir wie Verbrecher zu unserem Schlafzimmer geleitet. Die Genossin vorneweg, Ivanka mit strengem Blick hinterher. Damit keiner auf die Idee käme zu fliehen, dachte ich.

»Und jetzt verlasst ihr eure Schlafräume nicht mehr!«

»Und wenn man aufs Klo muss?«, fragte Michal erschrocken.

»Dann müsst ihr euch bei mir abmelden.«

Frau Genossin Lehrerin schlug erbost die Tür zu. Der Knall hallte in unserem Klassenzimmer voller Feldbetten nach.

»Dumme Kuh«, sagte Jakub.

Ich setzte mich auf mein Bett und fühlte mich wie im Gefängnis. Mein Vater hatte recht. Nicht einmal scheißen durfte man ohne Erlaubnis.

Zugleich quälten mich Gedanken an Ivanka. Warum war sie so streng zu mir? Ich hatte mich doch die ganze Zeit bemüht, ein guter Pionier zu sein. Ich war enttäuscht.

Insgeheim hoffte ich aber, dass sie nur in Anwesenheit der Genossin Lehrerin kühl war. Vielleicht würde sich am Abend alles ändern. So wie damals im Theater.

Kalter Kuss zum Abschied

Ich betrat hoffnungsfroh die Mensa und wurde sofort von Ivankas Kälte niedergestreckt.

»Jeder nur ein Brötchen!«, sagte sie streng.

»Was ist denn passiert?«, fragte ich.

»Das weißt du ganz genau!«

Ich sah sie an und wusste es nicht ganz genau.

»Bist du wegen dem Eisessen sauer?«

»Wegen euch müssen wir jetzt alle an einer Schnur laufen wie kleine Kinder.«

»Tut mir leid.«

»Jetzt ist es zu spät.«

Ich überlegte, wie ich die Katastrophe rückgängig machen konnte.

»Freust du dich auf morgen?«

»Ich hoffe, ihr könnt wenigstens eure Choreografie!«, sagte sie kühl.

Das hoffte ich auch.

Ivanka aß mit ernster Miene und würdigte mich keines Blickes. Der Mut, ihr auch nur irgendetwas gestehen zu wollen, verließ mich wieder.

Radka, Jakub, Michal und alle anderen Kinder aßen brav ihr

Wurstgulasch. Ich blickte auf die Wanddekoration der Mensa in dieser fremden Prager Schule. Alles war wie bei uns. Ich fragte mich, wie wohl eine westdeutsche Schule aussah.

»Im Keller gibt's heute eine Party«, flüsterte mir Radka zu.

Ich erwachte aus meinen Gedanken und schaute sie an.

»Mit Musik und Alkohol!«, fügte Michal hinzu.

Ich konnte nicht glauben, dass inmitten dieser braven sozialistischen Vorbildjugend eine Party steigen sollte.

»Wirklich?«, fragte ich etwas zu laut.

»Pst!«, zischte Jakub.

Er nickte mir zu.

»Wirklich!«

»Wir treffen uns um acht, wenn die Romanova auf ihr Zimmer geht«, flüsterte Radka.

»Super!«

Nach dem Essen liefen wir ganz still und brav zu unseren Quartieren.

»Geht in Gedanken noch einmal eure Abläufe ab«, ermahnte uns Frau Genossin Lehrerin Romanova eindringlich.

Ich nickte Radka verschwörerisch zu. Dann legte ich mich auf mein Bett. Ebenso wie Michal und Jakub. Ich war mir nicht sicher, ob die beiden und Radka es ernst meinten, und wartete ab. Als die Uhr der Schule endlich acht Uhr schlug, dachte ich schon, die Jungs wären eingeschlafen. Doch Jakub erhob sich wie ein Geist und schlich zur Tür.

Michal winkte mir zu. Ich folgte ihnen.

Draußen im kalten Flur war niemand. Doch dann löste sich Radka aus einer dunklen Ecke und winkte uns zu. Wir folgten ihr angespannt und leise wie die Partymäuse in den Keller.

Es war unglaublich! Im Keller saßen an die zwanzig Kinder und Jugendliche unterschiedlichsten Alters und hörten Westmusik! Einer der fremden Jungs besaß ein tragbares Abspielgerät für Kassetten. Mein absoluter Traum.

»Das ist Jagger. Mein Kumpel«, sagte Michal.

»Hey!«, grüßte uns Jagger cool. »Wie geht's?«

»Super«, erwiderte ich.

»Ihr seid also auch Opfer?«, grinste Jagger.

»Opfer?«

»Opfer, die zur Spartakiade müssen.«

»Genau!« Radka lachte.

Ich war begeistert. Vom Kassettenplayer leierte uns etwas zu leise und trotzdem berauschend Boney M. entgegen. Radka hatte nicht übertrieben. Es war eine echte Party. So stellte ich mir den Westen vor!

»Rock 'n' Roll!«, rief Jakub mit leuchtenden Augen.

»Rock 'n' Roll!«, wiederholte ich.

Jagger war ein schmächtiger Junge mit halblangen Haaren, der dicke Lippen hatte, die tatsächlich etwas an Mick Jagger erinnerten. Er trug eine alte Armeejacke ohne Abzeichen und weiße Sportschuhe.

»Jagger ist DJ!«, erklärte Radka.

Ich wusste nicht, was das hieß. Aber ich nickte.

»Das sind Radka, Martin und Jakub, auch aus Kralupy«, sagte Michal zu Jagger, der lässig nickte.

»Unsere Eltern kennen sich«, erklärte Jagger.

»Bier?«, fragte Jakub und hielt eine Flasche Bier hoch.

»Klar!«, behauptete ich mutig.

Ich nahm einen Schluck. Das Bier war warm und schmeckte ekelhaft.

»Herrlich!«, log ich.

Für einen Moment fürchtete ich, mich übergeben zu müssen.

»Rock 'n' Roll!«, schrie Michal und nahm einen ordentlichen Schluck.

»AC/DC«, johlte Jagger.

Ich verstand nicht, was er meinte, lachte aber.

Er legte einen Song von AC/CD auf, und der Raum begann, sich zu verändern. Die ganze Welt fühlte sich plötzlich unbeschreiblich schön an. Ich schaute mich um und entdeckte unter einigen Postern von tschechischen Sängerinnen und Sängern ein Poster von Katapult.

»Katapult«, las ich das Poster vor.

»Die sind super«, nickte Jagger.

»Die klingen und sehen aus wie Musiker aus dem Westen«, strahlte ich Jagger an.

Das hatte ich von meinem Vater, der Katapult super fand.

»Deswegen sind sie auch verboten!«, gab mir Jagger recht.

Jakub, Michal und Radka stimmten ihm zu. Allein wegen diesem Poster fand ich die illegale Party aufregend. Meine Haare fühlten sich plötzlich so lang an wie die Mähne eines Rock-Sängers aus New York City.

»Hast du auch KISS?«, fragte ich.

»Klar!«

»Jagger hat alles!«, erklärte Michal. »Sein Onkel wohnt in der Schweiz.«

Jagger nickte und nippte am Bier. Dann ließ er ein Lied von KISS laufen.

»*I was made for lovin' you*«, sang er.

Englisch konnte er auch, dachte ich begeistert. Ich trank einen

Minischluck Bier und tat betrunkener, als ich war. Es fühlte sich toll an.

»Endlich lohnt sich die ganze Scheiße!«, schrie ich Radka an.

»Endlich sind wir in Prag«, fügte Jakub hinzu.

»Party!«, schrie Michal betrunken.

Wir verstanden uns alle blendend. Jakub, Michal und vor allem Jagger waren so lässig und lustig wie Benda, Cibulka und mein Vater. Die Freunde, die bis vor Kurzem eine Band gehabt hatten, die Westmusik spielte.

Und dann geschah es. Aus dem Kassettenrekorder erklang ABBA! Mir wurde es ganz heiß und warm ums Herz, als »Dancing Queen« anlief, mein Lieblingslied. Radka begann, mit einigen anderen Mädchen zu tanzen.

»Mädchen!«, schmunzelte Jagger.

»Mädchen!«, schwärmte Jakub.

»Mdchn«, lallte Michal betrunken.

»Mädchen!« Ich nickte begeistert.

Die Jungs grinsten abfällig. Ich zögerte einen Augenblick. Doch dann war der Impuls aus Bier und Radkas herausfordernden Gesten stärker und ich tanzte ebenfalls los!

Zunächst war es komisch, mitten im Raum herumzuhüpfen. Aber die anderen Mädchen und Radka lachten mir zustimmend zu. Der Alkohol stieg mir durch die wilden Bewegungen und die wenige Luft im Keller in den Kopf, und ich fühlte mich, als würde ich in der Musik von ABBA aufgehen. Radka und ich nahmen uns an den Händen und drehten uns wild. Es war ein herrlicher Rausch.

Dann sah ich sie aus dem Augenwinkel: Ivanka! Sie stand in der Tür und beobachtete uns. Ich ließ Radka unwillkürlich los, tanzte jedoch weiter. Die Hoffnung war wieder da! Die Hoffnung, Ivanka hätte auch Gefühle für mich und würde jetzt mittanzen. Doch als ich wieder zur Tür schaute, war Ivanka weg. Das Lied war zu Ende, und mir war so schwindelig, dass ich mich setzen musste.

Die anderen lachten und tranken weiter, aber ich hatte genug. Ich suchte mit meinen Blicken nach Ivanka, als mir ein Gedanke durch meinen Körper schoss: War Ivanka sauer auf mich, weil ich so blöd war, ihre Signale nicht zu verstehen?! Hatte sie die ganze Zeit auf meinen ersten Schritt gewartet?

Ich wollte Ivanka nach. Da wurde die Tür aufgerissen und mir fast auf die Nase geknallt. Sie stand direkt vor mir. Ivanka war zurückgekommen und blickte mich streng und vorwurfsvoll an. Ich dachte, es läge daran, dass ich mit Radka anstatt mit ihr getanzt hatte.

»Die Zeit des Leidens ist vorbei«, sagte ich.

Das Bier machte mich mutig und ich küsste Ivanka auf den Mund. Ihr Mund fühlte sich hart und kalt an. Machte ich etwas falsch? Ich schaute sie fragend an und sie verpasste mir eine schallende Ohrfeige. Dabei warf sie mir Blicke zu, als hätte ich die Butterbestände der Tschechoslowakei an den Feind verkauft.

Ivanka machte einen Schritt zur Seite und da sah ich – Frau Genossin Lehrerin Romanova! Sie betrat mit bleichem Gesicht und zitternden Lippen den Keller, als hätte sie entdeckt, dass wir dort heimlich Hitlerreden hörten.

»Macht sofort den Lärm aus!«, rief sie mit bebender Stimme.

Die Stimmung fiel schlagartig auf den Nullpunkt, und ich versuchte zu begreifen, was gerade schiefgelaufen war. Da wurde es mir klar: Ivanka hatte unsere illegale Party an Frau Genossin Lehrerin verraten.

»Das wird euch noch leidtun!«

Ich überlegte gerade, welche drakonische Strafe es für einen illegalen Kuss geben würde, als die Aufmerksamkeit von mir und meinem Kuss abgelenkt wurde.

»Frau Genossin Lehrerin Romanova«, sagte Michal.

Und kotzte ihr auf die Filzpantoffeln. Frau Genossin Lehrerin und Ivanka schauten sich entsetzt an. Die Partygesellschaft starrte betroffen auf den Boden.

Da sah ich, dass Radka und Jagger vergeblich ein Grinsen unterdrückten. Ich lächelte Radka zu, als uns Frau Genossin Lehrerin laut kreischend hinausscheuchte.

»Raus! Sofort! Alle! Alle gehen auf ihre Zimmer!«

Sie blickte Ivanka an.

»Du bringst deine Gruppe in ihre Räume!«

Ivanka zeigte bestimmt zur Tür. Wir gehorchten und liefen schweigend durch die Gänge. Ich hatte ein schlechtes Gewissen. Ivanka schaute mich an der Tür zu unserem Zimmer wie eine Aufseherin im Gefängnis an.

»Ich bin enttäuscht«, erklärte sie.

Die Tür zum Gefängnis ging zu. Plötzlich war es ganz still. Meine Wange glühte noch von Ivankas Ohrfeige. Michal und Jakub begannen, leise zu flüstern, zu kichern, und erzählten sich lachend die Geschichte, wie Michal Frau Genossin Lehrerin auf die Filzpantoffeln gekotzt hatte.

Ich dachte an Ivankas kalten Kuss und fühlte mich durch ihre Ohrfeige wie aufgeweckt. Offensichtlich hatte sie nur Gefühle für mich wie eine Gruppenleiterin für ihre Pionierschar. Ich schämte mich, war zugleich aber auch stolz. Ich hatte den Mut gehabt, ihr meine Gefühle zu zeigen. Das war Rock 'n' Roll!

»Macht nicht alles noch schlimmer, und gebt euer Bestes bei den Übungen!«, sagte Frau Romanova am nächsten Morgen.

Wir liefen an unserem Gefängnisseil zum Stadion und wurden zum Gespött aller Kinder der Tschechoslowakei. Niemand sonst musste wie eine Kindergartengruppe an einem Seil laufen. Ivanka war ganz rot und fleckig vor Aufregung und beachtete mich keine Sekunde. Wahrscheinlich war ihr mein Kuss peinlich. Mir auch.

Radka, Jakub und der im Gesicht immer noch grüne Michal schauten mich an. Wir standen in dem kühlen und dunklen Tunnel, der zum Stadion führte, und warteten auf unseren Auftritt.

»Das Stadion ist ausverkauft, und die Spartakiade wird vom Fernsehen übertragen!«, verkündete Frau Genossin Lehrerin.

Sie hatte auch rote Flecken im Gesicht. Während wir frierend in unseren blauen Sporthosen und den weißen, ärmellosen Unterhemden warteten, dachte ich darüber nach, ob zu Hause wohl jemand zuschauen würde.

»Wir sind dran, wenn die Politiker mit ihren Reden fertig sind«, sagte Frau Lehrerin Genossin nervös.

Langsam war ich auch aufgeregt. Da trieb sie uns schon aufs Feld. Man wies uns unsere Plätze zu und wir waren auf uns allein gestellt.

Die Musik begann und wir spulten die so oft geübten Bewegungen ab. Es war aufregend, da uns so viele Leute zuschauten. Doch je länger unsere Choreografie lief, desto klarer wurde mir, dass es nur halb so lustig war, auf dem Feld zu turnen. Den wahren Spaß hatten die Leute, die uns zusahen und die tollen Muster erkennen konnten, die wir als fließende Masse ergaben. Für uns war alles wie immer. Wie in unserer nach Schweiß riechenden Halle. Nur an der frischen Luft.

Ich beobachtete traurig Ivanka. Sie machte ihre Bewegungen wie das perfekte kleine Rädchen im Getriebe. Auf einmal kam sie mir fremd und lächerlich vor mit ihrem Fleiß und ihrer strebsamen Art. Ich verabschiedete mich langsam. Vom Kommunismus und von meiner Heimat.

Später am Nachmittag liefen wir als Höhepunkt unserer Reise bei der großen Militärparade mit. Wir kamen in unseren Pionieruniformen in militärischer Ordnung an der Haupttribüne mit Gustav Husák und anderen sozialistischen Staatschefs vorbei. Ich lief winkend an der Haupttribüne vorbei und hörte innerlich die Worte meines Vaters, die er auf jeder Party von sich gab, ein Glas Krimsekt in der Hand:

»Darauf, dass der Weltbolschewismus verrecke!«

Das schönste Land der Welt

»Such dir die Spielzeuge aus, die du mitnehmen möchtest«, sagte meine Mutter, als wir wieder aus Prag zurück waren.

Sie drückte mir einen Jutebeutel in die Hand.

»Für mehr ist leider kein Platz.«

Ich schaute den Beutel ratlos an.

»Gut«, sagte ich. Meine Mutter schaute mich prüfend an.

»In Ordnung?«

Ich nickte. Sie nickte auch und ging. Ich schaute mich um. Welche Spielzeuge nahm man am besten auf eine Flucht mit? Ich entschied mich für meine zwei Kuschelbären. Den Großen hatte ich zu meinem zweiten Geburtstag bekommen und immer heiß und innig geliebt. Der kleinere Bär war später hinzugekommen. Ihn mochte ich weniger und überlegte, ihn nicht mitzunehmen. Aber dann dachte ich, dass der große Bär ohne den kleinen zu einsam wäre, und packte ihn auch ein.

Außerdem wählte ich aus meiner Sammlung an Matchboxautos einen roten Lkw mit Anhänger aus, auf dem sechs Matchboxautos Platz hatten. Die sechs wichtigsten Autos meiner Sammlung. Machtboxautos konnte man nicht in einem normalen tschechoslowakischen Spielzeugwarenladen kaufen. Mein Vater hatte sie mir aus dem *Tuzex* mitgebracht.

Zum Abschluss nahm ich noch einige Plastikindianer mit. Die waren zwar aus der DDR, aber fast genauso selten und wertvoll wie Matchboxautos. Auf die Indianer hatte ich jahrelang gewartet. Ich steckte sie in den Jutebeutel und sah die Spielsachen an, die ich zurücklassen würde:

Ein Auto mit einer Steuerungsschnur, Plüschtiere, weitere Matchboxautos, ein VW-Bus aus Plastik, den mein Vater einmal mit mir zusammengebaut hatte, ein Wecker in Form eines Fußballs, eine Spielesammlung, ein Tank aus Metall, ein Tatra-Lkw, eine große Kiste Panela-Plastikbausteine, mit der man Häuser zusammenstecken konnte, und eine Kiste Merkur, mit der man aus kleinen Eisenteilen alles Mögliche bauen konnte.

Die Sachen taten mir leid, aber ich musste sie zurücklassen. Ebenso wie meine vielen Bücher und tschechischen Comichefte.

Mittags gab es leckere Nudeln mit Zucker, Mohn und Butter, und meine Eltern sprachen über die Flucht. Mein Vater hatte mithilfe des bestochenen Parteifunktionärs Jurij die Genehmigung der Urlaubsreise nach Jugoslawien für die ganze Familie erhalten.

»Sollen wir es den Omas nicht doch sagen?«, fragte Mama.

»Reicht, wenn es Pavel weiß«, sagte Papa.

»Kann ich's nicht mal meiner Mutter sagen?«

»Es ist besser, wenn es so wenige Leute wissen wie möglich.«

Ich hörte gespannt zu. Seit mich der Mann im Konsum verhört und verfolgt hatte, hatte ich Angst um meinen Vater. Da ich Ivanka außerdem illegal geküsst hatte, noch mehr.

Aber die Staatssicherheit hielt sich versteckt. Oder hatte keine Ahnung. Der Tag unserer Abreise rückte immer näher und meine Eltern begannen unsere heimliche Abschiedstournee. Als Erstes mussten wir unseren Hund Ringo bei Oma Vera abliefern. Offiziell nur für die Zeit des Urlaubs. Ringo tat mir leid.

»Möchtest du noch Knödel?«, fragte mich Oma Vera am nächsten Tag beim Mittagessen.

Sie tat mir auch leid. Sie hatte Schweinebraten mit Kartoffelknödeln und Sauerkraut gemacht. Mein Lieblingsessen. Wie immer machte sie sich Sorgen.

»Pass auf, dass du im Meer in Jugoslawien nicht ertrinkst.«

Die Messer und Gabeln klapperten auf den weißen Tellern mit Silberrand.

»Und dass du dir keinen Sonnenstich holst.«

Ich nickte und das Klappern ging weiter.

»Und dass du nicht von jugoslawischen Gaunern entführt wirst.«

Ich sah die Blicke, die sich meine Eltern zuwarfen. Mein Onkel Pavel lächelte mich wissend und irgendwie auch traurig an.

»Der Braten schmeckt sehr gut, Oma«, sagte ich.

Ich war mir sicher, dass die unwissende Oma Vera sehr traurig sein würde, weil wir abhauten, und beschloss daher, eines Tages als amerikanischer Millionär zurückzukommen und ihr alles mitzubringen, was sie sich wünschte. Eine neue Waschmaschine, italienische Schuhe, Diätschokolade und einen neuen Linoleumboden für die Küche.

Nach dem Essen spielte ich mit Ringo vor dem Haus. Er war wild wie immer und hatte keine Ahnung davon, dass wir bald verschwinden würden.

»Wir werden im Westen bleiben«, erzählte ich ihm daher.

Er schaute mich an und wartete darauf, dass ich ihm ein Stöckchen warf. Ringo kam zurück. Ich nahm seinen süßen Kopf in beide Hände.

»Verstehst du?«, fragte ich. »Wir müssen dich zurücklassen.«

Er bellte. Ich liebte Ringo und überlegte, ihn in meinem Jutebeutel mitzunehmen. Aber das wäre aufgeflogen.

Irgendwann kamen meine Eltern aus dem Haus.

»Wir müssen weiter!«, sagte Papa bemüht locker.

»Oma Ester will dich ja auch noch sehen«, meinte Oma Vera.

Ich nickte und hatte ein schlechtes Gewissen.

»Also viel Spaß, Kinder«, sagte Oma Vera.

Mama umarmte Oma und versuchte, es normal aussehen zu lassen, bis ihr doch die Tränen kamen. Papa zog sie schnell weiter zum Tor. Ringo wurde hinter dem Zaun eingeschlossen und schaute mich enttäuscht an. Mama weinte.

»Reiß dich zusammen«, zischte mein Vater.

Wir stiegen ein und Papa startete schnell den Fiat. Wir winkten zum Abschied. Mama nickte Pavel zu. Ich beobachtete alle, Ringo blickte uns traurig nach. Papa fuhr eilig los. Ich blickte zurück und sah, wie alle immer noch winkten und schließlich in der Ferne verschwanden. Wir waren mucksmäuschenstill.

Bei Oma Ester war auch mein Cousin Bobek.

»Jetzt hat unser Buggy alle vier Räder. Opa ist schon damit gefahren!«, schwärmte er.

»Der Buggy fährt schon?«

»Ja! Opa hat den Rasenmähermotor eingebaut und frisiert!«

»Den Rasenmähermotor?«

»Ja, er konnte sowieso keine Scherblätter auftreiben.«

Ich musste darüber schmunzeln.

»Typisch Opa Rudolf!«

»Wenn ihr aus Jugoslawien wieder da seid, können wir schon fahren!«

Ich schaute zu meinen Eltern, aber die reagierten nicht und redeten mit Oma Ester nur von Stränden, Meer und jugoslawischen Läden.

»Wie schnell fährt der Buggy dann wohl?«, fragte ich.

»Fünfzig Sachen bestimmt«, behauptete Bobek überzeugt. »Wir könnten in den Buggy eine Funkanlage einbauen.«

»Das wäre stark!«

Ich musste daran denken, dass ich Bobek vielleicht nie wiedersehen würde.

»Und wir müssen ihn knallrot streichen. So wie bei Bud Spencer und Terrence Hill. Sonst sieht das nicht echt aus!«

»Ja, super«, sagte ich.

Wir spielten eine Weile auf dem Feld, und ich musste die ganze Zeit daran denken, dass mein Cousin nicht wusste, dass wir nie mehr zurückkommen würden. Und dass ich den Buggy wohl nie fahren würde.

»Die Tschechoslowakei ist das beste und schönste Land der Welt«, sagte Bobek plötzlich.

Ich schaute ihn verdutzt an. Wusste er etwas von der Flucht?

»Warum?«, fragte ich.

»Keine giftigen Tiere, die Menschen haben immer Arbeit, uns geht es gut und Südböhmen ist das schönste Land überhaupt. Das weiß jeder!«

Ich dachte darüber nach.

»Wollen wir Limo trinken?«, fragte er.

»Unbedingt.«

Wir liefen zurück ins Haus.

Der Abend färbte den Himmel rot.

»Du hast schon wieder ein neues Auto?«, fragte Oma Ester meinen Vater.

»Ja, einen schönen Fiat 600«, erklärte Onkel Alois fachmännisch.

»Du weiß auch nicht, was du willst«, schüttelte Oma den Kopf.

Ich war immer noch in Gedanken: über die vielen Abschiede, unser Geheimnis, den Westen und das schönste Land der Welt.

»Alles in Ordnung?«, fragte mich Mama.

»Ist nur das Reisefieber«, erklärte Oma Ester.

Alois lächelte mich an und steckte mir hundert Kronen zu.

»Damit du dir in Jugoslawien ein paar Eis kaufen kannst!«

»Danke«, sagte ich traurig

Bobek schaute mich an.

»Wir müssen unseren Buggy genauso rot lackieren, dass er so glänzt wie euer schöner Fiat!«, plante Bobek.

Ich nickte. Mama hatte Bobek gehört und schaute mich an. Ich hatte das Gefühl, dass Tränen in mir hochstiegen. Ich unterdrückte sie und beschloss, meinen Eltern keine Sorgen zu machen.

Ich kletterte auf den Rücksitz und wir fuhren los. Dabei winkten wir dem schönsten Land der Welt zum Abschied.

Auf der Flucht

Auf der Flucht steht man unter Strom, ist auf der Hut, rennt geduckt über Felder, meidet die Zivilisation, späht die Wildnis nach verräterischen Bewegungen aus, bewegt sich nachts im Zickzack, um seine Verfolger zu irritieren, watet durch Flüsse, um Spürhunde zu verwirren, schläft tagsüber in Höhlen, stiehlt Eier aus Hühnerställen, isst Beeren und Pilze, um nicht zu verhungern, springt von Klippen in Flüsse, schwimmt durch Seen und Meere, springt über Minen, klettert über Stacheldraht und Mauern, wird von Suchscheinwerfern und Hubschraubern gesucht, von scheinbar netten Bauern verraten und von hungrigen Wölfen gejagt, bis man in der Freiheit eine Kartoffelsuppe mit Brot isst und vor Glück weint.

So stellte ich mir Flucht vor. Ich war daher nicht überrascht, dass wir mitten in der Nacht aufbrachen. Meine Mutter weckte mich aus dem Tiefschlaf. Draußen war es finster, und sie flüsterte, als müssten wir uns unbemerkt davonschleichen.

»Wir müssen los, mein Schatz.«

»Bin wach«, tat ich professionell.

»Sehr gut«, sagte sie, und es klang besorgt. »Ich mach uns Frühstück.«

Ich stand auf und schaute aus dem Fenster. Frau Genossin Lehrerin und der Mann aus dem Konsum waren nicht zu sehen. Die

Straßen, die ganze Stadt, alles war totenstill. Nur aus unserer Wohnung hörte man leises Geraschel und Flüstern. Es klang wie Mäuse in einem Zeichentrickfilm.

Auf dem Weg ins Bad fiel mir eine Situation ein, die ich mal mit meinem Vater in Prag erlebt habe. Wir liefen über den Wenzelsplatz, als plötzlich Geschrei zu hören war. Ein kräftiger Mann in einem weißen Anzug schrie aus Leibeskräften. Er wurde von zwei Männern in Zivil weggezerrt. Seine Zähne waren blutig, seine Stimme klang rau, ich war schockiert.

»Leute! Leute! Wehrt euch gegen die Diktatur, wehrt euch!«

Ich starrte den Mann an.

»Was ist mit dem Mann?«

»Der ist besoffen«, murmelte mein Vater und zog mich weiter.

»Müssen wir nicht die Polizei rufen?«, fragte ich besorgt.

»Das ist die Polizei«, zischte mein Vater.

Ich drehte mich schockiert um und dachte noch, dass der Mann vielleicht von Gangstern verschleppt wurde, als sechs Polizisten in Uniformen ankamen und den Mann in einen Polizeibus zerrten.

»Das war die Staatssicherheit«, erklärte mir mein Vater später. »Vor denen muss man sich in Acht nehmen!«

Ich lief verschlafen gegen den Türrahmen und hatte auf einmal wieder Angst. Bald würde die Polizei auch meinen Vater über die Straße schleifen wie diesen Mann in Prag. Mich selbst sah ich schon tot über dem Eisernen Vorhang hängen.

Ich wusch mich verschlafen und lief mit starren Gelenken in die Küche. Meine Eltern aßen so still und schweigend, als würde die Gestapo gerade das Haus durchsuchen. Ich würgte ein Marmeladenbrot herunter.

»Fahren wir jetzt ans Meer?«, fragte ich.

Meine Eltern schauten sich an, als ob ich auf den Kopf gefallen wäre. Sie beschlossen aber, nett zu sein.

»Wir wissen es noch nicht … mal schauen«, sagte Mama bemüht ruhig.

Ich lief wie ein Roboter in mein Kinderzimmer. Der Raum und die Spielsachen, die ich zurücklassen würde, taten mir leid. Ich war auf das nächste Kind, das hier wohnen würde, fast neidisch. Dann klebte ich zum Abschied meinen jahrelang aufgehobenen ABBA-Aufkleber auf die Tür.

Wir verließen zum letzten Mal unsere Wohnung, Gottwaldova 1050. Papa schloss leise die Tür ab und wir schlichen uns aus dem Haus. Mein Herz pumpte wie kurz vor dem Start zum Hundert-Meter-Lauf.

Die Stadt schlief. Ich schaute mich nach versteckten Leuten von der Staatssicherheit um und stieg möglichst lautlos in den kühlen Fiat 600. Dann schaute ich zu unserem Balkon hoch. Die Wohnung war dunkel. Mein Vater startete den Wagen und wir fuhren davon. Heimlich, im Schutz der Nacht, durch die leere Stadt in Richtung Prag.

An einer Eckkneipe standen Männer. Wenn das die Staatssicherheit war, war sie entweder sehr gut getarnt oder nur total besoffen. Ich blickte in das Schaufenster eines Unterwäscheladens und konnte mir nicht vorstellen, dass die Schaufenster im Westen voller und toller sein könnten. Die Wäsche war so bunt und schön.

Am Haus meines Onkels Pavel und meiner Tante Mirka hupte mein Vater. Ich erschrak.

»Hab ich versprochen«, erklärte er.

»Jetzt wissen sie, dass es losgeht«, fügte Mama hinzu.

Und die Staatssicherheit wusste es jetzt auch, dachte ich. Ich starrte immer wieder nach hinten. Aber alles blieb ruhig. Schwarze Bäume zogen vorbei und die Straßen wurden auf dem Land immer dunkler. Ich schlief ein, wachte aber bei jedem Autogeräusch und starken Abbremsen auf.

Ivanka tauchte aus dem blauen Pool auf und setzte sich an den Rand. Sie lächelte mich an. Ich lag auf einer weißen Liege auf einem superweichen Handtuch, das wie die amerikanische Flagge aussah. Ivanka fuhr sich in Zeitlupe durch ihr langes blondes Haar und schaute mich herausfordernd an.

Zwei Kellner mit weißen Hemden und Fliegen servierten gekühlte Martinis. Die Palmen rauschten. An der rechten Seite des Pools lagen zwei Männer, die mich emotionslos beobachteten. Ich schob meine coole Sonnenbrille herunter und erkannte den Mann aus dem Konsum. Der andere Mann war Frau Genossin Lehrerin Romanova. Dann wachte ich erschrocken auf.

Es war schon hell.

»Wo sind wir?«

»Slowakei«, sagte Mama.

»Fast an der Grenze«, fügte Papa leise hinzu, als könnte man ihn von dort schon hören.

Ich schaute mich um und beobachtete die Autos hinter uns. Könnte eines davon die Staatssicherheit sein?

»Hast du Hunger?«, fragte meine Mutter.

Sie gab mir eine Stange mit Schinken und Käse. Ich aß und schaute mir unsere kleine Republik zum Abschied an. Plötzlich fand ich alles wunderschön und fragte mich, ob Ivanka und Bobek vielleicht recht hatten und die ČSSR das beste und schönste Land der Welt war.

»Gibt es in Westdeutschland auch so etwas wie Südböhmen?«, fragte ich.

Meine Eltern schauten sich kurz verunsichert an.

»Bestimmt«, behauptete mein Vater wenig überzeugend.

Als an einer Kreuzung ein Polizeiauto stand, blieb mir fast das Herz stehen. Ich drehte mich um und beobachtete die Kreuzung, im Rücksitz versteckt wie im Schützengraben. Aber das Polizeiauto bog in die entgegengesetzte Richtung ab. Ich war erleichtert und schaute wieder nach vorn. Meine Eltern waren angespannt still.

»So, jetzt werden wir sehen …«, murmelte mein Vater angespannt.

Wir näherten uns der Grenze zu Ungarn. Ich schaute erneut nach hinten und sah es: das Polizeiauto! Es folgte uns also doch zur Grenze. Unter mir offnete sich eine Falltür.

Die Polizisten wollten uns wohl nur in Sicherheit wägen. Jetzt würde die Falle zuschnappen! Bald würde mein Vater im Gefängnis nicht mehr kacken können, wann er wollte, und meine Mutter würde als Heizerin arbeiten. Ich selbst würde in ein kommunistisches Umerziehungsheim gesteckt und zu Karl Marx umgeformt werden.

Mein Vater fuhr zur Grenze vor und reihte sich in eine lange Schlange ein. In der Ferne standen bedrohlich aussehende Grenzbeamte mit Maschinenpistolen. Vor uns eine lange Schlange Škodas, Trabants, Wartburgs und Ladas. Unser kleiner Fiat kam mir vor wie die knallrote Mitte einer Zielscheibe.

Die Grenzbeamten schauten uns todernst an und hatten ihre Maschinenpistolen im Anschlag, als würden sie uns gleich als Staatsfeinde erschießen wollen. Ich musste an einen tschechischen Film aus den Fünfzigerjahren denken. Dort kämpften mutige tschechische Grenzsoldaten gegen böse und hinterlistige bayerische Schmuggler. Wir waren jetzt die bayerischen Schmuggler.

Mein Vater hatte irgendwo die Westmark, Mamas Hochschulabschluss, unsere Geburtsurkunden und die Visaanträge versteckt. Dass ich nicht wusste, wo, machte mich nicht wirklich gelassener. Meine Eltern waren so still, als wollten sie sich über die Grenze schleichen. Doch die Soldaten hatten uns im Visier. Sie forderten uns mit Handzeichen und Gewehren im Anschlag auf zu halten. Die Hunde bellten.

»*Xindl*«, schimpfte mein Vater leise.

Ich versuchte, mich möglichst als unbeteiligtes Kind zu benehmen. Als mich die Grenzer böse anschauten, klammerte ich mich an den Ausweis meiner Pioniereinheit, den ich mitgenommen hatte, um im Notfall beweisen zu können, dass ich ein treuer Kommunist war.

Mir wurde schlecht vor Angst und meine Hände waren nass. Ich rieb sie möglichst unauffällig an meiner Hose ab, um nicht wegen Angstschweiß aufzufliegen. Die Soldaten starrten uns mit Röntgenaugen an und lauerten auf die kleinste Gelegenheit, als wollten sie uns mit Blei durchsieben.

Wir standen und standen und es geschah nichts. Meine Eltern sagten kein Wort. Die Soldaten auch nicht. Nur ich wagte zu sprechen.

»Ich muss mal.«

Niemand reagierte. Und ich schwieg nun ebenfalls. Die Kolonne bewegte sich ein paar viel zu kurze Meter weiter. Ich sah zu dem

Häuschen, in das die Grenzbeamten mit Ausweisen rein- und rausgingen, und erkannte dort Männer in Zivil. Hellgraue Jacken, beige Hosen und kommunistische graue Acrylsocken. Wie der Mann aus dem Konsum. Eindeutig die Staatssicherheit.

Vielleicht saß der Mann aus dem Konsum auch dort, dachte ich. Neben Ivanka und Frau Genossin Lehrerin Romanova, die durch die getönten Scheiben schauten, um mich zu identifizieren.

»Verdammte Scheiße!«, sagte mein Vater ehrlich erschrocken.

Ich schaute nach vorn. Etwa zehn Meter vor uns wurde ein Auto im wahrsten Sinne des Wortes auseinandergenommen. Die Grenzsoldaten hatten die Verdeckungen der Türen aufgeschraubt, das Ersatzrad mit Schraubenschlüsseln von der Felge genommen und in den Benzintank geleuchtet.

Die Familie, die aus ihrem Wagen hatte aussteigen müssen, stand wie ein Haufen verurteilter Verbrecher daneben und schaute zu. Von bewaffneten Soldaten bewacht. Die Grenzsoldaten schienen etwas zu suchen. Nach einer gefühlten Ewigkeit bauten sie alles wieder notdürftig zusammen und die Familie wurde aufgefordert einzusteigen.

Sie durften die Grenze aber nicht passieren, sondern wurden in eine Garage gelotst. Ihre Ausweise verschwanden mit dem Grenzbeamten in dem kleinen Häuschen bei den Männern in hellgrauen Acrylsocken.

»Jetzt werden sie richtig auseinandergenommen!«, sagte mein Vater.

Mein Herz holperte erschrocken los. Wenn sie uns auch so auseinandernähmen, würden sie das versteckte Geld, die Visaanträge und alle Dokumente finden. Das dringende Bedürfnis zu pinkeln wurde vom dringenden Bedürfnis, mich zu übergeben, abgelöst. Jetzt konnten wir aber nicht mehr zurück. Die Kommunisten hatten uns am Wickel!

Unser Fiat war ein knallroter Augenmagnet und rollte Zentimeter für Zentimeter vorwärts. Alle Soldaten starrten uns an. Sie kontrollierten akribisch die Pässe und winkten einen beigefarbenen Škoda, einen grauen Wartburg und einen dunkelblauen Lada durch. Rein rechnerisch würden wir also ebenso behandelt werden wie der Wagen vorhin. Ein Grenzsoldat mit Maschinengewehr stellte sich direkt vor unsere Motorhaube und hob die Hand.

»Passkontrolle!«, sagte der Beamte am Fahrerfenster scharf und schaute meinen Vater und dann uns alle äußerst streng an.

Ich war wie erstarrt. Mein Vater gab dem Beamten die Pässe. Der las sie, als wären sie ein sehr komplizierter Roman, als hätte er etwas nicht verstanden und müsste es immer wieder nachlesen. Es dauerte Ewigkeiten.

»Wo soll es denn hingehen?«, fragte der Grenzbeamte schließlich und schaute meinen Vater und meine Mutter prüfend an, ohne die geöffneten Pässe aus der Hand zu nehmen.

Ich versteckte mich, so gut es ging, auf dem Rücksitz.

»Jugoslawien«, sagte mein Vater bemüht locker und fügte noch ein lässiges »In den Urlaub« hinzu.

Der Beamte schaute ihn böse an, als hätte er das Gefühl, mein Vater würde sich über ihn lustig machen.

»Natürlich.«

Dann schaute er mich an und scannte mit den Augen den Rücksitz. Ich rührte mich nicht. Er schien sich nicht für mich zu interessieren, schloss die Pässe und klopfte mit ihnen auf seine Handfläche.

Er überlegte wohl, welches Urteil er über uns verhängen sollte. Gerade als er uns die Pässe schon geben wollte, tauchte ein anderer Beamter auf und deutete meinem Vater an, den Kofferraum zu öffnen.

»Verfluchte Scheiße«, sagte mein Vater ganz leise.

Meine Mutter war kreidebleich, mit einem Stich ins Grüne.

»Kofferraum öffnen!«, bellte der andere Beamte.

Mein Vater öffnete den Kofferraum, der sich beim Fiat 600 vorne befand. Daher sahen meine Mutter und ich für einige lange Minuten nur die rote Kofferraumklappe und hörten Stimmen, die wir nicht verstehen konnten. Wir waren ausgeschlossen und warteten auf das Urteil.

Ich war mir sicher, dass die Soldaten merken würden, dass wir abhauen wollten. Sie würden unser Auto so auseinandernehmen, dass es nur noch italienische Automechaniker in Turin wieder zusammenbauen könnten. Ich wollte mich schon ergeben, um nicht erschossen zu werden, sondern nur in die Besserungsanstalt zu kommen.

Die rote Kofferraumklappe wurde zugeklappt und mein Vater stieg mit den Pässen ein. Er gab sie meiner Mutter, nickte den Zöllner lächelnd zum Abschied zu und wir fuhren los. An bewaffneten Soldaten und den grimmig schauenden Zöllnern vorbei.

Auf der ungarischen Seite schaute der Beamte nur kurz in die Pässe, nickte und winkte uns durch. Er hatte keine Lust, sich mit uns aufzuhalten. Mein Vater gab Gas und wir waren in Ungarn. Er schrie jubelnd auf, lachte sehr laut und schimpfte auf das kommunistische Pack. Er freute sich übermäßig, dass wir es geschafft hatten. Ich hatte Angst, dass ihn die Grenzbeamten hören könnten, und drehte mich um.

Aber niemand stieg auf sein Motorrad, um uns einzuholen, niemand kam uns mit Blaulicht nach und geschossen wurde auch nicht. Wir waren in Ungarn. Ich war erleichtert. Meine Eltern waren glücklich und freuten sich, als wären wir schon im Westen. Ich traute mich nicht nachzufragen, ob wir nicht noch ganz viele andere Grenzen vor uns hätten.

Ungarisches Gulasch

Wir fuhren ohne Pause weiter. So schnell es ging, immer tiefer nach Ungarn. Ich starrte noch eine Weile nach hinten, ob wir verfolgt wurden. Niemand kam.

»Ich muss mal«, wagte ich endlich, ängstlich zu sagen.

»Na klar!«, antwortete mein Vater, als hätte ich ihm ein Glas frisch gezapftes Pilsner Urquell angeboten.

»Wir haben es geschafft!« Meine Mutter strahlte mich an.

Wir hielten und ich pinkelte in einen ungarischen Graben. Dabei schaute ich mich um. Das Land war flach und weit. Ich hoffte, dass mich meine Eltern nicht zurücklassen würden. Allein in Ungarn zu sein, stellte ich mir nicht so lustig vor. Daher beeilte ich mich, machte die Hose zu und rannte schnell zum Auto zurück.

Nach einigen Kilometern sahen wir alte Frauen, die am Straßenrand frische Wassermelonen verkauften. Meine Lieblingsfrucht, die bei uns heiß begehrte Mangelware war, wurde hier verkauft wie Zwetschgen. Meine Eltern schauten sich an, dann drehte sich meine Mutter zu mir um und lächelte.

»Möchtest du eine Wassermelone?«

Ich konnte mein Glück kaum fassen.

»Ja!«, rief ich strahlend.

»Na dann!«, sagte mein Vater.

Er bremste, drehte um und fuhr zu den Wassermelonenfrauen

zurück. Ich fand das gefährlich, weil ich dachte, wir müssten doch in Bewegung bleiben, um nicht eingeholt zu werden. Aber es folgte uns immer noch niemand.

Mein Vater kaufte den Omas entspannt und gut gelaunt eine riesige Wassermelone ab. Er hatte nicht nur Forint dabei, die ungarische Landeswährung, sondern scherzte mit den Frauen in Kittelschürzen auch noch auf Ungarisch. Ein echter Tausendsassa, dachte ich mir stolz und hatte plötzlich gar keine Angst mehr vor der Zukunft im Westen. Mein Vater konnte einfach alles.

Wir hielten am Straßenrand an einem Feld und mein Vater zerteilte die Wassermelone mit seinem Schweizer Taschenmesser. Sie war sehr süß und ich war euphorisch. Das schmeckte nach Westen, nach Abenteuer und Urlaub. Das freie Feld in Ungarn kam mir vor wie Kalifornien und ich fühlte mich auch so. Der kalifornische Martin.

»Ungarisches Gulasch ist das beste der Welt«, erklärte Papa.

Wir fuhren weiter und meine Eltern schwärmten.

»Wir müssen das irgendwo probieren, wenn wir schon mal da sind«, sagte Mama.

»Ich mag Gulasch«, antwortete ich voller Vorfreude.

»Aber *ungarisches* Gulasch ist etwas ganz anderes!«, meinte Papa.

Mama nickte.

»Das ist nicht mit dem böhmischen Gulasch bei uns zu vergleichen. Auch wenn es ungarisches Gulasch genannt wird«, schwärmte mein Vater weiter. »Ich habe mal in Prag bei einem echten ungarischen Koch ein echtes ungarisches Gulasch mit echter ungarischer Paprika gegessen. Das war der absolute Oberhammer!«

Meine Eltern waren so sehr vom ungarischen Gulasch begeistert, dass ich das Gefühl hatte, sie hätten diese ganze Flucht nur geplant, um endlich mal echtes ungarisches Gulasch essen zu können. Die Euphorie und Vorfreude auf Gulasch wurde erst getrübt, als der kleine Fiat 600 im ungarischen Flachland heiß zu werden begann.

»Verdammt!«, schimpfte Papa plötzlich.

»Was ist?«, fragte Mama besorgt.

Ich schaute mich um, ob wir mit Panzern und Raketen beschossen wurden.

»Der Kleine läuft heiß«, sagte Papa.

»Warum?«, fragte Mama.

»Wahrscheinlich die Wasserleitung zur Kühlung.«

Mein Vater starrte auf die kleine Nadel neben dem Tachometer, die die Temperatur anzeigte und die sich sehr tief im roten Bereich aufhielt. Die Gulascheuphorie war vergessen. Auch wenn ich wirklich großen Hunger hatte.

»Ich hoffe, der kocht nicht über, der italienische Mist.«

Wir hielten gespannt den Atem an und hofften, der kleine Fiat würde überleben. Ich fragte mich, was mit »überkochen« gemeint war, als der Motor plötzlich zu dampfen begann und es zischte wie bei einem Schnellkochtopf mit Schweinshaxen. Endlich verstand ich die Redewendung.

Mein Vater hielt an einem Feldweg und wir stiegen aus. Der Fiat blubberte und dampfte wie ein chemisches Experiment. Wir waren im Niemandsland gestrandet. Die Sonne knallte herab, und meine Mutter ärgerte sich, dass ich keine Mütze dabeihatte. Gegen Sonnenstich. Also musste ich mir ein weißes T-Shirt um den Kopf binden wie einen Turban.

Ich schaute mich in der Wüste Ungarns um. Ich konnte weit und breit keinen Menschen und kein Haus sehen.

»Jetzt sind wir verloren, weil hier keine Sau entlangfährt!«, rief mein Vater melodramatisch in die Stille.

»Warum fahren wir dann am Arsch der Welt?«, fragte Mama vorwurfsvoll.

»Weil auf den Hauptstraßen mehr Bullen sind?!«

»Aha.«

»Ja. Aha!«, keifte mein Vater verärgert.

»Und jetzt sitzen wir hier fest.«

»Danke für die Information!«

Ich wollte eigentlich sagen, dass sicher bald jemand käme, aber da meine Eltern stritten, behielt ich meine Zuversicht vorsichtshalber für mich.

»Diese italienischen Dilettanten!«, schimpfte mein Vater.

»Ja, *die* sind schuld!«, sagte Mama.

»Ich gehe los, um destilliertes Wasser zu holen«, beschloss Papa plötzlich.

»Du kannst doch eine Frau und ein kleines Kind nicht einfach so in der Puszta zurücklassen!«

Mama war fassungslos.

»So klein ist er jetzt auch nicht mehr!«

»Trotzdem! Hier draußen kann doch jeder alles mit uns anstellen!«

»Warum stellst du dich jetzt so an?«, fragte Papa sauer.

»Ich stell mich nicht an, ich mach mir nur Sorgen!«

»Was soll ich denn sonst machen?«

»Warten.«

»Dass destilliertes Wasser vom Himmel fällt?«

»Keine Ahnung. Warum musstest du den Fiat überhaupt kaufen, wenn der immer überhitzt?«, schimpfte Mama wütend.

»Ich hab jetzt keine Lust, die Nacht in der beschissenen Puszta zu verbringen. Ich hol verdammt noch mal Hilfe!«

Und ich hatte keine Lust, wegen dem Streit ganz allein zurückgelassen zu werden, und schaute die Straße hoch.

»Da kommt ein Auto«, sagte ich nach einer Weile.

»Hier fahren keine Autos«, behauptete mein Vater wütend, als neben uns ein uralter Lkw anhielt, dessen blaue Farbe schon fast abgeblättert war.

Mein Vater erzählte dem Fahrer gestisch und wortreich, dass wir gestrandete Tschechen waren, die destilliertes Wasser brauchten. Der Mann nickte und zeigte immer wieder nach vorn. Ich verstand nichts und fand, dass er aussah wie ein Straßenräuber. Aber da hüpfte mein Vater schon in die Fahrerkabine und fuhr mit ihm davon.

»Ich komme bald mit destilliertem Wasser zurück!«, rief er aus dem Beifahrerfenster und war weg.

Es war sehr still. Windstill. Weit und breit kein Mensch und kein Auto. Nur das Zirpen von Zikaden war zu hören. Wir schauten uns unsicher um und meine Mutter gab mir unser letztes belegtes Brötchen. Echtes ungarisches Gulasch wäre mir lieber gewesen. Aber ich hatte Hunger.

Ich aß unser letztes Essen, das schon alt und feucht schmeckte, und ich hoffte, dass mein Vater nicht allein weiterflüchten würde. Ab und zu kamen Autos vorbei, die zum Teil auch hielten und deren Fahrer uns auf Ungarisch etwas fragten. Vermutlich, ob wir Hilfe bräuchten. Meine Mutter verscheuchte sie aber jedes Mal resolut mit einem wilden Fuchteln.

»Ne, ne, ne«, war das Einzige, was die Ungarn von uns zu hören bekamen. Ungarische Hilfe wollte meine Mutter nicht. Auch wenn wir beide sehr ratlos waren und ich immer noch fürchtete, dass uns die Grenzsoldaten einholen könnten, um uns doch noch ganz ausführlich zu filzen.

Als sich die Sonne dem Horizont zu nähern begann, machte ich mir ernsthafte Sorgen. Es wurde schnell kühler und ich wollte die Nacht nicht in der ungarischen Puszta verbringen. Ich schaute mich um.

»Gibt es hier Wölfe?!«, fragte ich Mama.

»Was denn für Wölfe?«

»Ungarische Wölfe.«

»Nein!«, sagte sie für mich wenig überzeugend.

»Und Räuber?«, bohrte ich nach.

»Warum sollte es hier Räuber geben?«, antwortete sie noch weniger überzeugend.

»Hat Oma gesagt.«

»Welche Oma?«

»Oma Vera.«

»Was hat sie gesagt?«

»Dass ich mich nicht von jugoslawischen Gaunern klauen lassen soll!«

»Wir sind in Ungarn!«, sagte sie unsicher.

Ich nickte, nicht wirklich beruhigt. Es wurde dunkel. Und Papa kam nicht. Hatte er uns zurückgelassen? Ich sah uns schon als abschreckende Beispiele in neuen Propagandafilmen: Naive Antikommunisten auf der Flucht, die nur bis Ungarn kamen, weil sie zu doof waren, genügend Wasser für die Fahrt durch die ungarische Puszta mitzunehmen. Blöd wie Bankräuber, die einen Tunnel in die Bank graben wollten und sich stattdessen ins Gefängnis buddelten.

»Vielleicht hat die ungarische Staatssicherheit Papa verhaftet?«

Mama schaute mich schockiert an.

»Das hoffe ich nicht …«, stotterte sie und zog mir einen Pullover an. Ich merkte, dass sie immer unruhiger wurde.

»Vielleicht hatte auch der Lkw eine Panne«, versuchte ich, sie zu beruhigen. »Er sah wirklich schon sehr alt aus.«

Mama nickte abwesend und schaute in die Ferne.

»Komm, wir gehen ins Auto. Es wird kalt.«

Wir setzten uns ins Auto, das von der Wärme des Tages noch ein wenig aufgeheizt war. Wir rückten eng zusammen. Die Nacht dämmerte heran und schließlich schob sich der Mond am Horizont nach oben. Nichts geschah.

»Ich habe Durst«, sagte ich.

»Ich auch«, antwortete sie.

Böhmische Dörfer

Ich erwachte mit Herzrasen. In meinem Traum sollte ich gerade eine unangekündigte Russischprüfung ablegen. Zum Glück waren wir nur in der ungarischen Puszta gestrandet.

Meine Mutter starrte in die Ferne der finsteren Nacht. Mein Vater hatte uns wohl verlassen oder wurde bereits verhört.

»Ich hab Angst«, murmelte ich.

»Alles wird gut«, versuchte meine Mutter dieses Mal, mich zu beruhigen. Vergeblich.

»Aber …«

»Papa kommt bestimmt bald zurück«, behauptete sie.

»Aber mich hat so ein Mann von der Staatssicherheit im Konsum ausgefragt. Und vielleicht hat Frau Romanova wegen der weißen Schokolade erraten, dass wir fliehen wollten!«

»Ich glaube, du hast nur schlecht geträumt.«

Sie klang, als hätte sie mir nicht wirklich zugehört.

»Versuch weiterzuschlafen.«

An Schlaf war nicht zu denken. Gemeinsam saßen wir im Wagen und schauten in die Dunkelheit. Das war nun also das Ende unserer Flucht.

Doch plötzlich sah ich zwei Lichter in der Ferne. Ein Auto, das langsam aus der Richtung anrollte, aus der wir gekommen waren. Es blieb schließlich einige Hundert Meter von uns entfernt stehen. Die Lichter gingen aus. Es war unheimlich.

»Wer ist das?«, fragte ich Mama ängstlich.

»Wahrscheinlich der Bauer.«

»Um die Uhrzeit?«

»Dein Onkel Pavel arbeitet in der Erntezeit oft auch nachts«, sagte sie.

So richtig überzeugt von ihrer Erklärung schien sie selbst nicht zu sein. Denn sie rutschte nervös auf dem Sitz hin und her und schaute nach draußen. Ich wollte schon vorschlagen, dass sie einfach wegfahren sollte. Der Motor war mittlerweile sicher abgekühlt und sie hatte einen Führerschein.

Aber da näherte sich ein Auto aus der anderen Richtung. Ein blauer Fiat 750 hielt an und mein Vater stieg zufrieden lächelnd mit einem Kanister destillierten Wassers aus. Der Fahrer des Wagens drehte um und fuhr winkend zurück. Ich war froh und sehr erleichtert, meinen Vater zu sehen. Meine Mutter war nur sauer.

»Bist du total wahnsinnig geworden?«

»Die Tankstelle im nächsten Dorf hatte zu. Deswegen mussten wir erst einmal jemanden finden, der sie für uns aufgemacht hat.«

»Aha«, sagte Mama kühl.

»Und während ich gewartet habe, hat man mir ungarisches Gulasch und Bier angeboten. Da konnte ich natürlich nicht Nein sagen.«

»Natürlich nicht!«, sagte meine Mutter spitz.

Mein Vater füllte das destillierte Wasser in den Kühler und ich schaute ihm dabei durstig zu.

»Destilliertes Wasser darfst du nie trinken!«, sagte er, als hätte er meine Gedanken gelesen.

»Warum nicht?«

»Weil man daran stirbt!«

Ich nickte. Ohne Wasser würde ich aber auch bald sterben, dachte ich. Der kleine Fiat verschlang den ganzen Kanister. Dann warteten wir gespannt, ob er anspringen würde. Er tat es und schnurrte anschließend wie ein Kätzchen.

»Die Italiener können halt Motoren bauen!«, schwärmte mein Vater und fuhr los.

Meine Mutter war weiterhin beleidigt und sprach kein Wort mehr. Mein Vater ignorierte das gekonnt. Stattdessen drehte er sich zu mir um.

»Gleich gibt es Gulasch!«

Ich freute mich darauf. Doch da sah ich im Rückspiegel etwas aufblitzen. Zwei Lichter in der Dunkelheit, die uns folgten. War es das Auto von vorhin? Ich blickte mich nervös um und machte keinen Mucks, als ob uns das fremde Auto dadurch nicht sehen würde.

Als wir endlich im nächsten Ort ankamen, sah ich das Auto nicht mehr. Aber das Restaurant hatte schon geschlossen. Kein ungarisches Gulasch. Mein Vater konnte beim verschlafenen Koch nur noch ein paar Brötchen und ungarische Salami besorgen. Und Mineralwasser.

Ich trank gierig das Wasser und aß die trockene ungarische Salami, als plötzlich eine schwarze Limousine von Tatra an uns vorbeifuhr. Diese Automarke fuhren in der Tschechoslowakei fast nur Parteifunktionäre und große Kommunisten. War es das Auto, das Mama und ich vorhin gesehen hatten? Hatte es uns aufgelauert?

»Ungarische Salami ist die beste der Welt«, schwärmte mein Vater.

»Ich dachte, ungarisches Gulasch«, sagte Mama spitz.

»Das auch …«

Meine Eltern schauten sich an und grinsten. Offensichtlich hatten sie sich durch die Salami wieder versöhnt. Ich hatte nur Augen für die schwarze Limousine. Sie rollte langsam vorbei. Ich konnte durch die dunklen Scheiben niemanden erkennen. Nur kurz blitzte eine schwarze Sonnenbrille auf. Warum trug jemand in der Nacht eine Sonnenbrille?

»Vielleicht essen wir morgen echtes ungarisches Gulasch?«, sagte Mama zu mir.

»Lass uns lieber sofort weiter!«, fügte mein Vater hinzu. »Wir haben fast einen Tag verloren wegen dem kochenden Fiat.«

Ich war froh. Wir mussten abhauen, so schnell es ging. Wer wusste schon, ob uns diese schwarze Limousine nicht seit der ČSSR verfolgte! Mein Vater startete den Wagen und fuhr los. Ich drehte mich um, um aufzupassen, ob uns jemand folgen würde. Dabei schlief ich ein.

Ich wachte wieder auf, als mein Vater das Fenster herunterkurbelte und frische Luft ins Auto wehte. Wir näherten uns langsam einem Schlagbaum. Schon wieder eine Grenze. Die Nacht roch kalt und das Bellen der Hunde verhallte in der weiten Dunkelheit.

»Ich hoffe, die wollen hier nur ihre Ruhe haben um die Zeit und lassen uns ohne große Kontrollen durch«, sagte Papa leise.

Ich schaute wieder nach hinten und sah in der Ferne zwei leuchtende Scheinwerfer. Ich wollte unser Auto am liebsten über die Grenze schieben, um Ungarn endlich zu verlassen.

Die Grenzbeamten wirkten jedoch verschlafen und müde, als hätten wir sie aus dem Tiefschlaf geholt, hier an der Grenze ins Nirgendwo. Einer leuchtete mit seiner Taschenlampe ins Auto, während der andere desinteressiert unsere Pässe studierte. Sie sprachen leise Ungarisch miteinander.

Dann sagte der Grenzer mit den Pässen etwas zu meinem Vater, lachte und gab ihm die Pässe zurück. Mein Vater lachte ebenfalls und wir fuhren zu den Jugoslawen.

»Was hat er denn gesagt?«, fragte meine Mutter.

»Keine Ahnung«, sagte mein Vater und fuhr zur jugoslawischen Seite.

Wieder drehte ich mich um. Die Autoscheinwerfer kamen näher. Ich konnte nicht erkennen, was es für ein Auto war. Es hatte auf jeden Fall eine dunkle Farbe. Und es blieb an der Grenze stehen. War das die Limousine?

Mein Vater reichte die Pässe einem jugoslawischen Grenzbeamten, der aussah wie der slowakische Rebell und Nationalheld Juraj Jánošík. Er hatte einen buschigen und pechschwarzen Schnauzbart. Statt eines Schaffells, das der slowakische Robin Hood trug, hatte dieser Jánošík eine blaue Uniform an und statt einer Axt eine Pistole als Waffe.

Dafür schrie er ebenso laut wie der echte Jánošík aus der TV-Serie, die ich ab und zu angeschaut hatte. Er schrie auf Jugoslawisch, mein Vater antwortete auf Tschechisch. Für mich klang Jugoslawisch wie eine vollkommen unverständliche Variante von Tschechisch.

»*Schtomoschko.*«

»Urlaub.«

»*Witschkoklitschko.*«

»Urlaub.«

»Nemockakrotschka.«

»Urlaub.«

Das wiederholte sich, bis Jánošík keine Lust mehr hatte und seinen Kollegen etwas fragte. Der Kollege sah aus wie ein italienischer Schauspieler nach einer Nacht mit *Sliwowic*. Er zuckte mit den Schultern und warf seine ausgerauchte Zigarette in einem weiten Bogen nach Ungarn.

Dann gab Jánošík meinem Vater die Pässe zurück und winkte uns nach Jugoslawien durch. Das Land, in dem man das mit dem Kommunismus offensichtlich noch lockerer nahm als in Ungarn. Wir überquerten die Grenze, ohne Gulasch gegessen zu haben, und fuhren in die schwarze jugoslawische Nacht.

Diesmal folgte uns das andere Auto nicht. Ich starrte nach hinten, aber die Straße blieb dunkel.

Nach einigen Kilometern durch absolute Finsternis lenkte Papa unser Auto beinahe in den Graben. Mama schrie auf und griff ihm ins Lenkrad.

»Muss kurz eingeschlafen sein«, sagte Papa entschuldigend.

»Wir müssen Pause machen«, befahl Mama.

»Es ist zu kalt, um im Auto zu schlafen.«

»Wir müssen uns ein Hotel suchen!«

»Hier?!«

Sie schauten sich im jugoslawischen Nichts um. Die Pampa von Jugoslawien war noch schlimmer als die Puszta von Ungarn. Wir guckten uns die Augen aus dem Kopf, aber es war einfach nichts da. Nicht das kleinste Dorf.

Während mein Vater von der Müdigkeit die direkte Abzweigung

zur Verzweiflung nahm, war ich wach wie nach zehn Flaschen Cola am Heiligen Abend. Ich starrte mit aufgerissenen Augen nach draußen. Und dann sah ich ein Licht. Wie ein Raumschiff. Es strahlte in die Nacht, gekrönt von einem blauen Schriftzug: »Hotel«.

»Da ist ein Hotel!«, sagte ich.

»Das kann nicht sein«, zischte Papa.

»Sieht aber so aus«, widersprach ihm Mama.

»Unmöglich! Hier draußen, das kann nicht sein!«

Es war ein sehr schickes Hotel. Aus der Nähe leuchtete es wie das Weiße Haus. Wir bogen ein und parkten vor der Einfahrt, in der einige westliche Autos standen. Mercedes mit österreichischem Kennzeichen, BMW mit deutschem, Lancia mit jugoslawischem. Außerdem war das Hotel von Palmen umgeben und hatte vier Sterne. Alles war wie einem Wunschtraum nach zu viel Westsüßigkeiten entsprungen.

Da entdeckte ich unter den edlen Westautos eine schwarze Limousine von Tatra und erschrak. Konnte das ein Zufall sein? War dieses Hotel eine Falle?

»Hundert Westmark?!«, fragte mein Vater ungläubig.

»Hundert DM«, bestätigte die hübsche und stark geschminkte Dame an der Rezeption.

Hundert DM, mehr als doppelt so viel wie ein ferngesteuertes Auto aus dem Neckermann-Katalog und zehn Mal so viel wie ein Hotel in der Tschechoslowakei. Die junge Dame lächelte. Sie sah aus wie ein Model aus einer Westzeitschrift.

»So was können wir uns nicht leisten!«, seufzte Mama.

»Aber ich bin zu müde«, sagte Papa und zahlte.

Ich sah zum ersten Mal in meinem Leben einen Hundert-DM-Schein, den mein Vater aus einem dicken weißen Umschlag zauberte.

Das Hotel war modern eingerichtet, roch ganz fein und neu.

»Das ist irgend so ein *Wexlák*-Hotel«, erklärte mein Vater, während wir durch den langen Flur mit weichem Teppich liefen.

»Was ist ein *Wexlák*?, fragte ich.

»Leute, die am Wenzelsplatz illegal Geld wechseln.«

»Und was machen die hier?«

»Keine Ahnung«, sagte er und hörte offensichtlich nicht zu.

Ich verstand das nicht. Was machten Typen vom Prager Wenzelsplatz in diesem Hotel in Jugoslawien? Mir schien das sehr verdächtig zu sein. Doch mein Vater war entspannt. Er öffnete gut gelaunt die Minibar, gab mir Erdnüsse und köpfte ein kühles jugoslawisches Bier.

Ich verdrängte meine Angst und genoss die Erdnüsse und das schöne Hotel. Es fühlte sich schon ein bisschen westlich an. Das Einzige, was mir noch zum vollständigen Westgefühl fehlte, war das grüne, bei uns sehr begehrte Apfelshampoo.

Am nächsten Morgen ärgerte sich mein Vater beim Auschecken über die gesalzenen Preise der gerösteten Nüsse und wir fuhren weiter. Ich starrte nach hinten, aber niemand folgte uns. Keine Polizei, keine schwarze Limousine.

»Fahren wir jetzt ans Meer?«, fragte ich erleichtert.

Ich wollte es endlich sehen.

»Nein, wir fahren direkt nach Belgrad.«

»Ach so«, sagte ich enttäuscht.

»Wir wollen lieber nichts riskieren«, erklärte Papa.

»Gibt es in Belgrad kein Meer?«

»Nein, das liegt im Landesinneren. Papa will so schnell wie möglich zur deutschen Botschaft, um unsere Visaanträge abzugeben.«

Ich war enttäuscht, weil ich wissen wollte, ob man von Jugoslawien über das Meer nach Italien sehen konnte.

»Wir werden in Frankreich und Italien ans Meer fahren!«, versprach mein Vater wieder gut gelaunt, und wir fuhren weiter, tiefer nach Jugoslawien hinein.

Danach sagten meine Eltern nicht mehr viel. Der kleine Motor dröhnte in meinem Nacken, die Sonne knallte herab, ich hatte Durst und Hunger, aber wir hielten nicht an. Auch nicht, als an den Straßen exotische Obstsorten verkauft wurden. Wir waren mehr auf der Flucht als in der Puszta.

Als wir endlich verschwitzt und durstig Belgrad erreicht hatten, suchte mein Vater eine Stunde lang den Campingplatz und fuhr gefühlt zehnmal im Kreis.

»Warum können die Jugos keine Straßenschilder aufstellen?«

»Du hättest da vorne links abbiegen müssen.«

»Das war eine Einbahnstraße.«

»Das andere Links!«

»Warum kann verdammte Scheiße noch mal nicht *einmal* irgendwas klappen?«, fluchte Papa.

»Wir hätten uns die Route besser aufschreiben sollen.«

»Aber das *kann* doch nicht sein! Ich kann in jede verdammte Straße fahren und komme immer am falschen Ort raus. Als hätten die den scheiß Campingplatz versteckt …«

»Vielleicht gibt es ihn nicht mehr.«

Plötzlich lag der Campingplatz vor uns, als wäre er nie woanders gewesen. Wir waren erschöpft, zerknittert und hungrig. Mein Vater baute fluchend unser Zelt auf, und meine Mutter nahm mich mit, um die sanitären Anlagen zu inspizieren.

Die Anlagen waren alt, aber sauber. Ich wusch mir das Gesicht, pinkelte und schaute aus dem dreckigen Fenster über dem Pissoir die anderen Camper an. Sie wirkten, als würden sie dort seit Jahren sitzen und Urlaub machen. Entspannt und angekommen. Die einzigen Störgeräusche waren das wütende Hämmern meines Vaters und sein tschechisches Fluchen.

»Wie kann man nur so blöd sein?«, schimpfte er.

Ich wartete vor den Toiletten auf meine Mutter und hörte weiter meinem Vater zu, der in der Ferne fluchte.

»Diese beschissenen Heringe lassen sich ohne einen Hammer nicht in den verdammten jugoslawischen Boden rammen!«, wütete er.

Ich dachte, dass wir uns auf der Flucht vielleicht unauffälliger verhalten sollten.

»Und die Stangen passen nicht zusammen. Drecksprodukt!«

Meine Mutter kam heraus und hörte ihn jetzt auch.

»Wir gehen was einkaufen«, sagte sie.

Wir liefen zum kleinen Laden des Campingplatzes und kauften dort Brot, Wasser, zwei Dosen Ravioli und eine kleine Packung jugoslawischer Kekse.

»Was ist Ravioli?«, fragte ich meine Mutter.

»Irgendwas Italienisches.«

»Sieht toll aus!«, sagte ich. »Ravioli!«

Das Foto dieser Ravioli sah lecker aus, und ich freute mich darauf, nach so vielen Tagen mit belegten Brötchen endlich mal etwas anderes zu essen. Ich durfte die jugoslawischen Kekse probieren und entdeckte ein hübsches blondes Mädchen, das gerade in einen Bademantel gehüllt aus den Duschen kam. Sie war etwas älter als ich und schüchterte mich mit ihren direkten Blicken sofort ein.

Wir liefen zu unserem Platz und ich schaute dem Mädchen nachdenklich hinterher. Sie kam mir sehr westlich vor und wirkte ganz anders als Ivanka. Nicht dienstbeflissen und fleißig, sondern eher wie eine Prinzessin, die gerade aus ihren privaten Gemächern kam und sich vom Pöbel gestört fühlte.

Kurz danach merkten Mama und ich, dass wir uns verlaufen hatten. Wir konnten unser Zelt nicht finden. Es war meiner Mutter peinlich, aber wir konnten nicht einmal nach dem Weg fragen. Wonach sollten wir auch fragen? Höchstens nach dem Weg zu dem schimpfenden Mann. Aber der war jetzt still.

Unser Zelt schien einfach weg zu sein. Während wir planlos herumirrten, dachte ich an die böhmischen Dörfer meiner Kindheit. Dort hatten wir uns nie verlaufen.

Tschechische Schweden

»Das billige kommunistische Drecksprodukt ist aufgebaut«, sagte Mama, als wir unser Zelt dann doch gefunden hatten.

Dafür war mein Vater weg. Wir schauten uns ratlos um. Die entspannten Urlauber schauten zurück. Niemand sagte was.

»Wo ist denn Papa?«

Meine Mutter warf die Dosen genervt auf den Boden.

»Keine Ahnung!«

Sie machte trotzig und zum ersten Mal in ihrem Leben einen Gaskocher an. Sie erhitzte die Ravioli in unserem kleinen Campingkocher. Nach zehn Minuten waren sie warm, und wir aßen sie, ohne auf meinen Vater zu warten.

»Sollen wir nicht auf Papa warten?«

»Nein!«, schimpfte Mama sauer.

Wir schwiegen.

»Die Ravioli schmecken super!«

»Hm.«

»Ich freue mich schon, im Westen nur noch solche tollen Sachen zu essen!«

Mama nickte, ohne wirklich zuzuhören.

»Ich auch.«

Nach einer halben Stunde kam mein Vater zurück und war blendend gelaunt.

»Ich hab eine tschechische Familie kennengelernt, die nach Schweden auswandern will.«

»Habt ihr schwedischen Wein gesoffen?«, fragte Mama kühl.

»Nein. Aber sie haben uns eingeladen, mit ihnen Wein zu trinken.«

»Jetzt?!«

»Sie haben einen kleinen Sohn und ein Mädchen in deinem Alter«, sagte Papa zu mir.

Ich vermutete erschrocken, dass es das kühle blonde Mädchen von den Duschen sein musste.

»Ich habe keine Lust mitzugehen.«

»Und wir haben keine Lust, dich auf einem Campingplatz in Belgrad allein zu lassen«, erwiderte Mama bestimmt.

Sie war jetzt nicht mehr auf meinen Vater sauer, dass er schon wieder einfach so abgehauen war, sondern scheinbar auf mich.

»Ist doch toll, dass die andere Familie auch Kinder hat. Ich will unbedingt wissen, wie die sich auf die Flucht vorbereitet haben.«

»Dann können wir uns bestimmt ein paar Tipps abholen«, hoffte Papa.

Ich wollte keine Tipps. Aber meine Eltern machten sich schick, mir wurden die Haare brav gekämmt und ich folgte ihnen wie ein Kalb. Wir liefen mit zwei Flaschen Wein zu einer anderen Ecke des Campingplatzes, wo die zukünftigen Schweden ihren Campingwagen hatten.

Ich konnte schon aus der Ferne sehen, dass sich die anderen Tschechen sehr professionell auf ihre Flucht vorbereitet hatten. Die Eltern und ihre zwei Kinder saßen an einem großen Campingtisch mit Tischdecke auf bequemen Campingstühlen, waren frisch geduscht, geföhnt und sauber wie eine schwedische Familie aus der Werbung.

Strahlend weiße Zähne, gebräunte Gesichter, Kodak-Lächeln. Das blonde Mädchen hatte Westjeans und eine weiße Bluse an. Ihr kleiner Bruder trug eine enge Cordhose und ein T-Shirt mit einem bunten, sehr coolen Schriftzug: »Omo«.

Alles war perfekt.

Das Mädchen hieß Michalka. Sie schaute mich mit ihren blauen Augen skeptisch an und machte einen spitzen Mund. Ich war sofort wieder eingeschüchtert.

»Wie heißt du?«

»Martin«, antwortete ich mit viel zu hoher Stimme.

»Michalka«, verkündete sie, als wäre das besser, und fragte mich weiter ab.

»In welche Klasse gehst du?«

»Ich komme jetzt in die sechste«, erwiderte ich auf die mündliche Prüfung.

»Ach.«

Ich wartete, dass sie noch etwas hinzufügen würde, aber das war alles. Filip, ihr kleiner Bruder, spielte mit einem neuen Matchboxauto und löste mit seiner Schwester zugleich ein Kreuzworträtsel auf Englisch.

»Und du?«, fragte ich, nachdem mich alle erwartungsvoll angeschaut hatten.

»Siebte«, sagte Michalka, als hätte sie ein Duell gewonnen.

Ich wäre gerne aufgestanden. Aber das ging nicht, weil uns die Mütter unisono aufforderten, miteinander zu spielen.

»Ihr könnt doch Englisch üben«, meinte der schwedische Vater.

Mein Vater öffnete den Wein, den er mitgebracht hatte, und unsere Eltern begannen, sich über die Emigration zu unterhalten. Ich starrte auf das englische Kreuzworträtsel, das für mich aussah wie ägyptische Hieroglyphen, und wusste nicht, was ich sagen sollte. Michalka machte mich nervös. Nicht weil ich sie toll fand, sondern weil sie mich anschaute wie eine Lehrerin. Sie erinnerte mich an das tschechische Emigrantenmädchen aus dem Radio Freies Europa. Ganz genauso hatte ich sie mir vorgestellt.

»Flieht ihr nach Amerika?«, fragte ich.

»Nach Schweden!«, antwortete Michalka lachend, als wäre ich doof.

»Papa hat dort einen Job«, sagte Filip angeberisch.

»Was ist ein *Job*?«, rutschte mir heraus.

Alle lachten. Ich hätte Filip gerne die Zunge rausgestreckt, aber die Erwachsenen beobachteten uns gerade.

»Du hast schon Arbeit?«, fragte Papa den schwedischen Tschechen.

»Ja, einen Posten als Arzt in Göteborg.«

Meine Eltern waren sprachlos, da sie in der Tschechoslowakei alles aufgegeben hatten, ohne die geringste Aussicht auf Arbeit im Westen. Ich konnte die Angst im Gesicht meiner Mutter sehen. Sogar Vater wirkte kurz verunsichert.

»Duju spick inglisch?«, fragte Michalka und unterbrach meine Beobachtungen.

Sie und ihr Bruder schauten mich an wie Medizinstudenten ein Versuchskaninchen. Michalka grinste.

»Ich kann kein Englisch«, gab ich unsicher zu.

»Du kannst wahrscheinlich Deutsch«, sagte Michalkas Mutter.

Ich schaute meine Mutter hilflos an.

»Er kann kein Deutsch«, gab meine Mutter endlich zu.

Mein Vater winkte ab.

»Kinder lernen Sprachen blitzschnell!«

Die Geschwister schauten mich mitleidig an.

»Lachsmoskwitsch«, war die Lösung für das englische Kreuzworträtsel, die Michalka ihrem Bruder zuflüsterte.

Zumindest war es das, was ich verstand. Ich kam mir dumm vor. Michalka blickte ihren Vater stolz an. Der Vater nickte ihr zufrieden zu. *Lachsmoskwitsch* war richtig.

Der schwedische Vater betrachtete mich skeptisch, als ob er sehen wollte, ob ich für die Emigration überhaupt geeignet war.

»Welchen Notendurchschnitt hast du denn?«, fragte er mich mit einem zweifelnden Unterton.

»Eins Komma drei«, erwiderte meine Mutter unbedarft.

»Ich eins Komma null«, gab Michalka stolz an.

Natürlich. Ich war auch nicht überrascht, dass die Geschwister jahrelang auf die Flucht vorbereitet worden waren. Daher sprachen sie fließend Englisch und Schwedisch. Die Mutter und der Vater sprachen zur Sicherheit auch Deutsch. Aber sie fanden Schweden viel besser als Deutschland, weil die Ärzte dort besser bezahlt wurden. Vor allem in Göteborg. Also hatten sie Schwedisch gelernt. Das war ja ganz ähnlich wie Deutsch.

Es folgte ein kleines, gut einstudiertes schwedisches Theaterstück. Jeder hatte seinen Einsatz, den er mit Elan und Hingabe ausübte und dabei kurz Beifall heischend zu mir schaute. Ich hatte aber keine Lust zu klatschen. Ich fand das Theaterstück doof. Aber meine Eltern nickten anerkennend.

Während mein Vater nach ein paar Gläsern Wein wie gewohnt das Ruder übernahm und die schwedischen Supertschechen mit

Witzen, Anekdoten und seinen Songs überschüttete, drehte sich die Mutter zu ihren Neckermann-Katalog-Kindern um.

»Ihr könnt ja mit Martin Englisch üben!«

»In Deutschland hat man ab der fünften Klasse Englisch in der Schule!«

Also hatte ich Verlierer schon ein Jahr verpasst. Das fing ja super an. Ich hasste die hübsche und viel zu schlaue Michalka, ihren faktenplappernden Papageienbruder und ihre Schlaumeiereltern.

»Das ist eine gute Idee!«, sagte Mama.

Ich schaute sie vorwurfsvoll an.

»Vielleicht hätte ich ihn doch im Deutschkurs lassen sollen«, sprach Mama weiter. »Er kann nur *Gans* sagen.«

Ich kam mir noch doofer vor.

»Bitte geht noch mal Wein kaufen für uns«, sagte der Vater zu seinen Kindern.

Bevor die Situation im internationalen Vergleich der Auswanderer für uns noch peinlicher werden konnte, lief ich gemeinsam mit den Geschwistern los.

»Aber nicht den, den dein Vater gekauft hatte. Den französischen!«, rief er uns hinterher.

Der Arztvater kannte sich natürlich auch mit Wein bestens aus.

»In Frankreich haben die eine viel höhere Weinkultur als in Italien, wo die billigen Weine hergestellt werden.«

»Ich kann Französisch«, sagte Mama lächelnd.

Da hatte sie den Besserwissern wenigstens das voraus.

»Trih.«

»Tent.«

»Dog.«

Auf dem Weg zum Laden zeigten die Geschwister wahllos um sich und sagten englische Worte. Untereinander fügten sie noch das entsprechende schwedische Wort ein, um sich Bonuspunkte zu holen. Ich wurde genötigt, die englischen Worte zu wiederholen, um immer wieder ausgelacht zu werden, weil ich sie ganz falsch und tschechisch ausgesprochen hatte.

»*Tih.*«

»*Ten.*«

»*Dock.*«

Zum Glück verloren die Wunderkinder nach einer Weile die Lust, mich weiter mit Englisch und Schwedisch zu quälen.

Im kleinen Laden tat ich so, als würde ich mir die jugoslawischen Produkte genau anschauen, und beobachtete heimlich Michalka. Sie diskutierte mit ihrem Bruder darüber, ob sie sich etwas Süßes kaufen durften oder nicht.

»Nein!«

»Doch!«

»Warum nicht?«

»Weil!«

»Warum?«

»Weil!«

»Doch.«

»Nein!«

»Warum?!«

»Weil wir schon Zähne geputzt haben!«, sagte Michalka schließlich.

Dabei schaute sie immer wieder zu mir her. Scheinbar machte es mich interessant, dass ich sie nicht beachtete.

»Aber warum können wir uns nichts kaufen?«

Die Diskussion ging weiter. Ich lief in dem winzigen Laden kreuz und quer herum, um Michalka aus dem Weg zu gehen. Als ich alle Dosen mit Pfirsichen, Tomaten und grünen Bohnen auswendig konnte, hatte sie ihren Bruder endlich überzeugt, dass es unvernünftig wäre, Süßes zu essen, und bezahlte den Wein. Filip schmollte.

»Der versteht das noch nicht«, sagte sie und ging voraus.

»Was möchtest du machen, wenn du groß bist?« Michalka stellte die blödeste Frage der Welt.

Und ich hatte noch immer keine gute Antwort darauf. Die Idee, Witze zu erzählen, kam mir auf einmal unrealistisch vor. Aber sie interessierte sich sowieso nicht für meine Antwort.

»Ich möchte Ärztin werden«, verkündete sie so stolz, als hätte sie den Nobelpreis für Medizin schon in der Tasche.

Ich versuchte nicht einmal, überrascht zu wirken.

»Ich lerne schon Latein und kann einige Organe und Knochen benennen!«

»Aha«, sagte ich.

»*Clavicula.*«

Sie deutete auf mein Schlüsselbein.

Ich fühlte mich belästigt.

»*Costa.*«

Sie berührte meine Rippen.

Sie ging mir auf die Nerven.

»*Kardia.*«

Sie deutete auf mein Herz. Ich hasste sie.

Mein Vater unterhielt mit seinen Songs inzwischen den halben Campingplatz. Der Arzt und seine Frau lachten und schienen ehrlich amüsiert zu sein. Jetzt applaudierten auch andere Gäste, als mein Vater einen Song beendete.

Wir Kinder kehrten zurück und die Geschwister gaben den Wein ab. Dann schickte die Mutter Filip ohne Vorwarnung in den Campingbus schlafen.

Er ging doppelt beleidigt weg, und ich freute mich, ihn los zu sein.

»Wie lief die erste Lektion Englisch?«, fragte die Mutter der Geschwister.

»Vier minus«, sagte Michalka wohlwollend.

Ich schaute meine Mutter an, die nun auch sehr angeheitert war und mir zulächelte. Sie machte sich scheinbar keine Sorgen mehr um meine linguistische Zukunft.

»Ist der Campingplatz groß?«, fragte ich Mama, weil ich hoffte, endlich ins Zelt gehen zu dürfen.

»Nicht so groß wie der in Göteborg.«

Das war die Information, die mir gerade noch gefehlt hatte. Michalka sprach mit ihrem Vater auf Schwedisch und schaute mich dabei an. Der Vater musterte mich, und ich befürchtete schon, dass sie mir gleich aufzählen würden, was an mir alles nicht gut genug war für den Westen.

»Du würdest mit deinen blonden Haaren auch gut nach Schweden passen«, behauptete sie stattdessen.

Ihr Vater bestätigte das und die Mütter sprachen angeregt über unsere Zukunftschancen im Westen.

»Das Leben liegt euch im Westen jetzt mit all seinen Möglichkeiten der Freiheit zu Füßen«, schwärmte die Mutter der Kinder.

Das klang echt toll. Ich wusste nur nicht, was das heißen sollte, und wollte endlich in meinen Schlafsack.

»Darf ich schon ins Zelt? Ich bin müde«, log ich.

Ich hatte keine Lust mehr, der schlechte Emigrant zu sein.

»Lies nicht mehr so viel mit der Taschenlampe«, sagte meine Mutter. »Du verdirbst dir die Augen!«

Ich wollte mir nicht die Augen verderben, ich wollte nur weg.

»Gute Nacht«, sagte ich.

»Good Night«, erwiderte Michalka kühl.

Ich wollte schnell zu unserem Zelt, bog ab, links, rechts, links – und konnte es schon wieder nicht finden. Der Campingplatz sah im Dunkeln ganz anders aus, und es war noch schwerer, sich zurechtzufinden. Ich kehrte um, verlor mich aber immer tiefer in diesem Campinglabyrinth. Mein Herz begann zu klopfen. Ich konnte es nicht fassen, aber ich hatte mich verlaufen. Dieses Mal ganz allein.

Ich stolperte eine Weile umher und war schon ganz nass vor Schweiß, als ich plötzlich meinen Vater lachen hörte und meine Eltern mit Michalkas Eltern am Lagerfeuer sitzen sah. Ich wollte nicht schon wieder der Verlierer sein, der nicht einmal sein Zelt finden konnte, und schlich mich daher an allen vorbei.

Als ich unser Zelt schließlich doch fand, sah es winzig aus im Vergleich zum Supercampingbus der tschechischen Schweden. Wie ein Kinderzelt, mit dem man Camping spielte.

Ich kroch hinein, schloss den Reißverschluss und schlüpfte in den kühlen Schlafsack. Von dort hörte ich noch lange die Stimme und Gitarre meines Vaters. Er bekam viel Applaus.

Im kyrillischen Labyrinth

Am nächsten Morgen waren Michalka und ihre Superfamilie weg. Der Platz, an dem sie die Nacht zuvor gestanden hatten, war leer. Ich war erleichtert und froh, nun das einzige tschechische Emigrantenkind auf dem Campingplatz zu sein.

Meine Mutter schrieb vor dem Zelt Postkarten, die mein Vater im kleinen Laden gekauft hatte. Ich schaute mir die schönen Fotos von Stränden und vom blauen Meer an.

»Wem schreibst du denn?«

»Den Omas und Pavel«, sagte Mama.

»Und was?«

»Dass das Wetter schön ist und das Meer herrlich.«

Ich schaute mich auf dem Campingplatz um. Verdorrtes Gras, Asphalt, Staub, Plattenbauten.

»Hm.« Ich nickte.

»Und dass uns Jugoslawien sehr gut gefällt«, fügte Mama hinzu.

Ich betrachtete die Fotos von Stränden mit blauem Wasser. Meine Mutter streichelte tröstend über meinen Rücken.

»Falls unsere Flucht scheitert, sollen die Postkarten beweisen, dass wir einen normalen Urlaub gemacht haben.«

Ich war enttäuscht.

»Ich hätte das Meer auch gerne wenigstens einmal im Leben gesehen.« Mama seufzte.

Mich erinnerte die Idee mit den Postkarten an Inspektor Columbo. Dort überlegten sich die Mörder auch immer tolle Tricks, um Columbo vorzuspielen, sie seien nicht am Tatort gewesen. Am Ende erwischte sie Columbo immer.

»Heute fahren wir nach Belgrad«, erklärte Papa.

»Und was machen wir da?«, fragte ich nach einer Weile.

Wir aßen jugoslawische Brötchen mit jugoslawischer Marmelade und Butter. Mein Vater schaute mich schockiert an.

»Na, was wohl?«

Ich wagte nicht zu fragen, was »Na, was wohl« war.

»Wir gehen zur deutschen Botschaft«, flüsterte Mama und drehte sich um. Niemand hörte zu.

»Ach so, ich weiß«, behauptete ich.

Da meine Eltern ihre jugoslawischen Brötchen aßen, als wären sie mit Kieselsteinen gefüllt, merkte ich, dass es ernst wurde. Sie würden unsere Visaanträge abgeben und wir würden offiziell Emigranten werden.

»Diese beschissenen kyrillischen Buchstaben! Wie soll man da dieses Scheiß-Belgrad finden«, schimpfte mein Vater.

Es war heiß und unser kleiner Fiat kochte wieder. Dieses Mal blieb er aber nicht liegen.

Meine Mutter wirkte unglücklich.

»Vielleicht links?«, sagte sie.

Es klang, als wäre sie froh, wenn wir Belgrad nicht fänden.

»Vielleicht links?!«, äffte Papa Mama nach.

Es klang für ihn wie die absurdeste Idee der Welt.

Belgrad war links.

»Und es war links!«, bekräftigte Mama.

»Jetzt müssen wir nur noch die Botschaft finden.« Papa lächelte zuversichtlich.

Zwei Stunden später hatten wir die Botschaft immer noch nicht gefunden. Wir kurvten in unserem roten Bonbon kreuz und quer durch die Stadt wie durch ein kyrillisches Labyrinth.

»Vielleicht sollten wir doch ans Meer fahren?«, fragte Mama.

Papa schaute sie verärgert an.

»Was soll das jetzt heißen?«

»Na ja, weil es einfach zu schwer ist, die deutsche Botschaft zu finden!«

»Das ist ja wohl total absurd! Was sollen wir denn jetzt am Meer machen?«

Baden?, dachte ich heimlich.

Der kochende Motor in meinem Nacken machte mich furchtbar müde. Ich schaute meinem Leben zu wie einer Dokumentation im Fernsehen.

»Würdest du lieber wieder nach Hause fahren?«, fragte mich meine Mutter plötzlich.

Ich schaute sie an, überrascht über das Mitspracherecht. In der Schule mussten wir den Mund halten und lernen, bei den Pionieren mussten wir den Mund halten und lernen und zu Hause durfte ich bei den Erwachsenen zuhören und lernen. Meine Meinung war nie gefragt.

»Ich weiß nicht«, gab ich wahrheitsgemäß an.

Ich wäre gerne nach Hause gefahren, hätte Ivanka geheiratet und wäre für sie in die Partei eingetreten. Aber zur Armee gehen, sich im Dreck einbuddeln, in Moskau studieren und Russisch lernen, noch jahrelang erfolglos Eishockey spielen – darauf hatte ich auch keine Lust mehr.

»Das war ja klar«, schimpfte Papa.

Meine Eltern schauten sich verloren um. Ihre Verunsicherung verunsicherte mich.

»Was wollt *ihr* denn?«, fragte ich.

»Die muss irgendwo in der Innenstadt sein!«, ärgerte sich mein Vater.

»Aber wo?«

»Im Botschaftsviertel.«

»Verdammte Scheiße, hier waren wir doch schon mal! Ich könnte kotzen.«

Meine Eltern waren nur damit beschäftigt, sich zu verfahren, und warteten nicht länger auf meine Meinung.

Irgendwann hatten wir zumindest die Innenstadt von Belgrad gefunden, wo die deutsche Botschaft sein sollte. Die Innenstadt kam mir vor wie New York. Die Gebäude waren steil und weiß, der Himmel hellblau. Die Jugoslawen trugen Jeans, Sonnenbrillen und rauchten lässig.

»Ich muss was essen, sonst sterb ich«, keuchte Papa melodramatisch.

»Und wo?«, fragte Mama.

»Es muss hier doch Restaurants geben! Das ist die verdammte Innenstadt!«

»Ich sehe keine!«

»Ich halte hier.«

Mein Vater parkte wütend ein und wir stiegen zerknittert und verschwitzt aus.

»Hier gibt es keine Restaurants«, stellte Mama fest.

»Wir finden schon eins.«

Ich nahm die Hand meiner Mutter und hielt mich wie ein böhmischer Welpe im jugoslawischen New York fest.

»Die jugoslawischen Mädchen sind ganz schön frühreif«, sagte Mama.

Die jugoslawischen Mädchen grinsten über mich. Ich ließ die Hand meiner Mutter trotzdem nicht los.

»Restaurace?«, fragte Papa mit vielen Gesten die Leute in Anzügen.

Sie deuteten auf ein großes, verglastes Hochhaus. Als wir dort einkehrten, sahen wir, dass es eine Kantine war.

»Das ist eine Kantine!«

»Na und?«

»Wie in einer Fabrik.«

»Ist doch egal.«

»Vielleicht ist das nur für die Mitarbeiter.«

»Ich muss was essen«, sagte Papa bestimmt, griff sich ein Tablett und stellte sich an.

Das Essen verwirrte mich. Rosafarbene Suppe und undefinierbare Eintöpfe. Zwei davon waren weiß und sahen aus, als hätte man Mehl mit Wasser vermischt. Der einzige Eintopf, der vertraut aussah, war der rote. Dafür wurde er von großen Fettflecken verziert.

Die Idee, nur Beilagen zu essen, erschien mir nur kurz als eine gute Lösung: Reis mit schwarzen Körnern, Kartoffeln mit langen grünen Bohnen, die aussahen wie Spielzeug aus Hartplastik, und sandsteinähnliche Kroketten.

»Was willst du denn?!«, herrschte mich mein Vater an.

»Ich weiß nicht.«

Ich spürte erste Tränen in meine Augen schießen.

»Das gibt's doch nicht! Was schmeckt dir denn?«

Ich versuchte, die Tränen zu verhindern.

»Ihr habt ihn verwöhnt«, sagte Papa vorwurfsvoll.

Mama ignorierte ihn und war demonstrativ nett zu mir.

»Magst du vielleicht das Gulasch?«, fragte sie mich sanft.

Ich schaute die Fettaugen besorgt an.

»Du magst doch Gulasch«, fügte sie hinzu.

»Haben die keine Knödel?«, wagte ich zu fragen.

»Knödel«, sagte mein Vater erbost und laut.

Knödel machten ihn noch wütender und er knallte mir einen Schöpflöffel voll eines weißen Eintopfs auf einen Teller und stellte eine rosafarbene Suppe auf mein Tablett. Ich schaute das Essen schockiert an.

Wir setzten uns zwischen die laut sprechenden Jugoslawen. Die meisten trugen Anzüge, die Damen Kostüme. Niemand beachtete uns. Ich probierte die Suppe. Sie war kalt.

»Das ist Fruchtsuppe«, erklärte Papa.

Ich schöpfte Hoffnung, er würde das Essen auch nicht mögen. Ich fand die Suppe furchtbar.

»Was ist denn Fruchtsuppe?«, fragte Mama.

»Keine Ahnung«, murmelte Papa mürrisch und aß.

»Du musst das nicht essen«, flüsterte meine Mutter und begann, ihre Fruchtsuppe zu essen.

»Warum soll er das denn jetzt schon wieder nicht essen?«, murmelte mein Vater wütend.

»Weil es ihm nicht schmeckt«, zischte sie angriffslustig.

Ich spürte, dass sich ein weiterer Wutausbruch anbahnte, und versuchte mich an dem weißen Eintopf und den Kartoffeln mit den langen grünen Bohnen. Die Kartoffeln waren zerkocht und hatten einen wabbeligen, vergorenen Beigeschmack, die Bohnen waren dafür so hart, wie sie aussahen.

Ich versuchte den Mehl-Eintopf und biss auf eine gallertartige Masse, die mich würgen ließ. Ich spuckte den Happen sofort aus. Das war der Happen, der das Fass zum Überlaufen brachte. Mein Vater explodierte.

»Ihr *habt* ihn verwöhnt«, polterte er noch lauter.

Aus Mangel an Alternativen begann ich zu heulen.

»Wie ein Mädchen«, setzte mein Vater noch eins drauf und begann, sich den Eintopf demonstrativ reinzuschaufeln.

Meine Mutter war auch sauer, und meine Eltern fingen an, sich ungeniert auf Tschechisch über Erziehung zu streiten.

»Er ist nicht verwöhnt, du bist unmöglich!«

»Wieso bin *ich* unmöglich?«

»Wegen deiner Launen! Die Suppe schmeckt ekelhaft!«

Ich schaute die Jugoslawen an. Sie schienen diese Kritik nicht zu verstehen.

»Jetzt bin *ich* schuld? Was kann ich denn für die Suppe?!«

»Weil du immer gleich ausflippst!«

»Er benimmt sich ja auch wie ein verzogenes Gör!«

»Er benimmt sich ganz normal!«

»Verzogen habt ihr ihn!«

»Du auch.«

»Ich bin ja nie da!«

»Eben«, sagte Mama und hatte nun auch Tränen in den Augen.

»Das muss man ganz anders machen.«

»Wie denn?«

»Mit Disziplin.«

»Die Disziplin, die du hast?! Wenn du um drei Uhr nachts betrunken nach Hause kommst?«

Meine Mutter begann zu weinen.

»Jetzt heulst du auch noch!«

»Na und?!«

»Du bist auch verwöhnt!«

»Weil du mir eine zu enge Jeans beim *Tuzex* gekauft hast?!«

»Die trägt man so!«, sagte er trotzig.

»Ja, *wo* denn?«

»Im Westen! Da wo wir hinwollen … falls das mit euch Dörflern geht!«

Ich schaute mich erschrocken um. Vermutlich aßen wir gerade in der Zentrale der jugoslawischen Staatssicherheit zu Mittag. Ich hatte Angst, die Anzugträger und Kostümträgerinnen würden in der Tschechoslowakei anrufen, um uns abholen und einbuchten zu lassen. Aber es geschah nichts.

»Das Essen ist widerlich«, wiederholte Mama trotzig.

Papa stand auf, warf sein Essen in den Müll und stellte das Tablett auf die Ablageständer. Dann ging er schnurstracks hinaus. Mama zögerte. Ich merkte, dass uns nun die Jugoslawen neugierig anschauten.

Wahrscheinlich wollte Mama aus Trotz sitzen bleiben. Aber angesichts der vielen Blicke um uns herum, nahm sie ihr Tablett und stellte das Essen fast unberührt ab. Ich folgte ihr mit rotem Kopf. Sie stellte mein Tablett ebenfalls ab.

»Es *schmeckt* ekelhaft!«, sagte sie noch einmal.

Ich schaute mich um. Die Jugoslawen wandten sich ihren Gesprächen und ihrer Fruchtsuppe zu.

Die amerikanische Botschaft

Meine Mutter und ich folgten Papa mit drei Metern Abstand. Er lief energisch und schlecht gelaunt voran. Ich schämte mich vor den frühreifen jugoslawischen Mädchen für mein verheultes Gesicht und starrte auf den Boden.

Kurz darauf übergab sich mein Vater vom weißen Eintopf in einen Mülleimer.

»Ekelhaft!«, schimpfte er.

Er blickte sich um und lief zielstrebig auf einen kleinen Kiosk zu.

»Wartet hier!«

»Was ist denn jetzt wieder?!«, zischte Mama.

Mein Magen knurrte. Kurz danach kam Papa mit zwei Flaschen Pepsi und drei Hotdogs zurück.

»Was ist das?«, fragte Mama skeptisch.

»Hotdog«, erwiderte Papa und biss rein.

Ich schaute den Hotdog an. Er sah aus wie ein Wiener Würstchen in einem langen Hörnchen. Es schmeckte fantastisch. Auch die Pepsi schmeckte gut. Irgendwie ganz anders als die Pepsi, die ich von zu Hause kannte.

»Was ist *Hotdog*?«, wollte ich wissen.

»Heißer Hund, glaube ich …«

Mama und ich schauten Papa schockiert an. Er sah unsere Gesichter und lachte.

»Ich glaub, das heißt nur so. Ist was Amerikanisches.«

Ich betrachtete den heißen Hund skeptisch, aß aber weiter. Dazu trank ich die Pepsi und schaute an den Hochhäusern vorbei in den Himmel.

»Sieht aus wie New York.«

»New York ist viel größer«, sagte mein Vater und blickte sich in Belgrad skeptisch um.

»Ich finde es hässlich«, erklärte meine Mutter.

»Prag ist viel schöner«, gab ihr mein Vater recht.

Da waren sich meine Eltern wieder einig. Sie schwärmten eine Weile von Prag, bis ihnen klar wurde, dass wir es vielleicht nie mehr sehen würden.

Sie verstummten.

»Wir müssen fragen, wo die westdeutsche Botschaft ist«, sagte Papa schließlich.

Es wurde ernst.

»Ist das nicht gefährlich?«, fragte Mama.

»Warum?«

»Na, wenn wir zufällig den Falschen fragen …«

»Was für einen Falschen?«

»Einen Polizisten in Zivil zum Beispiel!«

»Das glaub ich nicht.«

»Du hast aber schon mal einen Polizisten in Zivil überholt, und er wollte dir den Führerschein wegnehmen«, mahnte Mama.

»Das war in der Tschechoslowakei«, wischte Papa den Einwand weg.

Er sprach wildfremde Leute an, gestikulierte und verstand sich auf wundersame Weise mit ihnen. Ich hatte Angst. Doch niemand schien sich für die drei Tschechen, die den Weg zur westdeutschen Klassenfeindbotschaft wissen wollten, zu interessieren.

»Das ist sie«, sagte Papa leise.

Es gab keine Zweifel. Unter der schwarz-rot-goldenen Flagge konnte man durch ein vergittertes Tor im Innenhof der Botschaft zwei dicke schwarze Mercedes 450 SEL sehen. Es war die westdeutsche Botschaft.

Mein Vater holte tief Luft und überquerte die Straße. Wir schauten ihm gebannt nach. Vor dem Eingang der Botschaft stand ein Wächter, der ebenfalls aussah wie der slowakische Nationalheld Juraj Jánošík. Jánošík II war riesig und schaute so böse, als wollte er meinen Vater erschlagen.

Mein Vater ließ sich nicht beirren und benahm sich in meinen Augen wie ein lässiger Tourist aus dem Westen, der in Belgrad seine Briefmarkensammlung verloren hatte und deshalb westdeutschen Botschaftsbeistand brauchte. Er lächelte locker und gab Jánošík II unsere bereits ausgefüllten Visaanträge.

Jánošík II nahm die Papiere, schaute sie kurz an und warf sie in einen Mülleimer neben sich. Mein Vater diskutierte kurz mit ihm. Jánošík II schüttelte den Kopf und deutete lauter sprechend in die Ferne. Mein Vater kam zu uns zurück.

»Die Drecksau lässt uns nicht rein«, sagte er sachlich.

»Was hat er denn gesagt?«, fragte Mama.

»Dass wir zur westdeutschen Botschaft in Prag müssen, um dort einen Visaantrag zu stellen.«

»Das heißt?«, wollte Mama wissen.

»Das heißt, dass wir am Arsch sind.«

»Kann man das in Prag überhaupt?«, fragte sie.

»Wenn man ins Gefängnis kommen will, geht das.«

»Das war's dann wohl!«

Ich schaute zu Jánošík II. Er fuchtelte mit seinen Armen, dass wir abhauen sollten.

»Leck mich schön am Arsch«, rief Papa in seine Richtung auf Tschechisch.

Wir liefen weiter.

»Und jetzt?«, fragte Mama.

»Keine Ahnung, so kommen wir nie rüber«, seufzte er.

Ich dachte, dass ein anderer Jánošík netter sein könnte und wir deshalb warten sollten, um »Gans und »Emigrant« zu sagen. Ich schwieg aber und wir liefen um die Ecke.

Meine Eltern liefen schweigend weiter. Papa nahm Mamas Hand. Und dann sah ich sie. In weiter Ferne wehte sie wie ein großes Versprechen. Die roten Streifen hoben sich vom Himmel ab und wechselten sich im Wind mit der blauen Ecke mit den weißen Sternen. Die amerikanische Flagge.

»Guck mal!«, sagte ich zu meiner Mutter.

Mama und Papa schauten hin, als wäre es eine Fata Morgana. Wir liefen weiter, der kalifornischen Sonne entgegen.

Kurze Zeit später standen wir vor der amerikanischen Botschaft. Sie ragte weiß in den Himmel, wie das Empire State Building. Unwirklich wie in einem Traum. Von der Fassade hing die gigantische Fahne. Sie kam mir so riesig vor, dass man mit ihr ganz Zeměchy hätte zudecken können.

Da standen wir und blickten zu der Fahne unserer Träume hoch.

»Unglaublich«, sagte Mama.

Papa strahlte über beide Backen.

»Die ist wunderschön«, wagte ich, es laut auszusprechen.

Meine Eltern zögerten.

»Sollen wir?«, fragte Mama.

»Ja.«

Sie liefen die kurze weiße Treppe hoch zu einer Tür aus goldenem Metall. Überraschenderweise war sie offen.

Wir betraten unsicher den Marmorpalast und schauten uns um. An einem Schalter saßen Männer in Uniform, an den Ecken standen Soldaten. Sie beachteten uns aber nicht. Da kamen zwei Offiziere mit einem Mann aus einem Büro heraus. Als sie uns erblickten, lächelte der Mann höflich. Er war ungefähr drei Meter groß, trug graue Hosen, ein kurzärmeliges weißes Hemd und einen Army-Haarschnitt.

»Wa kanadu foju«, sagte er.

Ich verstand nichts und schaute ihn von unten an wie zuvor die Fahne seines Landes. Während mein Vater mit ihm sprach, fragte ich mich, warum uns die Amerikaner 1945 Väterchen Stalin überlassen hatten, obwohl sie uns schon von den Russen befreit gehabt hatten.

Der Amerikaner lächelte mich nett an und erklärte etwas auf Englisch. Es klang lässig. Mein Vater nickte und sagte immer wieder *»Yeah«*. Meine Mama starrte den Amerikaner mit großen Augen an, als säße sie im Kino. Papa plauderte mit ihm, fast so wie mit den tschechischen Schweden.

»Und was sagt er?«, fragte Mama.

»Keine Ahnung«, sagte Papa.

Ich hoffte, meine Eltern wüssten, was sie taten. Irgendwie wirkten sie selbst davon überrascht, dass wir einfach so in der amerikanischen Botschaft standen und nachfragten, wie das denn so ginge mit der Emigration. Wie ein mutiger Sowjetsoldat, der sich in den Kampf gegen Nazideutschland stürzte – und dann mitten im Feld merkte, dass er ganz allein war.

»Aber was sagt er denn?«, wiederholte Mama leise.

»Ich glaube, er sagt, dass wir die Ersten sind, die hier auftauchen und so etwas fragen.«

»Die Ersten?!«

»Ist wohl nicht so selbstverständlich.«

Der Amerikaner verschwand in einem Zimmer, nur um gleich wieder in Begleitung von drei weiteren, sehr neugierig schauenden Amerikanern zurückzukehren. Einer von ihnen kaute Kaugummi, einer war schwarz.

Die drei anderen Amerikaner schauten uns ratlos an. Nicht unangenehm überrascht, eher erheitert über die drei Tschechen, die da um Einlass zu den unbegrenzten Möglichkeiten baten. Wir waren nicht weniger überrascht.

»Ich verstehe das nicht. Hat hier noch nie jemand um Asyl gebeten?«, fragte Mama immer noch ganz verwirrt.

»Sieht so aus.«

»Yeah, yeah, yeah. Politk Refju tschi?«, wiederholten die Amerikaner.

Sie lächelten. So als hätten sie schon mal davon gehört, dass es so was wie Emigranten gab, und wären ganz überrascht, tatsächlich mit welchen konfrontiert zu sein.

Ich verstand nur noch *»yeah«*. Das kannte ich von den Stones und Beatles. Aber jetzt erinnerte es mich an das *»Jé!«* des kleinen Maulwurfs aus dem tschechischen Fernsehen. Dort bedeutet es Überraschung darüber, dass dem kleinen Maulwurf etwas aus den kleinen Maulwurfhänden geriet.

Eigentlich waren wir auch kleine Maulwürfe, die überrascht waren, was alles passiert, wenn man in die Welt hinausgeht.

»Ich glaube, er sagt, dass die Vereinigten Staaten für uns einen Flug nach New York organisieren können«, erklärte Papa.

»Wirklich?«, fragte Mama mehr besorgt als erfreut.

»*Yeah*«, nickten die Amerikaner.

»Und eine Unterkunft für drei Monate«, übersetzte Papa.

»Ja?«

»*Yeah.*«

»Danach müssen wir uns selbst um alles kümmern.«

»*Jé!*«

Die österreichische Botschaft

Meine Eltern verließen mit mir die Botschaft und liefen zielstrebig auf ein feines Café zu. Mein Vater bestellte Cognac, meine Mutter Mineralwasser und ich eine Punschtorte. Ich war aufgeregt wegen der echten Amerikaner und ihren echten amerikanischen Frisuren, ihrer Fahne und ihrer echten amerikanischen Sprache.

»Das ist nett, dass die Amerikaner uns einen Flug nach New York bezahlen wollen«, sagte mein Vater.

»Hm«, murmelte Mama.

»Und sogar noch eine Unterkunft für drei Monate! In einem Heim für Emigranten«, fügte Papa hinzu.

Ich war begeistert davon, dass uns die Amerikaner doch noch befreien wollten. Meine Eltern waren aber weniger euphorisch, als ich zuerst gedacht hatte.

»Und was sollen wir nach den drei Monaten machen?«, fragte Mama.

»Dann müssen wir selbst schauen, wo wir bleiben.«

»Dann sind wir ganz allein …«

»… auf der anderen Seite des Ozeans.«

»*Jé!*«

»Ich bin noch nie geflogen.«

»Ich auch nicht.«

Mein Vater kippte den Cognac hinunter und bestellte einen zweiten. Ich aß das leckere Punschtörtchen und freute mich auf das echte New York. Ich fand es aufregend, dass wir bald zum ersten Mal fliegen würden.

»Wenn wir in den USA leben, können es sich unsere Omas und Opas niemals leisten, uns zu besuchen«, mahnte Mama.

»Mal abgesehen davon, dass es unmöglich für sie wäre, ein Visum zu bekommen.«

»Ich weiß nicht, ob das so eine gute Idee ist!«

Mit jedem Cognac und jedem Mineralwasser waren sich meine Eltern sicherer.

»Ich glaube, es ist besser, wir fliehen doch nach Westdeutschland«, beschloss Papa.

»Finde ich auch«, gab ihm Mama recht.

»Aber wir haben den Amerikanern versprochen, dass wir zurückkommen werden. Die warten auf uns«, sagte ich.

»Nein. Das tun sie nicht …«, widersprach mir Papa.

Ich schaute ihn fragend an, während er den Cognac leerte.

»Sie haben mir einen Geheimtipp gegeben!«

»Was für einen Geheimtipp?«

Geheimtipp klang für mich nach Spionage und Abenteuer.

»Die österreichische Botschaft!«

Österreich kannte ich aus den Erzählungen meines Großvaters Rudolf. *»Als wir noch zu Österreich-Ungarn gehört haben, ging es uns am besten«*, sagte er immer.

Er hatte zu Hause sogar eine alte Fotografie von Kaiser Franz Joseph. Da mein Opa immer Pomade im Haar trug und oft »An der schönen blauen Donau« summte, stellte ich mir Österreich so vor. Mit Pomade, Walzer und Kaiserbart.

»Benda und Cibulka können uns helfen!«, sagte Papa.

Benda und Cibulka waren schon 1978 und 1979 abgehauen. Benda war der Schlagzeuger der Band meines Vaters, *The Merry Man*, gewesen und einer der lässigsten Typen, die ich kannte. Er hatte mit seiner hübschen Frau Hanka in einer schönen Wohnung in Prag gewohnt. Ich mochte ihren riesigen Königspudel Keith Richards sehr, den die beiden so liebevoll wie ein Kind behandelten.

Cibulka kannte meinen Vater aus der Schule und er war so etwas wie der Manager der Band. Er war still und wirkte eher verletzlich. Soweit ich es verstanden hatte, hatte er ein paar Probleme. Er hatte sich von seiner Frau getrennt und durfte seinen Sohn nicht mehr sehen. Vielleicht war er deshalb abgehauen.

»Wie sollen die uns denn helfen?«, fragte Mama.

»Wir können keinen Visaantrag nach Westdeutschland stellen von hier aus. Aber mit dem Geheimtipp der Amerikaner geht vielleicht etwas anderes!«

»Hm.« Mama blieb skeptisch.

»Und die Amerikaner?«, beharrte ich.

»Die helfen uns nur drei Monate«, meinte Mama.

»New York ist ein hartes Pflaster«, sagte Papa.

»Gut«, log ich.

Ich hatte ein schlechtes Gewissen, da wir den Amerikanern versprochen hatten, zu ihnen zu emigrieren. Aber das Punschtörtchen war gegessen und die Entscheidung gefallen.

Die österreichische Botschaft war ein hübsches weißes Häuschen, über dem eine kleine österreichische Fahne wehte.

»Warum haben die einen schwarzen Adler auf der Flagge?«, fragte ich.

»Das ist das österreichische Wappentier«, erklärte Papa.

»Wie bei uns der Löwe«, fügte Mama hinzu.

Dabei schaute sie den Adler ebenso skeptisch an wie ich.

»Ich dachte, der schwarze Adler ist verboten. Wie das Hakenkreuz.«

»Ist was ganz anderes«, versuchte Mama, überzeugend zu klingen.

»Die Österreicher haben keine Juden vergast«, fasste Papa zusammen.

»Hitler war Österreicher. Oder nicht?«, fragte ich und verstummte, als ich die Blicke meines Vaters sah.

Meine Eltern wollten nicht weiterdiskutieren und betraten das Gebäude. Es waren keine Nazis zugegen. Nur gelangweilte Jugoslawen, die uns zeigten, dass wir eine Nummer ziehen sollten.

»Wie beim Lotto«, sagte Papa grinsend.

Ich schaute mich um und fühlte mich wie im Wartezimmer eines Spielcasinos. Alle hofften auf ihren Gewinn. Ich starrte auf unsere Nummer und drückte die Daumen, dass wir gezogen wurden.

Es dauerte über drei Stunden und nichts geschah. Wir verharrten zwischen schwitzenden Emigranten und Gummibaumtöpfen. Meine Hände waren patschnass. Je länger wir uns in einer kapitalistischen Botschaft aufhielten, desto gefährlicher schien mir die ganze Sache zu sein. Dann machte es *Ding!* und wir waren dran.

Wir betraten nervös ein Büro, in dem uns ein Beamter in Anzugshose und kurzärmligem blauen Hemd begrüßte.

»Kruzigott.«

»Gtn tack«, sagte Papa.

Der österreichische Beamte war frisch rasiert, hatte dichte schwarze Haare und roch nach Westaftershave. Auf seinem Schreibtisch stand ein Ventilator. An den Wänden hingen Poster von Bergen, Menschen in Trachten und Nicki Lauda.

»Ferrari!«, sagte mein Vater lächelnd und deutete auf das Poster.

Der Beamte nickte und fragte meine Eltern etwas, und mein Vater sprach mit ihm offenbar auf Österreichisch, das er ebenso beherrschte wie Deutsch.

Der Beamte hörte zu, verzog keine Miene und stellte meinem Vater einige Fragen. Meine Mutter beobachtete das Ganze nervös. Ich beobachtete alle drei.

Nach einem kurzen Gespräch schaute der Beamte so, als hätten wir keine Chance auf den Lottogewinn. Er nahm unsere Pässe und schaute sie skeptisch an. Schließlich holte er einen Stempel aus einem Stempelhalter, stempelte die Pässe, unterschrieb und gab sie meinem Vater zurück. Meine Mutter und ich schauten den Mann ungläubig an. Mein Vater lachte und steckte die Pässe ein.

»Unglaublich«, sagte Papa strahlend.

»Was ist das?«, fragte Mama.

»Ein Tagesvisum für Österreich.«

Wir verließen die Botschaft, und mein Vater jubelte laut, als hätten wir die Lotterie doch gewonnen.

»Was ist ein Tagesvisum?«, fragte ich.

»Unser Weg in die Freiheit.« Papa strahlte euphorisch.

Meine Mutter schaute die Stempel in unseren Pässen ernst und ungläubig an.

»Das war's?!«

»Ja«, rief Papa lachend.

Mama wirkte unglücklich. Vielleicht hatte sie gehofft, dass es auch bei den Österreichern nicht klappen würde und wir doch zum Meer und nach Hause fahren könnten. Aber scheinbar wollten uns die Österreicher reinlassen. Zumindest für einen Tag.

»Warum nur für einen Tag?«, fragte sie.

»Ein Tag ist lang genug, um abzuhauen«, erklärte Papa.

Er schrie erneut erleichtert auf. Ich schaute mich nach Polizisten in Uniform und in Zivil um. Aber niemand interessierte sich für unseren Triumph.

»Ich muss die beiden gleich anrufen!«, rief mein Vater strahlend.

»Meinst du, die können uns wirklich helfen?«

Mamas Stimme klang, als würde sie hoffen, dass uns Benda und Cibulka nicht helfen konnten.

»Klar«, antwortete Papa.

»Und wenn die Telefonzelle abgehört wird?«, wollte Mama wissen.

»Ich benutze Codes!«

Papa blieb selbstsicher.

Mein Vater rief aus der jugoslawischen Telefonzelle in Westdeutschland bei Benda an und machte mit ihm über sehr lustige Codes aus, dass wir nun kommen würden.

»Morgen gibt es Knödel. Und übermorgen Sauerkraut.«

Er hörte zu, lachte erneut.

»An der Raststätte Inntal? Gut. Eine Birne im weißen Taunus. G P. Alles klar!«

Meine Mutter und ich saßen auf einer Bank neben der Telefonzelle und hörten gespannt zu. Sie wirkte besorgt und traurig. Wahrscheinlich war ihr klar geworden, dass wir wirklich nie mehr zurückfahren würden. Mein Vater legte auf.

»Benda kennt einen Schleuser, der uns über die Grenze nach Deutschland bringen kann!«

»Einen Schleuser?!«, fragte Mama ungläubig.

»Einen Schleuser!«, nickte Papa lachend.

Ich fragte mich, ob wir in Koffern geschmuggelt werden würden. Zunächst kehrten wir aber nur zu unserem windschiefen Zelt zurück. Alles war unverändert und dennoch fühlte es sich ganz anders an. Wir waren noch da und doch schon im Westen. Und niemand von den normalen Campern ahnte etwas.

In der Nacht überkamen mich Angst und ein schlechtes Gewissen. Ich fürchtete, die Amerikaner könnten beleidigt sein, dass wir ihr super Land nicht gut genug fanden, und würden uns bei den Russen verpetzen. Auch die Omas, Opas und Ringo taten mir leid.

Vor allem fühlte ich mich aber zu tschechisch für die große Welt. Ich hatte mir geschworen, meinen Eltern keine Sorgen zu machen. Doch jetzt konnte ich vor lauter Angst nicht schlafen. Es schien mir unmöglich, so mutig zu sein, wie es meine Eltern von mir erwarteten.

Ost und West und Rock 'n' Roll

Auf der Fahrt vom Belgrader Campingplatz nach Österreich fühlte ich mich wie am Tag meines ersten Eishockeyspiels. Damals hatte ich mich nur gezwungen, zum Eisstadion zu gehen, weil es mir peinlich gewesen wäre, vor meinen Eltern zuzugeben, dass ich Angst hatte.

Ich war sieben und trug ein orangefarbenes Jersey mit meinem Namen und der Nummer achtzig auf dem Rücken. Nachdem die erste Angst verflogen war, machte es mich stolz, dass der Hallensprecher meinen Namen verkündete und ich im ersten Sturm spielen durfte. Doch dann ging das Spiel los und alles lief schief. Ich verlor den Puck an unsere Gegner, spielte schlechte Pässe und schoss kein einziges Mal aufs Tor.

Mein Trainer war enttäuscht. Er sagte, dass ich im Sommertraining so vielversprechend gewesen war und auf dem Eis eine Niete. Sein Urteil traf mich so hart, dass ich ab da vorsichtshalber weiterhin schlecht spielte. Ich rutschte in den dritten Sturm ab. Zwar saß ich nicht bei den Flaschen vom vierten. Aber der dritte Sturm durfte auch nur aufs Eis, wenn wir schon in Führung lagen.

Bei der Abfahrt vom Campingplatz spürte ich dasselbe ungute Gefühl wie damals. Wie mein Eishockeytrainer hatten meine Eltern im Sommertraining große Hoffnungen in mich gesetzt, nun würde es ins echte Emigrantenspiel gehen.

»Glaubst du, dieser Stempel aus der österreichischen Botschaft reicht tatsächlich dafür, dass die uns rauslassen?«, fragte Mama meinen Vater besorgt.

»Muss«, antwortete er.

Kurz vor der Grenze setzte mein Vater seine coole Sonnenbrille auf. Ich starrte auf den Schlagbaum. Dort standen Grenzbeamte, ohne Maschinenpistolen. Wir fuhren langsam näher, ich wagte es nicht, mich zu rühren.

Vor uns warteten drei Autos mit österreichischen Kennzeichen. Hinter uns näherte sich ein grüner Mercedes mit deutschem Kennzeichen. Wir konnten nicht mehr zurück.

Ein weiterer jugoslawischer Jánošík kontrollierte die Pässe der Österreicher und winkte sie durch. Dann starrte er überrascht auf unseren kleinen roten Fiat mit tschechoslowakischem Kennzeichen. Eine schwere Schranke wurde heruntergelassen.

Jánošík III nahm unsere Pässe in die Hände. Er studierte das Tagesvisum, als wollte er fragen, ob wir das echt ernst meinten. Wir warteten angespannt. Ich wartete darauf, dass er einen Befehl schreien würde, um uns verhaften zu lassen.

Er gab uns die Pässe zurück. Mit einem Blick, als würde er sagen, *»Na, wenn ihr unbedingt wollt«.* Die Schranke öffnete sich. Mein Vater zögerte, konnte es kaum glauben. Ich schrie innerlich, dass er Gas geben sollte. Er grüßte den Beamten lässig und fuhr unter der Schranke auf die österreichischen Zöllner zu.

Die Österreicher blickten uns misstrauisch an und blätterten die Pässe sehr ausführlich durch, als würden sie nach etwas suchen. Dann rief einer den Kollegen im Grenzhäuschen etwas zu und ich erstarrte vor Schreck. Ein Kollege kam heraus und nahm die Pässe an sich. Die Männer besprachen sich und rätselten, was der Stempel zu bedeuten hatte.

»Turist, Turist, Turist«, wiederholte Papa immer wieder.

Die Männer schauten skeptisch und verschwanden mit unseren Pässen im Häuschen.

»Es funktioniert nicht«, murmelte Mama ängstlich.

Wir verharrten bewegungslos. Ich blickte mich um. Der Fahrer des Mercedes ärgerte sich, da es ihm nicht schnell genug ging. Er kannte wohl keine sozialistischen Grenzübergänge. Dann kamen die Beamten heraus. Der erste gab uns die Pässe und tippte sich an die Mütze.

Die Fahrt über die Grenze war ganz leise. Als wären nach einer Explosion alle Geräusche weg. Nur dass es keine Explosion gegeben hatte. Mein Vater schrie auch nicht vor Begeisterung. Er blieb still. Ich beobachtete alles, als würde unser Leben für diesen Moment in Zeitlupe ablaufen.

Wir fuhren schweigend durch Österreich, als wären wir in einem Traum und jedes Geräusch könnte uns aufwecken. Mein Vater hielt schließlich in einem kleinen Ort, schaltete den Motor ab und blieb stumm sitzen. Wir waren im Westen. Einfach so.

»*Tak co?*«, sagte er. Was sollen wir tun?

Meine Mutter sprach meine Gedanken aus: »Ich weiß es nicht.«

Ich begriff, dass sie ein letztes Mal darüber nachdachten, ob wir wirklich abhauen wollten. Meine Mutter drehte sich um.

»Was möchtest du denn?«

Da war sie wieder. Die Frage nach der Molekularbiologie.

»Ich weiß es nicht«, gab ich wahrheitsgemäß zu Protokoll.

Mein Vater wirkte noch unsicherer als meine Mutter.

»Wir bleiben hier«, sagte sie mit einem Unterton, als hoffte sie, dass er widersprechen würde. Papa nickte und stieg aus. Dann rannte er über die Straße zu einer Postfiliale.

»Was macht Papa denn?«

»Er ruft seine Mutter an, um ihr zu sagen, dass wir im Westen bleiben.«

Ich verstand zum ersten Mal, dass mein Vater auch ein Sohn war. Wir warteten schweigend. Nach einigen Minuten kam er zurück und überquerte weinend die Straße. Es war das erste und einzige Mal in meinem Leben, dass ich ihn weinen sah. Er setzte sich ins Auto.

»Scheiße«, sagte er.

»Was hat sie gesagt?«, fragte meine Mutter.

»Sie hat geweint.«

Dann schwiegen beide, und ich schaute zu, als wäre ich von etwas Unaussprechlichem verschlungen worden.

»Wollen wir zurück?« Meine Mutter schaute meinen Vater angespannt an.

»Nein.«

Mein Vater startete den Fiat und fuhr schnell los. Viel zu schnell. Als müsste er vor seinen eigenen Tränen fliehen.

Der echte Westen war viel sauberer, moderner und bunter, als ich es mir jemals hätte erträumen können. Er strahlte wie ein Werbeclip. Neue Autos, frisch geteerte Straßen, grüne Wälder, saubere Seen.

»Graz«, sagte Papa.

»Was ist Graz?«, fragte ich.

»Das ist die Stadt hier …«, sagte Papa.

Graz kam mir vor wie ein Museum. Die Häuser sahen aus wie

aus dem Märchen und strahlten zugleich wie neu. Die Menschen trugen bunte, moderne Kleidung, an jeder Straßenecke blühten Blumen, die Schaufenster aller Läden quollen über vor Angeboten. Dagegen kam mir unser *Tuzex* wie eine armselige Kopie vor.

»Da ist ein Hotel!«

Papa zeigte auf ein Gebäude, das aussah wie ein Schloss. Fachwerk, Butzenfenster und das Bild eines Ritters, der einen Drachen tötet. Ich war begeistert. Papa parkte auf dem Gehweg, stieg aus und verschwand im Hotel. Kurz danach kam er zurück und lachte.

»Dreitausend Schilling.«

»Dreitausend?!«, wiederholte Mama schockiert.

Papa nickte lachend und fuhr weiter.

»Wie viel sind dreitausend Schilling?«, fragte ich.

»Mehr als ich im Monat verdiene«, erklärte sie.

»Die waren aber alle sehr nett und haben mir einen Campingplatz ganz in der Nähe empfohlen«, sagte Papa.

Wir verließen die Innenstadt und fanden, dieses Mal auf Anhieb, den Campingplatz.

»Sieht aus wie der botanische Garten!«, witzelte Papa.

Ich schaute mich um. Der Campingplatz war gepflegt wie ein Schlossgarten.

»Was sagst du dazu?«, fragte mich Mama.

Ich war sprachlos. Mein Vater ließ gut gelaunt eine Beatles-Kassette laufen und baute ohne Wutausbrüche das Zelt auf. Dann machten wir uns frisch und fuhren wieder in die Stadt, um uns den echten Westen noch genauer anzuschauen.

»Das muss ich anprobieren!«

»Und das!«

»Und das!«

»Und das da auch!«

»Und das würde Martin stehen.«

Meine Eltern waren an diesem sonnigen blauen Tag im Urlaubsmodus, und es gab nichts, das wir uns nicht geleistet hätten. Wir aßen frische Erdbeeren, Spaghetti in einem teuren Lokal und kauften uns Kleider nach der neuesten Mode.

»Du siehst schon ganz westlich aus!« Papa war stolz.

Er setzte mir seine Sonnenbrille auf, machte Fotos und war glücklich. Auch Mama strahlte nur noch, als sie sich neue Kleidung gekauft hatte. Eine grüne Latzhose und eine weiße Bluse. Supermodern.

»Dort gibt es italienisches Eis.«

Mama deutete zu einem Eiscafé.

»Was ist italienisches Eis?«, fragte ich.

»Eis aus Italien«, erklärte Papa. »Das beste der Welt!«

Wir stellten uns an und sahen uns die unzähligen bunten Sorten an. Da neben den deutschen Bezeichnungen auch kleine Bildchen waren, konnten wir sie entziffern.

»Ich möchte Pistazie …«, sagte ich nach langem Überlegen. »Und … Aprikose!«

»Dann nehme ich Erdbeere und Schokolade!«, entschied Mama.

Papa bestellte zwei unaussprechliche Sorten.

»*Afftaedd* und *Stradscha Dalla*«, sagte der Eisverkäufer.

Wir suchten uns eine weiße Bank, schleckten unser Eis und beobachteten das schöne westliche Leben.

»Wie echte Aprikosen!«, schwärmte ich.

Meine Mutter probierte von meinem Aprikoseneis und ließ mich Erdbeere und Schokolade probieren.

»Bei uns werden die Geschmacksrichtungen chemisch erzeugt«, erklärte Papa. »Das hier schmeckt echt.«

»Wie schmeckt denn deins?«, wollte ich von Papa wissen.

»Gar nicht. Das ist irgendwie Pfefferminze und Bitterschokolade oder so was. Das andere schmeckt gut. Ich glaube, da ist Alkohol drin.«

Ich probierte die Eissorten meines Vaters und sie schmeckten mir beide nicht. Auch die Pistazie schmeckte komisch. Ganz anders als zu Hause.

»So schmeckt Pistazie.« Mein Vater lachte.

»Was ist Pistazie?«

Ich dachte, Pistazie wäre so etwas wie Vanille. Eine Geschmacksrichtung.

»Pistazie ist eine Nuss«, erklärte Papa.

Ich mochte die künstliche Pistazie von zu Hause mehr. Aber die Aprikose war dafür umso besser.

»Hier benehmen sich alle ganz anders«, sagte mein Vater, nachdem er eine Weile die Passanten beobachtet hatte.

Ich schaute mich um.

»Bei uns laufen alle herum, als hätten sie Angst!«, fügte er hinzu.

»Haben sie ja auch«, gab ihm Mama recht. »Vor der Staatssicherheit.«

Ich dachte an Kralupy. Dort liefen alle schweigend herum, mit gesenktem Blick und stets so zielstrebig, als müssten sie abhauen. Niemand lächelte und niemand schlenderte.

»Hier sind alle so selbstbewusst«, sagte Mama. »Sogar die Kinder!«

»Die sind eben Freiheit gewohnt!«

Das machte mir Sorgen. Konnte ich das auch, selbstsicher sein, in Freiheit leben? Wie machte man das? Ich beobachtete unsicher die westlichen Kinder und sie kamen mir alle vor wie kleine Schauspieler oder Sänger.

»Du siehst auch schon so aus!«, behauptete mein Vater, als hätte er mir meine Zweifel angemerkt.

Er deutete auf meine neue westliche Kleidung. Ich hoffte, dass er recht hatte.

Kurz danach kehrten wir zum Campingplatz zurück und legten uns an den Pool.

»Wie in Beverly Hills!«, rief mein Vater.

Ich zog meine tschechoslowakische Badehose an und holte mir ein großes Badetuch. Es duftete ganz frisch. Mein Vater kam mit einigen Zeitschriften an, die man sich bei den Umkleidekabinen leihen konnte.

»›Auto Motor Sport‹. Eine Modezeitschrift und ›BRAVO‹!«.

Ich schaute auf die Westautos auf der Auto-Zeitschrift und das Coverbild des Modemagazins, das »Sibylle« hieß.

»›Sibylle‹ klingt wie eine Walküre!«, meinte Mama.

»Was ist eine Walküre?«

Meine Eltern überlegten.

»Eine sehr männliche Frau mit Schwert«, erklärte Mama.

Ich verstand das nicht, interessierte mich aber vor allem für die »BRAVO«. Von dieser Zeitschrift hatte ich schon gehört. Auf dem Cover war ein junger Mann mit halblangen braunen Haaren auf einem Fahrrad, der ein Eis in der Hand hielt.

»Wer ist das denn?«, wollte ich schon wieder wissen.

»Keine Ahnung. Irgendein Tommi Ohrner«, las sie vor.

»Vielleicht ein deutscher Sänger«, meinte mein Vater.

Ich fand das merkwürdig, dass ein Junge, der nur etwas älter war als ich, auf dem Cover der »BRAVO« war. Andererseits machte es mir Hoffnung. Wenn der das konnte, dann konnte es wirklich jeder schaffen im Westen. Vielleicht könnte ich eines Tages auch auf dem Cover der »BRAVO« sein. Als Erzähler lustiger Geschichten aus meinem Leben.

Ich lächelte zufrieden und »las« die »BRAVO« Seite für Seite durch, ohne ein einziges Wort zu verstehen.

Die erste Pizza meines Lebens

Am Abend gingen wir ins Gartenrestaurant des Campingplatzes, das »Da Capo« hieß. Ich schaute mich um. Die Gäste aßen Nudeln, Steak, Fisch und etwas, das ich noch nie gesehen hatte. Es sah aus wie ein großer Fladen.

»Was ist das?«, fragte ich.

»Pizza!«, sagte Papa. »Das ist eine italienische Spezialität.«

Da es bei uns zu Hause immer nur böhmisches Essen gegeben hatte, war ich von dieser Pizza fasziniert. Ich schaute den Kellnern zu, die Teller zwischen den Tischen jonglierten, als würden sie einen Tanz aufführen. Ich fand das toll.

»*Bondschonno*«, trällerte einer der Kellner und stellte einen kleinen Korb mit Weißbrot und Salzstangen auf den Tisch.

Mein Vater bestellte für sich und Mama einen Wein namens *Lambrusco* und deutete mit dem Finger auf die Speisekarte.

»*Salto Bokka.*«

Der Kellner nickte, als wäre das die beste Wahl.

Meine Mutter deutete auf eine andere Stelle.

»*Rahwioli conla bonga*«, verstand ich.

»*Moltobehne*«, sagte der Kellner und lächelte. Erneut die perfekte Wahl.

»*Unda ragatzo?*«

Er schaute mich fragend an.

»Co?« Was?

»Was möchtest du?«, übersetzte Mama für mich.

»Pizza!«, sagte ich wie aus der Kanone geschossen.

Der Kellner lachte.

»Und welche?«

Das einzige Wort, dass ich erkannte, war Salami.

»Salami«, antwortete ich und fühlte mich wie ein Italiener.

Der Kellner nickte zufrieden. Wieder eine super Wahl!

»Behne.«

Ich studierte die Getränkekarte.

»Sprihte«, las ich vor.

»Ke?«, fragte der Kellner irritiert.

Ich legte den Finger unter das Wort »Sprite«.

»Ah! *Spra-it*«, trällerte der Kellner. Und schon war alles *behne*.

Ich nuckelte kurz danach an meiner *Spra-it*, die mich an tschechische Zitronenlimonade erinnerte. Dann probierte ich die Salzstangen, die super schmeckten, und sah mich um.

Auch hier waren alle Menschen entspannt, lachten laut und unterhielten sich angeregt. Zu Hause tuschelten die Menschen meist, damit niemand hören konnte, was sie redeten. Jeder hatte Angst, die Staatssicherheit könnte mithören. Auch wenn es nur um Schnitzel, Pommes frites oder Kartoffelpüree ging.

»Sehr gut, der Wein«, schwärmte Mama zufrieden.

»Doltsche Vita!«, gab ihr Papa lächelnd recht.

Ich nickte, auch wenn ich keine Ahnung hatte, was das hieß.

»Iss nicht zu viele von den Stangen«, mahnte mein Vater, als ich die nächste Packung aufmachen wollte.

Aber die sind so gut, dachte ich mir.

»Unser Essen kommt!«, sagte Mama voller Vorfreude.

Der Kellner balancierte unsere drei Teller elegant zwischen den Tischen und kam breit lächelnd auf uns zu.

»Saltambogga, Rahwioli, Lapizza.«

Der Kellner verteilte die Teller.

Auf dem Teller meines Vaters waren flache Fleischstücke, auf denen mit einem Zahnstocher ein Stück Schinken und etwas Grünes aufgespießt waren.

»Das sieht ja toll aus«, schwärmte Mama.

»Hab ich mir anders vorgestellt«, grummelte Papa skeptisch.

»Ich hab genau, was ich wollte!«, betonte Mama.

Als der Kellner meine Pizza vor mich stellte, starrte ich sie nur strahlend an. Sie war größer als der ganze Teller.

»Das schaffst du nie!«, rief mein Vater lachend.

Ich griff zum Besteck und wollte ihm das Gegenteil beweisen.

»Guten Appetit«, sagten wir alle gleichzeitig.

Natürlich schaffte ich die Pizza nicht. Aber meine Eltern nahmen sich den Rest und waren genauso begeistert wie ich.

»Wenn wir in Deutschland sind, machen wir mal in Italien Urlaub«, versprach Papa gut gelaunt.

»Italien! Das Meer!«, schwärmte Mama versonnen. »Ich hätte nie gedacht, dass ich das mal sehen werde in meinem Leben.«

Ich konnte mir das auch nicht vorstellen. Ich konnte mir nicht vorstellen, dass Italien noch toller sein würde als dieses Restaurant auf dem Campingplatz von Graz.

Nach dem leckeren Essen spazierten wir über den Campingplatz. Es war noch warm. Der Pool glitzerte im Licht der Laternen und aus der Ferne war Musik zu hören. Wir sahen, dass neben dem Imbiss weiße Stühle aus Plastik standen, auf denen Gäste saßen und auf einen Fernseher schauten. Fernsehen im Freien!

»Was schauen die denn da?«, fragte ich.

»So was wie *Aikessabuntes*«, vermutete Mama.

»Ein Kessel Buntes« war eine Sendung des DDR-Fernsehens, die auch in der Tschechoslowakei ausgestrahlt wurde und sehr beliebt war.

»Wollen wir noch was trinken und zuschauen?«, fragte Papa.

Wir suchten uns drei Plätze aus. Mama liebte alle Arten von Revue. Musik, Tanz, Artistik.

»Dalli Dalli«, las Mama die Einblendung im Fernsehen vor.

»Was heißt das?«, flüsterte ich.

»Keine Ahnung«, flüsterte Mama.

Auch mein Vater, der kurz danach mit zwei gezapften Bieren und einer Fanta ankam, verstand die Worte nicht. In der Sendung saßen Leute in merkwürdigen Boxen und schienen etwas zu raten, spielten verrückte Spiele, der Moderator sprang manchmal in die Luft und die Zuschauer flippten aus.

»Komische Sendung«, meinte Mama.

Ich fand die Sendung lustig und mochte die Energie des Moderators, der wie ein wildes Männchen hin und her rannte.

Meine Eltern tranken ihr Bier, ich genoss die Fanta und fühlte mich wohl im Westen. Als »Dalli Dalli« zu Ende war, wäre es Zeit gewesen, schlafen zu gehen. Meine Mutter schaute auf ihre kleine goldene Damenuhr.

»Fast halb elf.«

Mein Vater nickte.

»Willst du noch eins?«

»Ja!« Sie lachte und strahlte mich an.

»Darf ich noch aufbleiben?« Ich wollte die gute Laune meiner Eltern nutzen.

»Klar! Wir sind doch im Westen!«, erwiderte mein Vater.

Meine Mutter zwinkerte mir zu. Dann schauten wir den Film »Manche mögen's heiß« mit Marilyn Monroe. Natürlich verstand ich nichts, musste aber trotzdem über die als Frauen verkleideten Männer lachen. Ich war glücklich mit meinen Eltern, im lässigen Westen, wo man lange aufbleiben, Filme schauen und Pizza essen durfte.

Am nächsten Morgen war die Stimmung nicht mehr ganz so fröhlich und mein Vater schimpfte über den verdammten Lambrusco. Meine Mutter war angespannt, auch wenn sie sich bemühte, es zu verbergen. Es wurde ernst.

Beim Frühstück bekam ich kaum etwas herunter. Meine Eltern tranken gedankenverloren Tee und sagten kein Wort. Ich schaute zum Pool und dachte an die Leichtigkeit des vergangenen Abends.

Als der Tee ausgetrunken und die Brötchen gegessen waren, gab es keinen Grund mehr, sitzen zu bleiben. Ich kletterte auf den engen Rücksitz unseres kleinen Fiat 600 und mein Vater startete den Motor.

Wir fuhren los, um an der Inntal-Raststätte auf unseren Schleuser zu treffen. Bald würden wir, wenn alles glattlief, zusammen in Westdeutschland leben. Dachte ich.

Zweite Heimat

Nur wenige Stunden später raste Birne über die Autobahn nach Göppingen. Ohne meine Eltern. Ich saß wie ein kleines Rehkitz auf der Rückbank, beobachtete meine zweite Heimat und lauschte tonlos den Gesprächen der Erwachsenen, die sich um mich kümmern sollten.

»Wir sind einfach so über die Grenze gefahren«, erzählte Birne stolz. »Das hätte mit Franta und Vera auch geklappt! Kein Ding! Vera wäre mit dem Pass meiner Frau rüber, und Franta hätte ich dann zu Fuß geholt, hätte ihn geschimpft und behauptet, er habe sich auf der falschen Seite der Grenze verlaufen. Kein Ding!«

Ich lauschte dem Gespräch vom Rücksitz, als wäre ich an diesem Leben nicht beteiligt. Benda drehte sich zu mir um.

»Endlich bist du raus! Die Kommunisten können dich jetzt am Arsch lecken!« Er grinste mich breit an.

Das sollte mich wohl trösten. Cibulka, der neben mir saß und nervös aus dem offenen Fenster rauchte, lächelte mir tröstend und seltsam schwermütig zu.

»Alles wird gut.«

Irgendwie schien mir seine Behauptung unglaubhaft zu sein. Mir fielen die vielen Wunden auf seinen Händen auf. Er bemerkte meinen Blick.

»Ich arbeite in der Wäscherei einer Klinik. Da muss ich mit Waschmitteln und Chemikalien hantieren.«

»Harte Arbeit!«, erklärte Birne.

»Im Westen muss man hart arbeiten«, fügte Benda hinzu. »Das wird dein Vater auch noch merken. Das ist was ganz anderes als im Sozialismus, wo alle keinen Druck haben und nicht gefeuert werden können!«

Ich musste daran denken, wie Benda in Prag davon geschwärmt hatte, wie er sich das Leben im Westen vorstellte: am Strand liegen, die warme Sonne auf dem Bauch genießen und in einem vergoldeten Kästchen mit Diamanten spielen. Ganz so war es wohl nicht.

»Göppingen wird dir gefallen!«, behauptete Birne selbstbewusst.

»Geppinke«, versuchte ich, das schwierige Wort nachzusprechen.

»Göppingen. Oder Göppinga, wie die Schwaben sagen«, wiederholte Birne immer wieder lachend.

»Was sind Schwaben?«

»Das werdet ihr bald merken!«, meinte Benda.

Es klang wie eine Drohung. Birne ignorierte den Spruch.

»Auf der Autobahn darf man in Westdeutschland so schnell fahren, wie man will«, sagte er stolz.

»So schnell, wie man will?«

»So schnell, wie man will!«

Er grinste stolz und gab Gas.

»Das ist Freiheit!«, schwärmte Benda.

Da war sie wieder, die Freiheit. Ich war jetzt der Martin, der im Westen lebte, in dieser Freiheit. Wie die westlichen Kinder in Graz und Tommi Ohrner auf der »BRAVO«. Ohne meine Eltern.

»Wenn wir ankommen, rufe ich die Polizei in Österreich an«, sagte Birne. »Wir kriegen deine Eltern so schnell her, dass du gar nicht merken wirst, dass sie mal weg waren!«

Die Gedanken an meine Eltern machten mich traurig und bedrückt. Ich hoffte, dass sie nicht im Gefängnis waren. Oder, noch schlimmer, dass man sie nicht zurück in die ČSSR ausgewiesen hatte. Mein Herz klopfte. Aber ich wollte nicht nachfragen, weil ich Angst vor der Antwort hatte.

Also fuhr ich schweigend mit den Erwachsenen mit und tat so, als würde es mich ablenken, was sie erzählten. Dabei hörte ich kaum zu. Die ganze Welt war wie unter Wasser.

Nach einigen Stunden erreichten wir Göppingen und fuhren einen Berg hinauf, auf dessen Spitze die »Klinik am Eichert« thronte. Daneben standen drei zweistöckige Betonbauten für die Angestellten. Das Ganze kam mir vor wie ein Gebäudekomplex aus der Zukunft.

»Hier wohne ich«, sagte Cibulka. »Benda und Hanka sind hier nur zu Besuch, um euch zu begrüßen«, fügte er hinzu.

Er meinte das wohl gut, aber es machte mir wieder nur klar, dass ich jetzt ganz allein war. Ohne meine Eltern. Birne hupte und Hanka, Bendas Frau, trat aus dem Eingang. Wir stiegen aus und sie begrüßte mich herzlich.

»Wo sind Franta und Vera?«, fragte sie besorgt.

Birne deutete, im Glauben, ich würde das nicht bemerken, auf mich.

»Die kriegen wir auch bald raus. Kein Ding!«

Hanka versuchte, ihre Sorgen zu verbergen, und lächelte mich überfordert an.

»Magst du mit Keith Richards spielen?«, fragte sie.

Keith Richards, der Königspudel, den Hanka und Benda ihr

»Kind« nannten, schien mich vergessen zu haben. Aber ich streichelte ihn, während Cibulka, Benda, Hanka und Birne miteinander tuschelten.

»Wollt ihr noch eine Weile hier draußen bleiben?«, fragte Benda Keith Richards und mich.

Ich nickte und warf Keith Richards Stöckchen. Die Männer gingen ins Haus. Dabei redeten sie wild durcheinander. Hanka blieb bei den Treppen stehen und schaute mir und ihrem Hund zu.

»Cibulka hat eine Badewanne. Kannst gerne baden«, sagte Hanka, als es dunkel wurde und mir vom Stöckchenwerfen schon der Arm schmerzte. Keith Richards und ich liefen zu ihr.

»Und Hunger hast du bestimmt auch«, fügte sie hinzu.

Ich nickte und schaute mich in dieser unbekannten Welt um, die jetzt mein Zuhause werden sollte. Die Straßenlaternen wurden eingeschaltet. Alles begann, friedlich zu leuchten. Ich blickte nach links und nach rechts. Überall war es still. Und fremd.

In Cibulkas kleinem Apartment hatte ich das Gefühl, in der Zukunft angekommen zu sein. Die Möbel, die Lampen, die Schiebetüren zum Balkon, alles war modern.

»Hey!«, grüßte Benda bemüht locker, als er mich sah.

»Da ist er ja«, fügte Birne hinzu.

»Hallo!«, sagte Cibulka etwas zu laut.

Die Männer strahlten mich an, als wäre ich ein verschollener Kumpel, der unerwartet hereingeschneit war. Auf dem Tisch standen Bierdosen. Nur Birne hatte eine Cola mit Eis vor sich stehen. Ich fühlte mich unwohl, so ganz allein mit den Erwachsenen. Ich wusste nicht, wohin ich mich setzen sollte, was ich sagen konnte und wie es jetzt weiterging.

»Möchtest du erst mal ein Bad nehmen?«, fragte Hanka, die mir mein Unwohlsein sicher ansah. »Ich mach uns inzwischen was zu essen!«

Ich nickte und lief mit ihr ins vollständig in Orange gehaltene Bad, wo sie mir eine Wanne mit viel gut riechendem Badeschaum einließ.

Es duftete nach Fichten.

»Hm, das duftet!«, sagte sie lächelnd.

Ich nickte und wartete, bis sie ging. Mich vor der hübschen Hanka auszuziehen, war mir peinlich. Sie lächelte, ging und schloss die Tür hinter sich.

Ich zog mich aus und stieg in die sich langsam mit warmem Wasser füllende Badewanne. Auf dem Badewannenrand stand das sagenumwobene Apfelshampoo. Das Paradies, den goldenen Westen mit grünem Apfelshampoo, gab es ganz real existierend.

Ich hielt die Shampooflasche unter meine Nase. Es roch ganz intensiv nach grünen Äpfeln. Doch mir schossen Tränen in die Augen und ich begann zu heulen. Was sollte ich hier ohne meine Eltern? Ich wäre lieber bei ihnen gewesen. Ob im Westen, Osten oder irgendwo dazwischen.

Irgendwann hörte das Weinen auf. Ich wusch mich mit einer blauen Seife, die geformt war wie eine Meereswelle. Für die Haare nahm ich das grüne Apfelshampoo. Dann trocknete ich mich ab, zog meine Kleider wieder an und versuchte zu verbergen, dass ich geheult hatte.

»Ich hab Seife ins Auge bekommen«, log ich.

Die Erwachsenen taten so, als würden sie mir glauben.

»Ich hab Miracoli gekocht«, sagte Hanka und zeigte auf eine bunte Verpackung.

Ich war fasziniert davon, dass die Firma Miracoli alles in der Packung bereitgestellt hatte, das man brauchte: Nudeln, Soße, Käse. Während ich daran dachte, dass Hanka, im Gegensatz zu meiner Mutter und meinen Omas, schon ganz westlich kochte und nur mit einer Schere Päckchen aufschnitt, versuchte Birne, die Polizei in Österreich anzurufen.

Er wählte lange Nummern und sprach in dieser neuen, mir völlig unverständlichen Sprache sehr ernst mit irgendwelchen Leuten. Cibulka, Benda und Hanka hörten angespannt mit.

»Es ist nicht leicht, das richtige Polizeirevier zu finden«, erklärte Cibulka.

Ich nickte und versuchte, aus Birnes Gesichtsausdruck und Körpersprache herauszulesen, was los war. Er wirkte so bemüht wichtig, als würde er die Abrüstungsverhandlungen zwischen der Sowjetunion und den USA leiten.

»Das ist ein Idiot«, flüsterte Benda Hanka zu.

Ich fragte mich, warum. Machte Birne etwas falsch? Ich wurde immer nervöser. Hanka bemerkte das.

»Das wird schon!«, meinte sie lächelnd.

Ich war mir da nicht so sicher. Birne legte auf und setzte sich hin. Dann nahm er einen Schluck Cola und überlegte.

»Ich hab sie noch nicht gefunden! Aber mach dir keine Sorgen!«

Ich war erstarrt. Wo waren meine Eltern? Warum konnte Birne sie nicht finden? Waren sie doch zurück in die Tschechoslowakei geschickt worden?

»Heute Nacht kannst du hier schlafen. Und dann bei uns!«, sagte Birne schließlich. »Wird dir gefallen! Ich hab ja auch zwei so Racker.«

Ich wusste nicht, was ein Racker war. Aber ich musste ohnehin wieder gegen Tränen kämpfen. Dabei wollte ich nicht mehr heulen wie ein Kind! Ich musste stark sein.

»Wir müssen leider zurück nach Darmstadt und haben kein Extrazimmer für dich«, sagte Hanka entschuldigend.

Ich hatte gehofft, dass ich zu Hanka und Benda mitfahren könnte, weil ich die beiden sehr mochte. Cibulka mochte ich auch, aber bei Frauen fühlte ich mich sicherer.

»Und ich muss den ganzen Tag arbeiten, in der Wäscherei«, erklärte Cibulka entschuldigend und zeigte zur Bekräftigung auf seine Wunden.

Ich nickte überfordert.

»Meine Frau ist Hausfrau!«, fügte Birne als nächstes Argument hinzu.

Da er das Wort »Hausfrau« auf Deutsch gesagt hatte, wusste ich nicht, was das war.

»Das ist doch super!«, strahlte Benda bemüht erfreut.

»Ja«, gab ich ihm recht, ohne es zu meinen.

Ich akzeptierte mein Schicksal. Die Miracoli-Nudeln schmeckten gut und Hanka machte für mich Cibulkas kleinen Fernseher an. Eine Maus und eine Katze jagten sich. Ich musste sofort lachen. Es war so lustig, dass ich kein Wort Deutsch brauchte, um alles zu verstehen. Um alles zu vergessen.

Unheimliche Begegnung der dritten Art

Am nächsten Morgen verließ ich Cibulkas Science-Fiction-Wohnung für immer. Birne stieg in Jeans und Sonnenbrille aus seinem alten Ford aus, als wäre es ein Pontiac Firebird, und zwinkerte mir zu. Er trug ein sehr buntes Hawaii-Hemd, und seine ganze Haltung versprach, dass wir jetzt mindestens ins Disneyland fahren. Im Autoradio lief passenderweise ein Hawaii-Song von Elvis.

»Wir fahren jetzt nach Ebersbach!«, erklärte Birne.

Ich wusste nicht, ob »Ebersbach« ein Ort oder eine Religionszugehörigkeit war. Aber mein Herz fühlte sich auf einmal wie zugeschnürt an. Ich war ganz allein und wurde von einem finsteren Gedanken gequält, der sich in meinem Kopf festsetzte wie ein schwarzer Rabe: Konnte ich diesem Birne wirklich trauen?

Ich drehte mich um und sah die Freunde meiner Eltern zum Abschied winken. Sie blickten auch nicht gerade zuversichtlich drein.

»Pass etwas auf mit der Bodenplatte«, riss mich Birne aus meinen Gedanken.

Ich schaute irritiert nach unten.

»Meine Tochter Susanna hat gestern nur kurz aufgestampft und der Boden lag auf der Straße! Zum Glück standen wir gerade an einer Ampel.«

Ich stellte meine Füße weit links und rechts ab und starrte auf die Fußmatte. Dann schaute ich mich um. Ebersbach war wie ein nobler Vorort. Überall große Häuser und Villen. Das passte zu meinen Vorstellungen. Ich vermutete, dass Birne in einer luxuriösen Strandvilla wohnen würde. Wir waren zwar nicht in München, aber sein Hemd versprach vieles.

Birne sang mit Elvis mit und strahlte mich an.

»Elvis ist der Größte.«

Mein Vater mochte Elvis nicht.

»Hm«, murmelte ich.

»Magst du Elvis?«, fragte Birne.

»Ich mag die Beatles und die Stones«, sagte ich. »Und ABBA!«

»Elvis ist der King«, erklärte Birne.

Ich nickte und hörte zu. Eigentlich fand ich Elvis auch gut. So amerikanisch. Sein weißer Anzug mit den vielen Edelsteinen und seine große goldene Brille waren super. Ich begann, mit der Musik mitzuwippen. Auf einmal hatte ich gute Laune und fühlte mich, als wäre ich in den USA.

»Blu Hawai«, sang ich schief mit.

Dabei musste ich an »Unheimliche Begegnung der dritten Art« denken. Der Film spielte in einem amerikanischen Vorort. Wie Ebersbach! Endlich fühlte ich mich wie ein Kind aus einem Film über diese coole Freiheit! Birnes Hemd, die Musik und die sonnige Stimmung machten mir gute Laune.

Ich freute mich auf Birnes schwäbisch-kalifornische Strandvilla. Er bog jedoch in eine Straße am Ortsrand ein, in der die Häuser immer kleiner wurden, und hielt vor einer winzigen Doppelhaushälfte.

»Da wären wir«, verkündete er gut gelaunt.

Das Doppelhaus sah aus wie unsere Platte in Kralupy. Nur viel kleiner. Ich war enttäuscht.

»Schön, oder?«

Ich nickte.

»Affgeds!«, rief er etwas übermütig und stieg aus.

Ich folgte Birne, der mit einem wippenden Elvis-Gang zum Haus lief, und sah mich um. Das war ganz und gar nicht Beverly Hills. Alles war einfach nur langweilig.

Da erblickte ich etwas, das mich stocken ließ. Auf der anderen Straßenseite stand ein Mann, der mich beobachtete. Ich blieb stehen und erschrak. Es war der Mann von der Raststätte, der mich an den Beamten der tschechischen Staatssicherheit aus dem Konsum erinnert hatte!

Ich starrte ihn an. Der Mann wandte seinen Blick ab und lief zu einer Garage. Er öffnete sie und ich sah darin einen roten Wolga stehen! Das sowjetische Auto. Wieso fuhr jemand im Westen einen Wolga?! So ein Auto fuhren nur Kommunisten!

Konnte das also doch ein Mitarbeiter der Staatssicherheit sein? War er ein Spion, der für die Kommunisten arbeitete?

»Kommst du?!«, hörte ich Birnes Stimme.

Er kam zurück und starrte mich fragend an.

»Alles okay?! Du bist ganz bleich.«

»Ja«, stotterte ich und schaute zu dem Mann.

»Das ist Ivan«, erklärte Birne und deutete auf den Mann in der Garage. »Ist auch ein Emigrant aus der Heimat. Ein Slowake!«

Ich war sprachlos und verunsichert. Konnte das alles ein Zufall sein? Ivan schloss die Garage und winkte Birne zu.

»Guten Tag«, rief er auf Slowakisch herüber. »Ist das der Junge?«

»Ja. Das ist er!«, bestätigte Birne.

Dann legte Birne seinen Arm um mich und führte mich ins Haus. Was hatte das zu bedeuten? Welcher Junge?

»Ich hab Ivan von dir und deinen Eltern erzählt.«

Der Mann wusste von mir? Ich merkte, dass meine Beine fast einknickten. Was wurde hier gespielt?

Sprudel

Verunsichert betrat ich hinter Birne das Haus und fragte mich, warum dieser Ivan ausgerechnet hier wohnte. Da blendete mich die Einrichtung des Hauses und ich vergaß meine Sorgen. Goldene Vasen, Nippes aus Porzellan, bestickte Kissen, das Ölbild einer barbusigen Frau, bunter Kitsch. Das passte perfekt zu Elvis!

Susanna und Thomas, die Kinder des Schleusers, waren gefühlt doppelt so groß wie ich und sahen aus wie echte Amerikaner aus Texas. Dick, riesig, sommersprossig und wahnsinnig gut drauf. Sie sprachen in einer Lautstärke, als müssten sie fortwährend gegen den Lärm texanischer Rinder anschreien.

»HEY, AHOJ, WIE GEHT'S, WIE STEHT'S?«, polterte das Mädchen laut.

»WILLKOMMEN IN DEUTSCHLAND!«, rief der Junge noch lauter.

»Ahoj.«

Sie redeten durcheinander und benutzten ein Kauderwelsch aus Schwäbisch und Tschechisch.

»WASISCHDEIBISCH ZIMMER BETSCHTISCH SCHLAFEN?«

»DESCH KESCH WAS WESCH MUSIK!«

»SOWOS KOMOSCH FUSSBALL KENSCH!«

»HOMSDOSCH KENNINE SPIELEN!«

Ich verstand nichts.

»Ja klar!«, antwortete ich.

»Das sind Susanna … und Thomas«, sagte Birne.

»Tomáš?«, fragte ich.

»NEIN, THOMAS, UFFDUTSCH«, schrie Thomas.

»Wir wollten einen deutschen Namen«, erklärte Birne.

»THOMAS«, schrie Thomas.

»MARTIN ISCHA GUD«, schrie mich Susanna an.

Die Geschwister strahlten mich an. Ich war überfordert.

Die Mutter der Kinder kam um die Ecke und drückte mich an ihren gigantischen Busen, als wäre ich ihr drittes, lange verschollenes Kind.

»Gefällt's dir in Deutschland? Es wird dir bestimmt gefallen! Kannst du schon ein bisschen Deutsch? Du wirst bald Deutsch lernen! Besser als deine Eltern! Hast du Hunger? In welche Klasse bist du gegangen? Komm, ich zeig dir deinen Schlafplatz … Willst du etwas fernsehen?«

Sie redete, ohne auf die Antworten zu warten. Ich nickte immer wieder und versuchte, mit ihrem Tempo mitzuhalten. Sie hatte kurze rote Locken und trug einen schwarzen Jogginganzug mit rosafarbenen Blumen.

»Das wird jetzt auch dein Reich!«, sagte sie und öffnete das kleine Zimmer der Kinder.

Dort lag eine Matratze auf dem Boden. Susanna und Thomas grinsten mich breit an. Dann zog mich die Mutter ins Wohnzimmer und platzierte mich vor dem Fernseher. Ich blickte zu Susanna und Thomas, die mich beobachteten wie ein possierliches Tierchen. Hinter ihnen kam Birne mit einem Stoß Klamotten herein.

»Das hier sind Sachen von Thomas und Susanna!«, verkündete er, als wären das die größten Schätze des goldenen Westens.

Ich schaute die viel zu großen Klamotten an. Es waren T-Shirts mit eigenartigen Aufdrucken wie Einhörnern mit Glitzer, Wölfen mit silberfarbenen Mähnen, Regenbögen und Schriftzügen auf Englisch. Außerdem Jogginghosen und Jacken, die aussahen wie aus den Fünfzigerjahren.

»Super, oder?« Birne zwinkerte mir zu.

Ich nickte und hatte Angst, etwas davon anzuziehen.

»Möchtest du Strudel?«, fragte mich die Mutter freundlich.

»Ja!«, rief ich erfreut. Ich liebte Strudel. Der Apfelstrudel meiner Oma Vera war das Größte.

»Na dann!«

Die Geschwister begutachteten mich weiter wie ein niedliches Äffchen im Zoo. Sie nickten bei »Strudel« besonders stark, so als hätten sie auch gerne welchen.

»Räumt den Saustall in eurem Zimmer auf«, befahl die Mutter den Geschwistern unerwartet schroff.

Die Geschwister nickten und liefen brav in ihr Zimmer. Ich machte mir Sorgen wegen Ivan, aber die Vorfreude auf den Strudel half mir, meine Ängste zu zügeln.

Ich wartete und sah zum ersten Mal in meinem Leben die »heute«-Nachrichtensendung.

Ich beobachtete den Sprecher, der mit seinem Mund unaussprechliche und unverständliche Worte formulierte. Ich konnte mir nicht vorstellen, das jemals verstehen zu können. Ich versuchte, aus den Fotos im Hintergrund auf den Inhalt der Nachrichten zu schließen. Aber auch das funktionierte nicht.

»Schrobbe di wönde das klopp«, sagte der Moderator ernst.

Was könnte das heißen?

Bevor ich weiter darüber grübeln konnte, ob ich diese Sprache jemals erlernen würde, kam die Mutter zurück und stellte ein kleines Glas Mineralwasser vor mich. Ich verstand das nicht. Zu Strudel gab es bei Oma Vera Malzkaffee mit Milch und viel Zucker. Frau Birne lächelte mich an, als hätte sie mir siebenundsiebzig Überraschungseier geschenkt, und setzte sich aufs Sofa.

»Das ist ›heute‹«, erklärte sie die Nachrichtensendung. »Das sind Nachrichten!«

Ich schaute sie an und wartete unsicher.

»Es gibt zwei deutsche Sender. ZDF, das heißt *Zweites Deutsches Fernsehen,* und die ARD. Keine Ahnung, was das heißt. Dann gibt es noch das dritte Programm aus Stuttgart.«

Ich nickte und wartete auf den Strudel. Aber sie lächelte nur und schaute mich erwartungsvoll an.

»Trink deinen Sprudel«, wies sie mich schließlich an.

Ich starrte sie an und begriff auf einmal das Missverständnis.

Ich nippte enttäuscht an meinem Sprudel, versuchte, dankbar auszusehen, und dachte an meine Eltern.

»Wann kommen denn meine Eltern?«, wagte ich, Frau Birne nach einer Weile zu fragen.

Sie schaute mich komisch an und klopfte auf mein Knie.

»Bald! Keine Sorge.«

»Und wer ist dieser Mann? Der Ivan?«

»Warum?«

»Was hat er denn in der Tschechoslowakei gemacht?«

»Er war Arbeiter. Glaube ich.«

»Wo?«

»In einer Fabrik, nehme ich an.«

Dann schaute sie den Nachrichten zu. Ich fand Ivan verdächtig. Aber ich sagte nichts und hoffte, dass ich mich irrte. Vielleicht war Ivan wirklich nur ein Emigrant, so wie ich.

Die Geschwister kamen zurück und redeten weiterhin sehr laut in ihrem schwäbisch-tschechischen Kauderwelsch.

»MIR HENNA SCHNALPADDA FNKISS!«, verkündete Thomas stolz.

Ich verstand nichts.

»KENNSCHNETT KISS?«, schrie Thomas noch lauter.

Ich schaute die Mutter der Geschwister fragend an.

»Das ist eine Musikgruppe«, erklärte sie.

Thomas nickte und rannte weg. Kurz danach rutschte er wie der geölte Blitz auf seinen Socken zurück ins Wohnzimmer und hielt stolz eine echte Single von KISS hoch.

»SI IUNASAMSIN«, sagte die kräftige Susanna und deutete auf das Cover, auf dem »Sure Know Something« stand.

Mir lief ein wohliger Schauer über den Rücken. KISS waren so cool mit ihrer Schminke und ihren Klamotten.

»Schunasamsin.«

»WOLLEN WIR ES ANHÖREN?«, fragte Susanna.

»Geht nur, ihr verrückten Kinder.«

»ROCKAROLL!«, schrie Thomas.

Wir hörten die Single immer wieder an, und ich hatte das Gefühl, zu der Welt zu gehören, von der mein Vater immer erzählt hatte. Dem Westen. Mit KISS, tschechischen Amerikanern und Sprudel! Das war Rock 'n' Roll!

»BETTBEGIN«, grölte Thomas.

Er nickte wild und mehr oder weniger im Takt mit seinem dichten Rotschopf.

»DAS MACHT MAN SO!«, erklärte Susanna.

Ich kannte das nicht und es sah echt bescheuert aus.

»BETTBEGIN«, wiederholte Thomas.

Ich konnte mir nicht vorstellen, dass jemand, der Paul Stanley oder Ace Frehley hieß, so einen Scheiß machte. Aber Thomas machte weiter, bis die Nadel auf der Platte zu springen begann.

»BETTBEGIN!«

»SCHUNASAMSIN.«

Dann gab ihm Susanna einen Klaps auf den Hinterkopf und Thomas hörte mit »Bettbegin« auf. Die Geschwister prügelten sich kurz, was das Zeug hielt. Susanna war etwas älter und kräftiger und gewann deshalb. Dann sangen sie nach einer kurzen Pause weiter, als wäre nichts gewesen.

»LA LA LA LA LA LA LA LA LA-LA-LAA SCHUNASAMSIN.«

Ich verstand die Geschwister immer weniger, weil sie zunehmend ins Schwäbische wechselten. Aber wir hatten Spaß. Ich grölte mit. Die beiden schrien dabei immer wieder laut in Richtung der Küche nach Übersetzungshilfe.

»WAS HEISST HAUPTSCHULE AUF TSCHECHISCH?«

»Das gibt's da nicht!«, rief die Mutter zurück.

»WAS HEISST SPIELPLATZ?«

»Das gibt's da nicht!«, rief die Mutter zurück.

»WAS HEISST FURZ?«

»Ihr Schweine.« Die Mutter lachte.

»LA LA LA LA LA LA LA LA LA-LA-LAA SCHUNASAMSIN.«

Ich fühlte mich wohl.

»ESSEN!«, schrie die Mutter plötzlich auf Deutsch.

»ESSEN!«, rief Thomas und rannte hinaus.

Ich schaute Susanna an, die mich anlächelte.

»Es gibt was zu essen«, übersetzte sie auf Tschechisch. »Käsespätzle mit Linsen und Würstchen!«

Und Sprudel, dachte ich.

»Willkommen im Schwabenland«, sagte Birne lachend.

Ich schaute das Essen und Frau Birne fragend an.

»Guten Appetit.«

Sie nickte mir zu.

»Guten Appetit«, antwortete ich.

»GUTEN!«, riefen die Kinder und begannen, das Essen hinunterzuschlingen wie Schaufelbagger.

»Und danke«, fügte ich hinzu.

»Seht ihr, ihr Rabauken?! Martin bedankt sich höflich! Der ist nicht so ein Hallodri wie ihr!«

Sie sagte »Rabauke« und »Hallodri« auf Deutsch. Das klang für mich nach Ausdrücken aus dem Jodel-Kurs. Ich schaute Susanna an, die mich angrinste.

Da verpasste die Mutter Thomas einen festen Klaps auf den Hinterkopf.

»Bei Tisch wird nicht gefurzt!«

»ICH WAR'S NICHT. SUSANNA WAR'S«, verteidigte sich Thomas laut.

»GAR NICHT, DU SAU«, polterte Susanna zurück.

»Ich riech doch, dass du's warst! Und jetzt esst«, beendete die Mutter den Streit.

Sie lächelte mich an.

»Schmeckt's dir?«

Die dicken schwäbischen Spaghetti waren eine trockene Angelegenheit, aber ich schlang sie tapfer hinunter und freute mich darauf, noch mehr Rock 'n' Roll zu erleben.

»Martin hat sich jetzt schon eingelebt«, sagte die Mutter.

Ich nickte. Birne zwinkerte mir zu. Die Kinder schmatzten.

»Und wie ihm meine Spätzle schmecken!«

Alle lachten. Die dicken Kinder, der tschechische Amerikaner und Frau Birne selbst. Ich grinste, auch wenn ich keine Ahnung hatte, warum.

Die Staatssicherheit

Draußen schien die Abendsonne, der Asphalt war erhitzt und das Dorf wirkte plötzlich beinahe magisch. So als würde bald etwas ganz Besonderes passieren. Ich vermisste meine Eltern, aber ich fühlte mich zugleich ganz frei. Nie mehr Russisch, nie mehr als Pionier Statuen bewachen, im Dreck robben und im weißen Unterhemd Gymnastik machen. Am liebsten hätte ich Ivanka angerufen, um ihr zu erzählen, was für ein cooler Westjunge ich jetzt war.

Wir spielten auf der Straße Frisbee und versuchten, uns ohne die Hilfe der Mutter zu verständigen. Es gelang uns immer besser, und ich wartete gespannt darauf, welche Abenteuer das westliche Leben noch zu bieten hatte.

»SO!«, schrie die Mutter aus dem Fenster. »AB INS BETT!«

Ich war geschockt. Es war nicht einmal richtig dunkel und wir sollten schlafen gehen? Das sollte die Freiheit im Westen sein? Zu Hause im Osten durfte ich länger aufbleiben. Leider waren meine Eltern nicht da, um das zu bezeugen.

»Echt jetzt?«, fragte ich die Geschwister.

Sie nickten und liefen wie ferngesteuert zum Haus. Ich lief fassungslos hinterher.

»Schaut ihr keine Filme?«, fragte ich.

»Nein«, antwortete Susanna kurz und knapp.

»DÜRFEN WIR NICHT!«, seufzte Thomas.

»Ich konnte deine Eltern bisher immer noch nicht finden«, sagte Birne, als wir das Haus betraten.

Ich erschrak. Was war mit meinen Eltern? Wo waren sie? Warum konnte Birne sie nicht finden? Der Zauber der Freiheit war endgültig verflogen.

Thomas furzte im Bad laut und lachte sich fast kaputt. Ich putzte mir die Zähne mit meiner tschechischen Zahnbürste und schaute traurig aus dem Badfenster. Da sah ich Ivan! Er stand auf der anderen Straßenseite, rauchte und beobachtete dabei das Haus. Wollte er mich ausspionieren?

Nachdem wir uns gewaschen hatten, achtete die Mutter darauf, dass wir ins Bett gingen. Wir durften nicht einmal mehr Musik hören.

»Und keinen Mucks!«, drohte sie.

Thomas furzte laut. Susanna lachte.

»Ihr Schweine!«

Die Mutter lachte ebenfalls und schloss die Tür. Aus dem Wohnzimmer hörte ich die Stimme von Birne. Ich konnte ihn aber nicht verstehen.

»Kennt ihr diesen Ivan?«, flüsterte ich leise.

»Den Nachbar?«, tuschelte Susanna. »Nicht wirklich.«

»Er war ein hohes Tier in der Partei, und dann ist er einfach abgehauen«, erklärte Thomas leise. »Hat Papa erzählt.«

Das traf mich wie ein Pfeil. Und wenn er immer noch in der Partei war und nur hier lebte, um zu spionieren? Ich vermisste meine Eltern und hatte Angst.

Da öffnete sich die Tür. Mama Birne schaute sich im Zimmer um und lächelte mich mütterlich an.

»Willst 'n Sprudel?«

Ich wollte keinen Sprudel. Aber ich konnte auch nicht einschlafen. Ich lauschte den Gesprächen im Wohnzimmer und hatte das Gefühl, dass Birne und seine Frau deutsch sprachen. Warum? Wollten sie etwas vor mir verheimlichen?

»Telefon«, hörte ich plötzlich.

Das hatte Birne gesagt. Ganz sicher. Ich lauschte angespannt. Schließlich stand ich möglichst geräuschlos auf und legte mein Ohr an die Tür. Birne telefonierte. Ich öffnete die Tür und schlich mich in den Flur. Die Geschwister schliefen.

Im Flur kniete ich mich hin und robbte zur Ecke, um ins Wohnzimmer zu schauen. Frau Birne aß knuspernd Chips und beobachtete dabei ihren Mann, der auf Deutsch telefonierte. Er war dabei sehr ernst und wirkte auf mich irgendwie verdächtig.

»Martin«, verstand ich als einziges Wort. Was besprach er da?

»*Tscheckoslowka … Millstrahsse … zweff*«, waren weitere Worte.

Birne legte auf.

»Die kümmern sich«, sagte er auf Tschechisch zu seiner Frau. Wer kümmerte sich? Worum? Um mich? Um meine Eltern? Und dann hörte ich eine dritte Stimme. Dort war noch jemand im Wohnzimmer. Ich robbte ein Stück weiter nach vorn. Und was ich sah, ließ mir das Blut in den Adern gefrieren. Dort saß Ivan! Er aß auch Chips und trank Bier.

Ich robbte zurück zum Kinderzimmer und legte mich lautlos, aber mit rasendem Herzen ins Bett. Ich konnte nicht schlafen. Was lief da gerade? Was hatte Birne mit Ivan zu tun? Und was planten die beiden? Ich hatte Angst. Und plötzlich eine Idee, was los sein könnte: Vielleicht waren meine Eltern längst in einem tschechoslowakischen Gefängnis, und Ivan war hier, um mich ebenfalls zu holen. Und Birne machte mit …

Grundschule Bodenfeld

»GUNSCHUH BODDAFELL«, schrie Thomas aufgeregt.

»GUNSCHUH BODDAFELL IN DER STEBBLESTRAH«, wiederholte Susanna, damit ich es mir endlich merkte.

Mutter Birne sah meine Verzweiflung. Ich konnte mir diese schwierigen Worte nicht merken. Daher notierte sie alles auf einen Zettelblock mit dem Logo des VfB Stuttgart.

»Grundschule Bodenfeld. Stäblestraße 6«, sagte sie. Ich hatte keine Ahnung, wie menschliche Zungen in der Lage sein konnten, das auszusprechen. Was hatte *Gunschuh Boddafell* und *Stebllestrah* mit diesen Worten zu tun?

Ich versuchte, die geschriebenen Worte vorzulesen, als das Telefon klingelte. Birne hob ab.

»Ja, bitte?« Er strahlte mich an und nickte. »Deine Eltern! Sie sind in einem Hotel in der Nähe der Grenze.«

Mein Herz hüpfte vor Freude.

»Der Junge ist schon ein richtiger Deutscher!« Birne lachte. »Isst Käsespätzle und *Saidawischda*.«

Ich wollte ans Telefon. Aber Birne hatte viel zu berichten.

»Kein Problem! Die Kinder verstehen sich. Ich kümmere mich um eine Schule. Kein Problem!«

Ich hörte zu, so unruhig wie ein Hundertmeterläufer kurz vor dem Start.

»Jetzt lasst den Jungen doch mit seiner Mama sprechen«, sagte Mutter Birne bestimmt und nahm Birne den Hörer ab.

»Hallo?«, sagte ich zitternd.

»Hej!«, antwortete Papa merkwürdig lachend. »Wie geht es dir?«

»Gut«, behauptete ich.

»Wir kommen bald auch!«

»Was ist denn passiert?«, fragte ich.

»Die Polizisten wollten uns nur helfen«, erklärte Papa.

»Und der Idiot hat dich einfach mitgenommen«, rief Mama in den Hörer. »Wir haben dem Deppen nur gesagt, dass er nach dir schauen soll. Nicht dass er mit dir über die Grenze fährt!«

Ich blickte zu Birne. Er nickte mir nett lächelnd zu, als hätte er den großen Preis von Monaco gewonnen.

»Das war ein Missverständnis«, beschwichtigte mein Vater. »Das Wichtigste ist, dass wir bald zu dir kommen. Wir müssen hier noch alles klären. Eigentlich müssten wir jetzt in Österreich Asyl beantragen. Aber das kriegen wir hin!«

»Wir kommen bald!«, versprach Mama schnell.

»Birne hat eine Schule für dich gefunden«, fügte Papa hinzu.

»Ich weiß.«

Ich hatte keine Lust auf eine neue Schule.

»Es gibt in Deutschland ein anderes Schulsystem«, erklärte Mama.

Ich dachte daran, dass ich noch immer kein Wort Deutsch sprach. Auch wenn sich die Geschwister und Frau Birne abmühten, die Sprache in mich reinzuschreien. Da fing es an, im Telefon zu piepen.

»Das Geld ist gleich aufgebraucht, mein Schatz«, sagte Mama. Ich merkte, dass sie weinte. Papa nahm den Hörer.

»Mach's gut!«, rief er bemüht locker.

Dann war das Gespräch weg.

Als mich Birne in seinem alten Ford Taunus mit Loch im Boden zur Grundschule Bodenfeld fuhr, spulte ich das Gespräch mit meinen Eltern immer wieder in meinem Kopf ab. Irgendwie fand ich, dass sie sich merkwürdig benahmen. Waren sie wirklich in einem Hotel in Österreich?

»Freust du dich auf die Schule?«, fragte mich Birne.

Ich nickte. Zugleich durchfuhr mich jedoch ein schrecklicher Verdacht: Vielleicht saßen meine Eltern längst im Gefängnis, und die Staatssicherheit zwang sie, mich anzulügen, um mich in Sicherheit zu wiegen. In Wahrheit würden sie mich bald holen!

Ich beobachtete Birne und die Umgebung. Dabei drückte ich nervös meine Plastiktüte zusammen. In der Tüte waren ein Federmäppchen, Hefte mit deutschen Wörtern und ein belegtes Brot. Mit *Wurscht*.

Ich trug neue Kleidung, das heißt, alte Sachen von Thomas. Ich hatte mich für die unauffälligsten Farben entschieden. Glitzer, Wölfe oder Einhörner ließ ich zu Hause.

»Grundschule Bodenfeld«, sagte Birne wieder.

Ich schnürte meine Plastiktüte zusammen, als wollte ich sie erwürgen, und betrachtete einen alten Plattenbau. War das wirklich eine Schule?! Oder eine geheime Spionagezentrale der tschechoslowakischen Staatssicherheit?

Da sah ich Schüler. Viele Schüler. Zu viele Schüler! Ich vergaß für einen Moment meinen Verdacht, meine Eltern könnten schon im Gefängnis sitzen, und hatte nur noch Angst vor der neuen Schule.

Einen Schulranzen hatte ich noch nicht, weil ich die alten Exemplare von Susanna und Thomas zu groß, zu bunt und zu eckig fand. In der Tschechoslowakei waren Schulranzen klein, rund und einfarbig. Ich wollte mich mit so einem riesigen NASA-Rucksack nicht lächerlich machen.

Wir betraten durch ein kleines Eisentor den Schulhof. Alle Kinder auf dem Schulhof hatten diese riesigen NASA-Schulranzen auf! Und alle schauten mich an. Am liebsten hätte ich die doofe Plastiktüte weggeworfen. Aber da waren mein schönes, neues Mäppchen, mein neues Schulheft und mein Pausenbrot drin. Mit *Wurscht*.

Wir liefen zu einem Treppenhaus aus grauem Beton in der Mitte der Eingangshalle. Von dort ging es in den ersten Stock. Hier war es kühl und es waren keine Kinder zu sehen.

Birne klopfte an eine Tür und eine nett lächelnde blonde junge Lehrerin mit Lockenmähne kam heraus und begleitete uns zum Schulrektor. Der Rektor war ein älterer Herr mit grauen Haaren und grauem Anzug. Er gab mir die Hand. »Heil!«

Ich war irritiert. Warum grüßte er mich wie ein Nazi?

»Also, mach's gut.« Birne zwinkerte mir cool zu. Dann war er weg. Und ich war ganz allein. Die Lehrerin erklärte mir etwas, das ich nicht verstand. Aber sie lächelte und deutete in Richtung der Klassenzimmer. Ich folgte ihr stumm.

Die Lehrerin führte mich in ein Klassenzimmer. Ich war verstummt. Sie wies mir lächelnd einen Platz zu, ich setzte mich und versteckte meine Plastiktüte. Dann schaute ich mich um. Die Kinder waren zwar sehr westlich gekleidet, sonst wirkten sie aber nicht anders als die Kinder zu Hause. Einige der deutschen Schüler erinnerten mich vom Typ her sogar an tschechische Kinder.

Die Lehrerin erzählte den Schülern etwas und deutete dabei auf mich. Die Mädchen in der Klasse schauten mich an und lächelten.

Das gefiel mir. Vor allem war ich davon fasziniert, dass die Lehrerin die Schüler immer wieder nach ihrer Meinung fragte.

»Wassdek eidenn?«

Das kannte ich von zu Hause nicht. Dort mussten wir nur zuhören, still sein und aufsagen. Ich beobachtete das alles wie ein interessantes Theaterstück. Und fühlte mich frei. Ich musste nicht mitmachen und war dadurch geschützt.

In der nächsten Stunde hatten wir Mathe bei Herrn Hensler.

Er kam ins Klassenzimmer, holte sein Mathebuch hervor und wollte, ohne »*Wassdek eidenn*« zu fragen, gleich mit dem Unterricht loslegen. Da erblickte er mich und stutzte.

»Hama nuschula? Wihasstatenn?«

Da schossen die Hände meiner schwäbischen Amazonen in die Luft.

»Martin. Ers Asylant.«

»Verstenix.«

Die Mädchen erklärten Herrn Hensler offenbar meine Lebensgeschichte. Er richtete seine Brille und akzeptierte das.

»Asylant.«

Das magische Wort, das mich vor dem Abfragen schützte.

Als die Klingel zur großen Pause schrillte, stürmten alle Kinder hinaus, ohne mich zu beachten. Ich fühlte mich verloren und lief mit meinem Pausenbrot hinterher.

Die Kinder hatten bunte Plastikboxen mit bunt verpackten Snacks und bunte Tetra Paks mit etwas zu trinken dabei. Ich hatte ein Brot mit Butter und *Wurscht*. Am liebsten wäre ich weggerannt, in die Arme meiner Eltern. Aber das ging ja nicht.

Ich aß das Brot und schaute zu den Mädchen, doch sie schienen sich nur im Unterricht für mich verantwortlich zu fühlen. Die Geschlechter waren streng getrennt. Rechts die lärmenden Jungs, die Krieg spielten, links die Mädchen, die Seilspringen übten und die Jungs ignorierten. Ich wartete an der Grenze zwischen beidem darauf, dass die Pause vorbeiging.

Plötzlich sah ich eine Gestalt hinter den Bäumen, die den Pausenhof beobachtete. Es war ein Mann in einem grauen Anzug, der offensichtlich versuchte, nicht gesehen zu werden.

Der Mann verschwand, doch meine Zweifel waren wieder da. Plante die Staatssicherheit, mich zu entführen? Und was führte Ivan im Schilde?

Da stellte sich ein Junge mit schwarzen Haaren neben mich.

»*Tschakommo!*«, verkündete er sehr ernst.

Er deutete auf seine Brust. Er trug ein gelbes T-Shirt, auf das mit einer Stecknadel ein roter Stern geheftet war.

»Martin«, antwortete ich.

Giacomo nickte und zog am Strohhalm seines ›*Zitronen-T*‹. Ich fragte mich, was das wohl war. Noch mehr aber, warum er einen Sowjetstern an seinem gelben T-Shirt trug.

»*Kommunista!*«

Er deutete mit dem Finger stolz auf sich. Ich war sprachlos. Wie konnte das in Westdeutschland sein?

»*Italia.*«

Er deutete auf sich und dann auf die Spitze seiner Ferse.

»*Italia, Italia, Napoli*«, wiederholte er.

»*Československo*«, erklärte ich und deutete auf mich.

Er nickte und ließ das unkommentiert. Ich deutete fragend auf den roten Stern. Er hob den Daumen.

»Kommunista.«

Die Schulglocke läutete und wir liefen zurück. Jetzt erst bemerkte ich, dass Giacomo, der Kommunist, auch in meine Klasse ging.

Der Schulrektor schrieb seinen Namen auf die Tafel: »Herr Heil«. Er hatte mich zuvor nicht mit deutschem Gruß begrüßt, er hieß nur so. Er unterrichtete Religion, las etwas aus der Bibel vor und war von seinem Unterricht sehr ergriffen.

»*Wasgabsu*«, fragte er mich völlig überraschend.

»*Deverstenix*«, riefen die Mädchen blitzschnell.

»Asylant.«

Herr Heil nickte und fragte ein anderes Kind. Ich lehnte mich lässig zurück. Giacomo zwinkerte mir zu.

Als die Schulglocke läutete und der Schultag endlich vorbei war, stürmten alle hinaus. Auch Giacomo. Nur ich nicht. Ich wollte sichergehen, dass keine Männer der tschechoslowakischen Staatssicherheit auf mich lauerten. Ich schaute aus dem Fenster. Es war nichts Verdächtiges zu sehen. Aber ich hatte das Gefühl, dass etwas nicht stimmte.

Der Spion, der aus dem Freibad kam

Die Kirchenglocken begannen, laut zu schlagen. Ich schnellte aus dem Schlaf hoch. Mein Herz pochte wild, denn ich dachte, dass ein Nuklearangriff bevorstand. Die Propaganda aus Ivankas Mund und dem tschechoslowakischen Fernsehen zeigte ihre Wirkung. Doch die Geschwister Birne schliefen friedlich und draußen rannte niemand zum Atomschutzbunker. Es war einfach nur Sonntag.

Als kurz danach auf der Straße eine kleinere Glocke bimmelte, sprang ich aus dem Bett und schaute aus dem Fenster. Das Bimmeln war auch nicht die Gestapo, die tschechische Kinder einsammelte, sondern der Eiermann, der Eier verkaufte. Langsam konnte ich die Ängste, die im Schlaf hochkamen, als kommunistischen Unsinn abtun. Kirchenglocken bedeuteten Gottesdienst, und dem ersten Eindruck nach konnte ich in Westdeutschland keine Nazis ausmachen.

Dafür machte mir, auch im wachen Zustand, etwas anderes Sorgen: Ivan! Bislang war ich von der tschechoslowakischen Staatssicherheit noch nicht verschleppt worden. Vielleicht wartete Ivan aber auch nur auf die beste Gelegenheit. Oder er plante etwas anderes, das ich bislang nicht verstand.

»WIR GEHEN INS FRABBAD!«, schrie mich Thomas an.

»Wohin?«, wollte ich wissen, weil er wie immer gekonnt schwäbische und tschechische Worte mischte.

»FREIBAD«, übersetzte Susanna für mich.

»Die ganze Familienbande geht ins Freibad!«, strahlte mich Frau Birne an.

Familie Birne wollte mir etwas Gutes tun, da ich mir wegen meiner Eltern immer mehr Sorgen machte. Das fand ich nett, auch wenn ich mir nicht sicher war, ob ich der Birnenbande wirklich trauen konnte.

Frau Birne packte, einen deutschen Schlager summend, so viel ein, als würden wir in die Südsee auswandern. Zwei Kühltaschen mit Unmengen an Essen, Obst und Getränken, drei riesige Decken, drei Tuben Sonnencreme, Badesachen, verschiedenste Strandspielgeräte, eine Spielesammlung, Sonnenbrillen und Sonnenhüte.

Mir wurde eine alte Badehose aus braunem Frottee von Thomas angedreht. Sie war ihm inzwischen viel zu klein und hatte ihre besten Jahre lange hinter sich. Ich machte mir darüber keine Gedanken.

Bis sich die Frotteehose dann, sobald ich ins Becken gestiegen war, mit Wasser vollsog und an meinem dünnen Körper herunterhing wie ein Lendenschurz bei einem slawischen Urmenschen.

Die Badegäste schauten mich mit einer Mischung aus Mitleid und Missmut an. So lief man in Westdeutschland offensichtlich nicht herum. Die anderen Kinder trugen die neuesten Badehosen von Adidas und Puma und sahen aus wie Models. Bis auf Susanna und Thomas, die wirkten wie texanische Touristen auf Hawaii. Ihre Badesachen waren voll bunter Blumen und strahlten in den grellsten Farben.

Ich vermutete, dass Susanna und Thomas nicht in Ivans vermeintlichen Plan eingeweiht waren. Denn sie benahmen sich meiner Meinung nach zu auffällig, um Kinderspione zu sein. Bei Mutter Birne und Birne selbst schien mir das ganz anders zu sein.

»Wo sind meine Eltern?«, fragte ich die beiden.

Mutter Birne beschmierte Brote dick mit Leberwurst. Birne machte sich eine Cola mit Eiswürfeln, die wie Sterne geformt waren und die er aus den unerschöpflichen Tiefen der Kühlbox zog. Beide schauten mich überrascht an.

»Was?«

»Wo sind meine Eltern?«, wiederholte ich ganz ruhig.

Ich versuchte herauszufinden, ob sich Birne und seine Frau bei ihren Aussagen über den Aufenthaltsort meiner Eltern in Widersprüche verstricken würden.

»In einem Hotel in Österreich«, antwortete Birne geduldig und nippte an seiner eisgekühlten Cola.

»Und wann kommen sie?«

»Wenn das mit dem Visum geklärt ist«, sagte Mutter Birne.

Die beiden blieben bei ihren Aussagen. Ich traute ihnen trotzdem nicht.

»Cola?«, wollte Birne wissen.

»Ich muss ins Wasser«, erwiderte ich und stand auf.

»ARSCHBOMBEN!«, schrie Thomas auf Deutsch.

Die Geschwister standen auf und folgten mir.

Thomas ließ seinen Worten Taten folgen und machte mit Susanna um die Wette Arschbomben. Birnes Cola hatte inzwischen ein buntes Papierschirmchen. Mutter Birne winkte uns lachend zu. Ich winkte zurück, beobachtete aber die Gegend, um verdächtige Gestalten auszukundschaften.

Alles, was ich sah, waren nur kriegsversehrte Opas, die ohne Bein oder Arm ins Wasser stiegen. So etwas kannte ich von zu Hause nicht. Bei uns war das Fernsehen zwar voll vom Zweiten Weltkrieg und Nazis, aber verwundete Ex-Soldaten gab es nicht.

Da sah ich jedoch erschrocken, dass noch jemand im Freibad war: Ivan! Er stand plötzlich bei Birne und unterhielt sich mit ihm. Dann liefen die beiden in Richtung der Imbissbude. Ich hatte ein komisches Gefühl und entschied, meinem Verdacht zu folgen.

»Ich muss mal!«, log ich die Geschwister an und kletterte aus dem Wasser.

Ich tat so, als würde ich zu den Toiletten gehen. Doch als die Geschwister weiterhin Arschbomben machten, lief ich etwas weiter oben schnell zurück zum Becken. Um nicht aufzufallen, sprang ich ins Wasser und hangelte mich am Rand weiter, bis ich auf der Höhe des Imbisses war. Da das Freibad sehr voll war, konnten mich die Geschwister dort nicht sehen.

Beim Imbiss saßen Leute an weißen Plastiktischen, aßen Pommes, Würstchen und Eis oder tranken Bier. Birne und Ivan unterhielten sich, während Ivan wieder dieses merkwürdige Bier mit Zitrone trank. Die beiden fuchtelten beim Sprechen mit den Armen, als würden sie besprechen, in welche Kiste ich am besten passen würde.

Da bemerkte ich ein Mädchen, das neben mir merkwürdige Rückwärtsrollen machte. Sie lächelte mich an und sagte etwas auf Deutsch. Ich gab ihr pantomimisch zu verstehen, dass ich kein Deutsch konnte. Das schien ihr egal zu sein. Sie machte mir die Rückwärtsrolle vor und forderte mich auf, es ihr gleichzutun. Ich versuchte es, bekam aber nur Wasser in die Nase und musste husten. Das Mädchen lachte. Ich auch.

Wir verstanden uns wortlos, bis ich bemerkte, dass Birne aufstand und zur Birnenburg zurücklief. Ivan lief in die andere Richtung. Ich verabschiedete mich gestisch von dem Mädchen und kletterte schnell aus dem Wasser, um Ivan zu folgen. Er lief bis zum hinteren Ende des Freibads, wo Kinder Fußball spielten.

Er setzte sich auf ein Handtuch zu einem anderen Mann, dem er sofort etwas erklärte. Ich schlich mich im Rücken der Männer etwas näher heran und setzte mich ins Gras. Auf diese Weise bewegte ich mich langsam immer weiter, um nicht aufzufallen. Das Anschleichen, das ich bei den Pionieren gelernt hatte, lohnte sich endlich.

Während mich die älteren Herrschaften auf ihren Handtüchern irritiert anschauten, glaubten sich Ivan und der andere Mann in Sicherheit. Bald war ich so nah, dass ich langsam etwas hören konnte. War das Slowakisch oder sogar Russisch, das die beiden miteinander sprachen?!

»Hallo!«, hörte ich auf einmal eine Mädchenstimme.

Es war das Mädchen aus dem Wasser. Sie trug jetzt rote Sporthosen und ein weißes T-Shirt.

»Michaela!«, erklärte sie, auf sich selbst deutend.

»Martin«, erwiderte ich.

Sie sagte etwas auf Deutsch und deutete auf den improvisierten Fußballplatz. Dort standen drei Jungs und schauten zu uns her. Offensichtlich wurde ich gerade eingeladen, mit ihnen Fußball zu spielen.

Ich blickte zu Ivan und zögerte. Eigentlich wollte ich unbedingt herausfinden, was er plante. Doch Michaela lächelte so nett, dass ich nickte und ihr folgte.

Kurz danach war ich schon mitten im Spiel. Die Jungs unserer

Mannschaft hießen Miroslav, Stefan und Hansi. Miroslav kam aus Jugoslawien, betonte aber sehr bestimmt, dass er Kroate sei. Er war so etwas wie der Kapitän dieser Mannschaft und nahm Fußball sehr ernst. Die Jungs und Michaela folgten seinen Anweisungen genau. Das versuchte ich auch.

Doch ich verstand zum einen fast nichts und war zum anderen durch Ivan abgelenkt. Außerdem hatte ich in meinem Leben selten Fußball gespielt. Nur Eishockey. Hier machte es aber nichts aus, dass ich auf dem Eis eine Enttäuschung und Niete war. Es zahlte sich aus, dass ich in Leichtathletik der Beste war.

Miroslav verstand es schnell, meine Geschwindigkeit auszunutzen, und schickte mich immer wieder mit steilen Pässen los. Er schoss den Ball durch eine Lücke in der gegnerischen Abwehr und ich rannte los wie nach einem Startschuss beim Einhundertmeterlauf.

So konnte ich meiner Mannschaft helfen, ein Tor nach dem anderen zu erzielen. Ich musste dafür den Ball nur wieder zurück an Miroslav spielen. Auch wenn ich bei meinen eigenen Schussversuchen stets weit neben das Tor schoss und von der gegnerischen Mannschaft »Blinder« getauft wurde, verhalf ich meinem Team zum Sieg und vergaß Ivan. Wir hatten gewonnen!

Als ich merkte, dass Ivan weg war, fiel mir auch ein, dass ich seit mindestens zwei Stunden unterwegs war. Ich verabschiedete mich schnell und eilte zurück zur Birnenburg. Die Geschwister saßen mit nassen Haaren in Frotteebademänteln da und aßen schmatzend Pommes. Die Birnes schienen auch nicht besonders besorgt zu sein, dass ich so lange weg gewesen war. Mutter Birne befühlte zwar meine Stirn, weil ich so viel Sonne abbekommen hatte, wirkte dabei aber ein bisschen zu gut informiert.

»Du bist ja ganz verbrannt! Kein Wunder, wenn man so lange in der Sonne Fußball spielt!«

Woher wusste sie das?! Hatte mir Birne nachspioniert? Die Geschwister schauten mich forschend an.

Und da entdeckte ich Ivan wieder! Er stand im Schatten an einem Münzfernsprecher und telefonierte. Was plante er? Ich musste das herausfinden, bevor er mich doch noch nachts einpackte, um mich in den Osten zurückzuschicken.

»Hallo!«, hörte ich wieder eine inzwischen vertraute Stimme.

Neben uns standen Michaela und Miroslav.

Die beiden waren gekommen, um mich etwas zu fragen. Während Mutter Birne Michaela und Miroslav misstrauisch beäugte, übersetzte Susanna bereitwillig für mich.

»Die fragen, ob du bei ihrer Mannschaft mitmachen möchtest.«

»Was für eine Mannschaft?«

Miroslav erklärte es und wirkte dabei äußerst ernst.

»Die Bruckwasenbomber«, übersetzte Susanna.

»Die was?!«

»Das ist eine Straßenfußballmannschaft aus der Gegend hier, die bei einem Turnier mitspielen will«, erklärte Susanna.

Ich freute mich und sagte zu. Wir verabredeten uns für die kommende Woche und wollten uns auf der großen Wiese vor dem Freibad treffen. Daraufhin zwinkerte mir Miroslav zu und lief mit Michaela wieder weg.

Ich schaute ihnen erfreut nach. Vielleicht waren das meine ersten, echten Westfreunde. Doch bevor ich Teil der Bruckwasenbomber wurde, musste ich noch etwas herausfinden: Was wollte Ivan?

Auf Ivans Spuren

Birne lieferte mich am Montag darauf nach der Schule zu Hause ab und musste zurück zur Arbeit. Mutter Birne servierte mir Frikadellen, die sie *Flaaschkichla* nannte. Mit Kartoffelbrei. Sie schmeckten fade, aber ich lächelte dankbar. Dabei hatte ich die ganze Zeit das Gefühl, von ihr beobachtet zu werden. War sie auch eingeweiht in Ivans Plan, mich zu entführen?

Nach dem Essen behauptete ich, keine Lust zu haben, Sprudel zu trinken oder fernzusehen. Ich musste herausfinden, ob ich in Gefahr war und ob meine Eltern wirklich noch in Österreich waren!

»Ich schau mich draußen mal um!«, rief ich in die Küche und wollte möglichst schnell los.

Mutter Birne kam wie ein Blitz in ihrer Schürze heraus.

»Warum?«, fragte sie skeptisch.

»Ich komme bald zurück! Will nur mein neues Zuhause besser kennenlernen«, log ich.

Ich wartete nicht auf ihre Antwort und lief schnell hinaus.

»Aber pass auf die Autos auf«, rief sie mir noch nach.

Auf der Straße sah ich, dass mich Mutter Birne vom Wohnzimmer aus beobachtete. Ich tat so, als würde ich entspannt die Straße hochschlendern. Halb Tourist, halb neuer Anwohner. Als ich aus ihrem

Blickfeld war, setzte ich mich schnell neben einen kleinen Betonanbau für Mülltonnen auf den Boden und beobachtete Ivans Haus.

Er schien zu Hause zu sein. Da ich hinter zwei Autos saß und zwischen den Stoßstangen hindurchschaute, würde er mich nicht sofort sehen.

Ivan werkelte in seinem Garten und lief ins Haus, als das Telefon klingelte. Ich wollte hören, was er redete, und rannte gebückt über die Straße. Ich schlich mich wie ein Spion zum Eingang des Hauses. Dort war ein Warnschild mit einem bissigen Hund angebracht. Ich konnte jedoch keinen Hund sehen oder hören.

Ich überlegte. In den Dörfern meiner Omas hatten die Leute oft Hunde. Aber die bellten stets wild und sprangen gegen die Eingangstore. Ich war mir also sicher, dass dieses Schild eine leere Drohung war und Ivan gar keinen Hund hatte!

Ich zögerte. Sollte ich so mutig sein, tatsächlich auf Ivans Grundstück herumzuschnüffeln? Das wäre zu verrückt. Andererseits wollte ich wissen, ob Ivan nicht doch ein Spion war, der mit Birne ein abgekartetes Spiel spielte und mich bald nachts heimlich entführen und in die ČSSR bringen würde.

Doch dann kletterte ich von einem Impuls angetrieben über den Zaun. Ich versteckte mich an der Hecke, um zumindest von außen nicht gesehen zu werden, und verharrte lauschend und mit klopfendem Herzen. Aber ich hörte nichts. Keinen Hund. Keinen Ivan.

Stattdessen kam Ivan wieder heraus und lief hinter das Haus. Dort werkelte er an einem merkwürdigen Apparat. Es sah aus wie eine Funkanlage. Übermittelte er der Staatssicherheit so seine Erkenntnisse über den Westen?

Ich wollte näher heran. Da klingelte das Telefon schon wieder! Ich stolperte rückwärts, fiel hin und robbte gerade noch zur Treppe, die zum Keller führte. Ich kauerte mich hin, bis Ivan vorbeigelaufen war.

Ich schlich mich wieder hoch und kauerte unter dem Küchenfenster. Dabei hörte ich Ivans Gespräch. Er sprach slowakisch, sodass ich ihn einigermaßen verstehen konnte.

»Ja, bin bereit! Alles fertig.«

Redete er über mich?

»Gut. Halb fünf, *Millahstrahse*. Bis dann!«

Ivan legte auf und kam wieder aus dem Haus. Dieses Mal schloss er die Tür ab. Ich versteckte mich um die Ecke und wartete, bis er weg war. Dann lief ich gebückt über den Rasen, schaute, ob die Luft rein war, und sprang über das Eingangstor.

Wieder auf der Straße, tat ich erneut so, als würde ich schlendern und mich in der superinteressanten Gegend umschauen. Eine der Garagen wurde geöffnet und der Wolga rollte langsam heraus. Es war Ivan. Er fuhr offenbar zu seiner Verabredung.

Ich schaute auf die Kirchturmuhr. Es war zehn nach vier. Ich hatte zwanzig Minuten Zeit, um zur *Millahstrahse* zu gelangen! Ohne zu zögern, rannte ich zurück zum Haus der Familie Birne und lieh mir dort aus dem Schuppen Susannas altes Fahrrad. Rosa mit buntem Lametta am Lenker.

Ich raste durch den Wald in Richtung Göppingen. Es war ganz schön weit, aber im Wald war ein Radweg ausgeschildert, und ich trat in die Pedale, dass das kleine Kinderfahrrad nur so hin und her wackelte.

Nach dreißig Minuten kam ich schweißnass in der Stadt an. Natürlich hatte ich keine Ahnung, wo die *Millahstrahse* war. Ich fuhr eine Weile auf dem kleinen Rad umher, bis ich endlich aus lauter Verzweiflung den Mut aufbrachte, nach dem Weg zu fragen. Ein älterer Herr wusste Bescheid und zeigte mir den Weg.

»Müllerstraße« stand auf dem Schild. Ich schaute in das Schaufenster eines Uhrenladens und sah, dass meine Haare vom Fahrtwind ganz wild abstanden und ich nass war, als wäre ich ins Wasser gefallen. Außerdem fand ich mich auf dem kleinen Kinderrad wirklich lächerlich.

Es war Viertel vor fünf. Ich war eine Viertelstunde zu spät. Ich fuhr die Straße trotzdem entlang, in der Hoffnung, irgendwo Ivan zu sehen. Ich fuhr, so schnell ich noch konnte, um die lange Straße möglichst schnell abfahren zu können.

Da sah ich ihn: Ivan! Ich drückte die Vorderbremsen des kleinen Fahrrads so stark, dass ich fast vornübergefallen wäre. Das Hinterrad hob sich, als würde ich ein wildes Pony reiten. In Rosa.

Ich versteckte mich hinter einem Auto. Ivan stand auf einem Platz mit Gebrauchtwagen und redete mit jemandem. Ich lief auf leisen Sohlen auf die andere Straßenseite, um den anderen Mann sehen zu können. Es war Birne! Ich war schockiert. Also führten die beiden doch etwas im Schilde!

Ich lief gebückt näher, das Fahrrad schiebend, um etwas mithören zu können. Dabei schlich ich mich zwischen zwei gebrauchten Transportern auf den Platz. Doch die beiden waren weg.

»Was machst du denn hier?«, hörte ich Birnes Stimme.

Birne und Ivan standen hinter mir. Ich war ihnen ausgeliefert. War ich in eine Falle getappt?

»Ich wollte mir Göppingen anschauen«, behauptete ich. »Und Autos«, fügte ich hinzu.

»Mit Susannas altem Fahrrad?«

»Äh … ja!«, log ich.

»Du bist ja einer«, sagte Birne kopfschüttelnd. Ich nickte und blickte zu den Transportern. Die beiden könnten mich jetzt packen und damit wegfahren.

»Ivan hat mir geholfen, einen neuen Wagen auszusuchen«, erklärte Birne. »Er kennt sich sehr gut aus mit Autos.«

Ivan winkte.

»Ihr habt euch getroffen, um ein Auto zu kaufen?«

»Ja. Du weißt doch, dass bei meinem alten das Bodenblech herausgefallen ist. Das ist zu unsicher!«

Ich verstand.

Kurz danach saß ich mit Ivan und Birne in Ivans Wolga. Susannas Kinderrad war im Kofferraum. Die beiden redeten über das neue Auto, das sich Birne kaufen wollte. Sein altes musste er heute zum Schrottplatz bringen.

Ich vertraute Ivan noch immer nicht. Aber wir fuhren tatsächlich nach Ebersbach und ich wurde nicht entführt.

Triumph des Nichtschwimmers

Als ich am nächsten Tag in der Schule ankam, stellte ich fest, dass alle Kinder professionelle Sporttaschen dabeihatten. Eine streng schauende Lehrerin in einem schwarzen Adidas-Sportanzug, die mich an eine KZ-Aufseherin aus einem DEFA-Film erinnerte, kam zu mir und schrie mich sofort an.

»*Haschdanix dabe?*«

»*Verstenix*, Asylant«, erklärten die Mädchen beflissen.

Ich nickte bekräftigend. Doch die KZ-Lehrerin hatte kein Mitleid und ließ sich auch von den Mädchen nicht erweichen.

»Asylant«, wiederholte ich.

Sie wollte das nicht hören.

»*Schimmsacha?*«

Die Kinder zeigten mir ihre Schwimmsachen und ich verstand endlich. Heute war Schwimmunterricht. Das hatten mir die Mädchen gestern sagen wollen! Ich hatte nichts dabei.

Die Lehrerin schrie mich an und schickte mich, mit mir unverständlichen Vorwürfen, nach Hause. Ich wartete zwei Stunden wie ein begossener Pudel vor der Schule, bis mich Birne abholen kam.

»Wie war's, Kumpel?«, fragte er auf Deutsch-Tschechisch.

»Ich brauche neue Badesachen«, antwortete ich bestimmt.

Genau eine Woche danach war es wieder so weit. Wir hatten Schwimmen. Dieses Mal war ich vorbereitet. Wir stiegen hinter der Lehrerin in Reih und Glied in einen Bus, der uns zu einer Schwimmhalle fuhr.

Ein Bademeister ließ uns rein. Es roch nach Chlor. Die Mädchen verschwanden in einer Umkleide und ließen mich mit den Jungs allein. Giacomo nickte mir zu. Ich folgte ihm und den grölenden Jungs in die andere Umkleide.

Ich hatte meine neue Badehose vorsorglich zu Hause angezogen, weil ich nicht wusste, wie das mit dem Umziehen in Deutschland funktioniert. Ich schaute mich in der Umkleide um und stellte mit Erstaunen fest, dass alle Jungs diese neuen, hautengen Slips trugen, die bei uns in der Tschechoslowakei nur Mädchen trugen. Tschechische Jungs trugen rote oder blaue Turnhosen. Zu Hause würde man sich über die Jungs in Mädchenunterhosen totlachen. Doch nun lachte man über mich und meine neue Badehose.

Ich fand sie eigentlich sehr schön und modern. Aber die Jungs fanden sie nicht so toll. Es fehlte ihr nämlich etwas ganz Entscheidendes: drei weiße Streifen. Alle tuschelten und kicherten über mich und meine falsche Badehose.

Nur Giacomo nicht. Er war vollkommen ernst wie immer. Er kam mir vor wie ein Erwachsener in einem schmächtigen Kinderkörper. Als hätte er die kapitalistische Welt durchschaut. Und in der gab es verdammt wenig zu lachen.

Ich beobachtete, wie die anderen Jungs ihre Fächer mit Markstücken abschlossen und schreiend zu den Duschen liefen. Ich schaute mich verzweifelt um, und der dicke rothaarige Junge, den alle Stefan nannten, kam näher.

»*Brauscha maak stü*«, erklärte er laut.

Er zeigte mir ein Markstück. Aber ich hatte keines. Stefan wiederholte seinen Satz noch zwei Mal. Ich nickte, hatte aber weiterhin kein Markstück. Er überlegte, was er tun könnte, als die Lehrerin in ihrem schwarzen Sportanzug von Adidas auftauchte. Sie schrie uns verärgert an.

»WASMACHA IDA?«

Ich deutete hilflos auf meinen offenen Spind.

»GEDUSCHA!«, schrie die Lehrerin.

Mir schossen Tränen in die Augen. Selbst wenn mich Ivan an die Staatssicherheit ausgeliefert hätte, hätte es kaum schlimmer sein können. Dachte ich. Die Lehrerin schob mich grob aus der Umkleide und mein Schließfach blieb offen.

Sie zerrte mich durch den kalten Flur in die Duschen, wo es noch stärker nach Chlor roch. Der Einzige, der noch duschte, war Stefan. Er lachte mich an und zeigte mir, wie man die automatischen Duschen betätigte. Dann wurde er von der Lehrerin aufgefordert zu gehen.

»HABAP.«

Er gehorchte und spritzte seine Füße ausführlich mit einer Flüssigkeit ab, von der ich nicht wusste, wozu sie da war. Sie sah aus wie Wasser, schäumte aber. Beim Anblick der Duschen hatte ich nur noch Bilder aus den Propagandafilmen meiner Kindheit im Kopf. Die Gaskammern. Ich schaute die Lehrerin frierend und hilflos an.

»WASCHDIDECKAB!«, grummelte sie und schaltete die Dusche an.

Das Wasser traf mich eiskalt. Ich wartete, bis sie weg war. Am liebsten wäre ich heulend davongelaufen. Das ging aber nicht. Dann ging ich der Lehrerin schicksalsergeben nach. Ich fragte mich, warum sie mich so hasste.

Die anderen Schüler schwammen bereits. Stefan winkte mir zu und sprang mit einem ungelenken Bauchklatscher ins Wasser. Die Lehrerin pfiff mit ihrer Pfeife und stand herrisch am Beckenrand.

Ich beeilte mich und sprang ins Becken. Bisher hatte ich im Wasser immer nur getobt und gespielt, ohne wirklich zu schwimmen. Ich konnte mich gerade so über Wasser halten. Giacomo beherrschte noch weniger. Er hielt sich am Beckenrand fest und zog sich so die Bahn hoch. Als ich mich ebenfalls neben ihm festhielt, kam die Lehrerin mit ihren Badeschlappen klatschend heran und pfiff laut.

»SCHWAMMA!«

Wir versuchten zu schwimmen und die Lehrerin schrie uns dabei von der Seite an. Ich strengte mich an, war froh, dass ich nicht unterging, und sah sie immer wieder verschwommen als schwarze Silhouette am Beckenrand stehen.

Ich schaute mir bei jeder neuen Übung bei den anderen Kindern ab, was wir tun sollten. Jedes Mal lief die Aufseherin neben mir her und schrie mich an. Ich war der Letzte im Becken, kletterte frierend aus dem Wasser und sah, dass sich die Kinder in einer Reihe aufstellen mussten.

»Wett tacha«, sagte Stefan.

Jedes der Kinder sprang einzeln ins Wasser und tauchte, so weit es konnte. Auch wenn ich noch kein Schwimmer war, Tauchen war meine Stärke. In Kralupy hatte ich einmal die ganze Breite eines Beckens geschafft. Die Bahn hier war bestimmt fünf Meter länger. Trotzdem war ich mir sicher, dass ich es weiter schaffen würde als die anderen Kinder.

Einige der Mädchen schafften gerade mal einen Meter und ernteten Gelächter.

»WATTA, WATTA«, schrie die Lehrerin.

Stefan sprang ins Wasser und tauchte aus Versehen zurück zum Startblock. Dort schlug er sich den Kopf an und alle lachten sich kaputt. Er heulte. Ich winkte mit der Hand ab, um ihm zu zeigen, dass alles nicht so schlimm war, aber das interessierte ihn nicht. Stefan rannte heulend in die Duschen.

»WATTA!«

Als Vorletzter war Giacomo dran. Er schaute mich ernst und entschlossen an und sprang mutig ins Wasser. Ich war überrascht, wie gut er tauchen konnte. Er kämpfte entschlossen Meter für Meter und schaffte über die Hälfte der Bahn. Alle Kinder klatschten begeistert Beifall und sogar die Lehrerin klopfte ihm anerkennend auf die Schultern. Giacomo lächelte zum ersten Mal ganz breit und ließ sich feiern.

Ich schaute dem Treiben zu und spürte die Chance, der Lehrerin zu beweisen, dass auch ich etwas konnte. Ich schaute zu ihr. Sie lobte noch immer Giacomo. Ich wartete auf das Signal, dass ich tauchen durfte. Sie schaute mich kühl an wie bei einem Duell, pfiff aber nicht. Ich zögerte. Da sie keine Anstalten machte zu pfeifen, sprang ich ins Wasser.

Ich tauchte, tauchte und tauchte. Ich kämpfte um jeden Zentimeter. Plötzlich kam mir Giacomos Weite sehr, sehr weit vor. Ich hatte das Gefühl, schon jetzt keine Luft mehr zu haben, und es zog mich unerbittlich nach oben. Aber ich gab nicht auf. Ich musste Giacomos Rekord brechen!

So kämpfte ich mich unendlich langsam vorwärts. Mein Körper

konnte nicht mehr, aber ich tauchte weiter. Ich wollte es der Lehrerin und allen Kindern zeigen. Und als ich gerade aufgeben wollte, sah ich es plötzlich vor mir, ganz undeutlich im weißblauen Schleier des Wassers: das Ende der Bahn!

Da nahm ich mir vor, bis an das Ende zu tauchen. Die letzten Züge waren schmerzhaft. Mein Herz hämmerte in meinen Ohren, meine Lunge brannte, aber ich schaffte es, dem Impuls aufzutauchen zu widerstehen.

Der Gedanke, dass ich Giacomos Rekord verdoppeln würde, gab mir die letzte Kraft und die Vorfreude auf meinen Triumph trieb mich bis zum Ziel. Ich schlug an. Ich hatte die gesamte Länge geschafft. Die ganzen zwanzig Meter.

Ich schoss auf der anderen Seite des Beckens aus dem Wasser, holte siegessicher Luft und schaute mich strahlend um, in Erwartung eines tosenden Beifalls.

Doch die Halle war leer.

Alle waren bereits in die Duschen verschwunden. Kinderlachen und das Zischen der Duschen hallten in der leeren Schwimmhalle. Ich verharrte einen Augenblick enttäuscht und keuchend im Wasser. Auch an den bodentiefen Fensterscheiben, von denen aus man ins Bad schauen konnte, war niemand zu sehen. Sogar auf der Straße war alles leer. Ich war ganz allein mit meinem Rekord.

Ich schluckte den Anflug von Tränen herunter, der in mir hochstieg, und kletterte schnell aus dem Wasser. Dann wollte ich, den Geräuschen der anderen folgend, zu den Duschen und rannte los, als ich zwei Gestalten hinter der Glasscheibe des Beckens auftauchen und winken sah.

Mich durchfuhr ein Stromschlag. Die zwei Menschen sahen aus wie meine Eltern. Ich schaute erneut hin und da standen sie. Mama in ihrer grünen Latzhose aus Graz und Papa in seiner coolen Lederjacke und mit seiner Flieger-Sonnenbrille.

Ich rannte zur Glastür. Glücklich und erleichtert. Die Tür ließ sich nicht öffnen. Aber meine Eltern waren jetzt auch in Westdeutschland. Meine Mutter hatte Tränen in den Augen und hielt das Überraschungsei hoch, das ich mir an der Raststätte in Österreich hatte kaufen dürfen. Mein Vater lachte glücklich. Ich heulte, und es war mir egal, ob das jemand sah.

Wir waren wiedervereint. Auch wenn eine Glasscheibe zwischen uns stand und ich Badehosen trug. Ich war nicht mehr allein. Ivan war wohl doch kein Spion.

Die lange Leitung in den Osten

Bei jedem telefonischen Anruf zu unseren Verwandten in die Tschechoslowakei wurde geschrien. Nicht weil es Streit gab, sondern weil die Verbindung so schlecht war. Manchmal hatte ich das Gefühl, meine Eltern würden über den Eisernen Vorhang in den Osten schreien.

»HALLO? HALLO?«

»HALLO!«

»AHOJ!«

»AHOJ!!!«

Am anderen Ende der langen Leitung in den Osten hatten die Menschen nicht nur sehr leise Stimmen, die klangen, als wären sie in einen Brunnen gefallen. Die Stimmen hörten sich auch an, als würde man während eines Orkans beim kleinen Maulwurf anrufen.

»Wie läuft es in *krsks*?«

»Was?«, fragte ich Oma Vera.

»Wie *schks* es in *krsks*?«

Wenn ich eine Frage wegen der akustischen Störungen zweimal nicht verstanden hatte, fragte ich nie ein drittes Mal nach. Das war mir peinlich. Stattdessen antwortete ich mit Standardantworten, die immer passten.

»Gut, Oma. Ja, Oma. Läuft gut, Oma.«

Mein Vater vermutete, dass die Störungen damit zu tun hatten, dass die tschechoslowakische Staatssicherheit mithörte. Unsere Verwandten waren daher stets bemüht, nichts Kritisches oder Politisches zu sagen. Also sprachen wir über Belanglosigkeiten wie das Wetter und eingelegte Gurken.

Da die Anrufe außerdem sehr kostspielig waren, liefen sie ab wie Speed-Dating.

»Ahoj!«

»Ahoj!«

»Wie geht es euch?«

»Gut.«

»Wie geht es euch?«

»Gut.«

»Du, das Telefonieren zu euch ist so teuer.«

»Macht es gut.«

»Ihr auch.«

»Ahoj!«

»Tschuss!«

Meine Eltern hatten sich angewöhnt, beim Abschied manchmal »Tschüss« zu sagen statt dem tschechischen »Ahoj«. Da es uns schwerfiel, die deutschen Umlaute auszusprechen, sagten sie immer nur »Tschuss« statt »Tschüss«.

Doch trotz dieser vielen Probleme, plante ich den wichtigsten Anruf meines Lebens. Und zwar mitten ins Herz des Kommunismus! Dafür hatte ich in ausführlichen Selbstversuchen die kürzeste Variante eines Anrufs ausgeknobelt:

»Guten Tag, ist Ivanka zu Hause?«

»Ja, Moment.«

»Hallo?«, sagte ihre Honigstimme.

»Ich bin über dich hinweg!«

»NEIN!«, schrie Ivanka verzweifelt.

»Tschuss!«

Ich zweifelte jedoch selbst in meinen kühnsten Träumen, dass es so einfach laufen würde. Dennoch bereitete ich mich strategisch auf diesen Anruf vor. Ich wollte wissen, ob sie jemals Gefühle für mich gehabt hatte, und wollte ihr aus irgendeinem Grund auch sagen, dass es aus war!

Der abschließende und idealisierte Ablauf verlief so:

»Ahoj. Wie geht's?«

»Gut.«

»Wie läuft es bei den Pionieren?«

»Sehr gut.«

»Ich muss dir etwas mitteilen. Weil … weißt du noch, als wir im Theater waren? Und in Prag bei der Spartakiade? Und beim Handgranatenweitwurf?«

»Ja?«

»Da waren doch Gefühle zwischen uns!«

»Ja«, gab sie zu. Und wurde in meiner Fantasie rot.

»Also kurz gesagt: Es ist aus!«

Heulanfall. Dramatische Geigen. Regen.

Ich lernte meinen Dialog auswendig und wiederholte ihn immer wieder, inklusive der nötigen dramatischen Pausen. Da meine Eltern noch fast keine Freunde gefunden hatten, saßen sie abends meist zu Hause und schauten fern, obwohl sie nichts verstanden.

Also entschied ich mich für den Sonntagnachmittag. Sonntags fuhren wir oft zu einem Stausee, um dort spazieren zu gehen.

Ich brauchte nur eine Ausrede, um zu Hause bleiben zu können. Schließlich entschied ich mich für einen Klassiker.

»Mama, ich habe Bauchweh.«

Da ich wegen dem Anruf so aufgeregt war, stimmte das sogar.

»Wovon denn?«, wunderte sich Mama besorgt.

»Ich weiß nicht. Ich bleibe heute lieber daheim«, log ich.

»Sollen wir dableiben und dir einen Kamillentee machen?«, schlug mein Vater vor.

»Nein«, sagte ich etwas zu schnell. »Ich lege mich nur hin. Das wird schon wieder!«

Meine Eltern warfen sich sorgenvolle Blicke zu. Offenbar glaubten sie mir kein Wort. Da sie sich ohnehin die ganze Zeit Sorgen um mich, mein Deutsch, meine Zukunft und mein Gemüt machten, dachten sie wohl, mein komisches Verhalten hätte was mit unserer Flucht zu tun.

»Na gut«, seufzte Mama.

»Gute Besserung.«

Dann ließen sie mich in Ruhe und gingen besorgt tuschelnd los. Sie taten mir leid und ich hatte ein schlechtes Gewissen wegen der Lüge. Aber ich wollte Ivanka unbedingt sagen, dass es aus war mit ihr und dem ganzen Osten!

»Ahoj. Wie geht's?«

»Gut.«

»Wie läuft es bei den Pionieren?«

»Sehr gut.«

»Ich muss dir etwas mitteilen. Weil … weißt du noch, als wir im Theater waren? Und in Prag bei der Spartakiade? Und beim Handgranatenweitwurf?«

»Ja?«

»Da waren doch Gefühle zwischen uns!«

»Ja«, gab sie zu. Und wurde in meiner Fantasie rot.

»Also kurz gesagt: Es ist aus!«

Heulanfall.

Immer wieder ging ich mein kleines Theaterstück durch, während ich zum dritten Mal vor Aufregung pinkeln musste.

Dann lief ich in die Küche und aß eine Rippe Ritter-Sport-Schokolade, um meine Nerven zu beruhigen. Ich überlegte sogar, einen Schluck vom schottischen Whisky zu trinken, den sich mein Vater gekauft hatte. Doch schon der Geruch des Whiskys hob meinen Magen und ich ließ es lieber sein.

Als Erstes stellte ich den Wecker meiner Eltern neben das Telefon, um zu sehen, wie lange das Gespräch lief. Mein Ziel war es, unter einer Minute zu bleiben. Es war so aufregend wie vor dem Endspiel der Eishockey-WM Sowjetunion gegen die Tschechoslowakei.

Mit starkem Herzklopfen wählte ich die lange Nummer, die ich aus Versehen zusammen mit meinem Pionier-Ausweis aus der Tschechoslowakei mitgebracht hatte. Ich legte zweimal auf, bevor es überhaupt klingelte.

Dann versuchte ich es ein drittes Mal. Es klackte lange, als würde die Telefongesellschaft die Leitung in den Osten erst noch auslegen wie eine lange, holprige Pflasterstraße. Es klingelte!

Mein Herz blieb beinahe stehen, aber diesmal legte ich nicht auf. Ich wollte kein Feigling sein. Stattdessen hoffte ich inständig, dass niemand zu Hause war.

»Ja, bitte?«, hörte ich die strenge Stimme von Ivankas Mutter.

Mir rutschte das Herz in die Hose. Ich schwieg. Der Sekundenzeiger tickte gnadenlos.

»Hallo!«, bellte sie im Befehlston in den Hörer.

Ihre Stimme klang laut und klar, als wäre sie bei mir in der Wohnung. Ich überlegte, einfach weiter zu schweigen.

»Guten Tag«, antwortete meine zitternde Stimme plötzlich und überraschte mich selbst.

»Wer ist da?«, fragte sie skeptisch.

»Martin Lukáš«, erwiderte ich ängstlich. »Ist Ivanka zu Hause?«, fügte ich mutig hinzu.

»Ja«, sagte sie. »Aber warte mal! Bist du nicht der Junge, der mit seinen Eltern in den Westen abgehauen ist?«

Meine Knie zitterten.

»Ja.«

»Das ist ja ein Ding!«

»Ja.«

»Was haben sich denn deine Eltern dabei gedacht?«, fragte sie vorwurfsvoll. Ich starrte auf den Sekundenzeiger und befand mich plötzlich in einem Verhör.

»Ich weiß nicht«, sagte ich kleinlaut.

»Du bist *umsonst* in die Schule gegangen, dein Vater hat *umsonst* eine Ausbildung genossen und deine Mutter hat sogar *umsonst* studiert! Und das ist euer Dank?«

Über meinen Rücken begannen Schweißtropfen zu laufen. Der Sekundenzeiger tickte unerbittlich und vor meinem inneren Auge summierten sich die Kosten dieses Anrufs ins Unermessliche. Was sollte ich dazu denn sagen?

»Dazu fällt dir nichts ein, was?«, rief sie verbittert. »Weißt du, wie es für Ivanka ist, wenn einer aus ihrer Einheit plötzlich abhaut? Das ist Landesverrat!«

Da war mein Stichwort.

»Könnte ich bitte mit Ivanka sprechen?«, wagte ich mutig zu fragen.

»Hast du wenigstens ein schlechtes Gewissen?«, wollte ihre Mutter erbost wissen.

»Äh.«

»Ihr seid auf die ganze Westpropaganda reingefallen, ihr Narren!«, polterte sie wütend.

Der Sekundenzeiger wurde immer lauter, als würde ich neben dem Big Ben in London stehen. Mein Rücken war nass.

»Weißt du, ob sich die NATO auf einen Angriff vorbereitet?« Ihre Stimme klang freundlicher. Ich war über die Frage sehr irritiert. Bevor ich antworten konnte, hörte ich die Stimme von Ivankas Vater.

»Wer ist das denn?«

»Dieser Lukáš-Junge, der mit seinen Eltern nach Westdeutschland abgehauen ist.«

»Was?«

Der Vater riss den Hörer an sich.

»Hallo?«, rief er laut in den Hörer.

Er klang, als würde er direkt neben mir stehen, in seinen grauen Ostkleidern und beigen Acrylsocken.

»Guten Tag«, antwortete ich brav und starb innerlich wegen der Telefonkosten tausend Tode.

»Ihr seid im Westen?«, wollte er wissen.

»Ja. In Göppingen.«

»Soso. Und wie ist es dort?«

Ich war irritiert. War das eine Fangfrage?

»Schön«, gab ich zu Protokoll.

»Stimmt es, dass es überall Mustang-Jeans zu kaufen gibt? Und Wassermelonen? Und Farbfernseher aus Japan?«

»Ja.«

»Was soll denn diese blöde Fragerei?«, hörte ich Ivankas Mutter verärgert aus dem Hintergrund.

»Sei ruhig und hol das Mädchen mal her«, sagte er ungewohnt streng.

Ich war meinem Ziel näher gekommen. Zu welchem Preis würde sich erst viel später herausstellen, wenn die Rechnung ins Haus flattern würde.

»Sag mal«, raunte Ivankas Vater leise. »Kann man bei euch im Westen wirklich überall Magazine kaufen mit nackten Frauen drin?«

Ich war noch irritierter als zuvor, hatte solche Magazine aber immer wieder aus der Ferne an Tankstellen gesehen.

»Ja.«

»Potz Blitz!«, lachte er begeistert.

Ich schaute auf die Uhr und sah meine Eltern wegen der Kosten schon am Hungertuch nagen. Jedes Ticken des Sekundenzeigers dröhnte in meinen Ohren.

»Da kommt sie«, sagte er plötzlich.

Mein Herz machte einen Purzelbaum.

»Hallo?«, hörte ich eine mir vertraute Stimme. Sie klang verwundert und irgendwie besorgt. Ich war kurz wie erstarrt. Zum Glück hatte ich meinen Text perfekt einstudiert. Ich musste ihn nur noch wiedergeben.

»Ahoj, Ivanka! Wie geht es dir?«

»Gut.«

»Wie läuft es bei den Pionieren?«

»Sehr gut.«

»Ich wollte dich etwas fragen. Weil … weißt du noch, als wir im

Theater waren? Und in Prag bei der Spartakiade? Und beim Handgranatenweitwurf?«

Ich wiederholte meinen vorbereiteten Dialog so hektisch, dass sich die Worte beinahe gegenseitig überholten. Doch bevor ich weitersprechen konnte, hörte ich schweres Atmen in der Leitung. War das die tschechoslowakische Staatssicherheit oder waren es Ivankas Eltern?

»Ja?«, hörte ich Ivankas sanfte Stimme. »Was ist damit?«

»Wie geht es dir?«, wiederholte ich mich zum zweiten Mal.

»Gut. Was möchtest du denn?«

Ich war aus dem Konzept.

»Frag ihn, ob bei ihnen Pershing-Raketen stationiert sind«, zischte Ivankas Mutter leise. Das Schnaufen kam also von der Mutter.

»Mama!«, ärgerte sich Ivanka.

»Jetzt lass das Mädchen mal telefonieren!«, rief Ivankas Vater im Hintergrund. »Frag ihn, ob es bei denen im Westen wirklich keine langen Warteschlangen gibt!«, fügte er hinzu.

Ivanka fragte mich nicht danach. Ihre Stimme klang sanft und ruhig.

»Was möchtest du denn?«

»Ich wollte dir nur sagen …«, begann ich stotternd.

»Ja?«

»Weißt du noch, als wir zusammen an dem Denkmal standen?«

»Ja.«

»Und weißt du noch im Theater, als wir nebeneinandersaßen?«

»Ja.«

»Und bei der Spartakiade? Weißt du noch?«

»Ja, ich weiß das alles.«

Ich wollte dir sagen, dass es aus ist! Ich liebe dich nicht mehr, schrie es in mir. Aber ich blieb stumm. Ich wusste nicht, ob das wirklich stimmte. Wir schwiegen.

»Ja?«, fragte sie nach einer Weile.

»Ich wollte dich nur noch einmal anrufen.«

»Gut.«

»Ja.«

Wir schwiegen.

»Wird das nicht zu teuer für dich?«, wollte sie nach einer Weile wissen. Wie eine Erwachsene.

»Ja, das wird es.«

Und dachte, dass sie jeden Pfennig wert war.

»Ich muss auch wieder auflegen.«

»Ja«, sagte sie freundlich.

»Auf Wiederhören«, murmelte ich.

»Ahoj«, antwortete sie sanft, und es machte klack. Sie hatte aufgelegt.

Ich hatte über fünf Minuten telefoniert. In meinem Kopf konnte ich hören, wie sich die Kosten zu einem riesigen Berg anhäuften. So hoch wie Dagobert Ducks Geldhaufen. Doch ich fühlte mich merkwürdig glücklich. Auch wenn ich Ivanka nicht gesagt hatte, dass es mit ihr und dem Kommunismus endgültig aus war.

Ich legte eine Kassette in die Stereoanlage meines Vaters ein und hörte ABBA. Ich verstand den Text nicht. Aber ich hatte das Gefühl, kurz bei Ivanka zu sein. Fast so wie damals, als sich unsere Arme auf der Lehne des Theatersitzes berührt hatten.

Doch schon am nächsten Tag legte ich die Gedanken an Ivanka endgültig ab. Ich schwang mich auf mein neues Fahrrad, das ich seit Kurzem stolz mein Eigen nennen durfte, und fuhr auf die andere Seite der B10 nach Bruckwasen. Mein Stahlross war ein echtes Bonanzarad mit Bananensattel und einem coolen Schalthebel zwischen den Beinen. Ein silberner Traum, auf dem ich mich sehr westlich fühlte.

So tauchte ich zum ersten Training der Bruckwasenbomber auf. Miroslav, den ich jetzt Micki nennen durfte, begrüßte mich auf der Wiese vor dem Freibad erfreut und stellte mich der Mannschaft vor. Michaela kannte ich ja schon. Sie trug wieder ihre roten Sporthosen und ein weißes T-Shirt. Sie steckte in riesigen Fußballschuhen von Adidas. Sie strahlte mich an.

Ich gab den anderen Kindern förmlich die Hand und wärmte mich unter Mickis professioneller Anleitung für meinen ersten Einsatz auf. Ich bemühte mich, alles richtig zu machen. Auch wenn ich die meisten Fachausdrücke nicht verstand und nicht wusste, was ein Abseits war oder wann ein falscher Einwurf vorlag. Ich gab mein Bestes und war dabei glücklich und stolz. Denn ich hatte Freunde gefunden.

GLOSSAR

Die **AMAZONEN** sind in der griechischen Mythologie Frauen, die wie Männer in den Krieg ziehen und kämpfen.

Das **BOLSCHOI BALLETT** ist eine weltberühmte Ballettkompanie aus Moskau.

DAS KOMMUNISTISCHE MANIFEST ist eine philosophische und theoretische Schrift von Karl Marx und Friedrich Engels, in der die beiden das Programm der kommunistischen Weltanschauung entwickelten.

FRIEDRICH ENGELS war ein deutscher Philosoph, der gemeinsam mit Karl Marx »Das Kommunistische Manifest« verfasst hat und dadurch zum Vordenker des Kommunismus wurde.

Der **EISERNE VORHANG** war die bildliche Beschreibung der Grenzen zwischen dem kapitalistischen Westen und dem kommunistischen Osten in den Jahren nach 1945 bis zur politischen Wende 1989.

FRED ASTAIRE war ein Tänzer, Sänger und Musicaldarsteller aus Hollywood und ein großer Star der Dreißiger- bis Fünfzigerjahre.

GESTAPO (»Geheime Staatspolizei«) war eine Polizeiorganisation in der Zeit des Nationalsozialismus, die politische Gegner brutal verfolgte.

HELD DER SOZIALISTISCHEN ARBEIT war eine Auszeichnung für besondere Verdienste im Aufbau des Sozialismus.

IMPERIALISTISCHER KLASSENFEIND war die sozialistische Bezeichnung für den westlichen Kapitalismus, insbesondere die USA. »Imperialistisch« ist dabei eine Bezeichnung für Staaten, die ihr politisches System auf andere Länder ausweiten wollen. »Klassenfeind« leitet sich aus der kommunistischen Theorie ab, dass sich in einem Staat verschiedene Klassen (z. B. Arbeiter und Fabrikbesitzer) feindlich gegenüberstehen.

IVANKA ist die Verkleinerungsform von Ivana und dient der Verniedlichung.

JURIJ GAGARIN war ein sowjetischer Kosmonaut (im Westen Astronaut), der 1961 als erster Mensch mit einer Rakete ins Weltall geschossen wurde und in einer Kapsel die Erde umrundete.

KALASCHNIKOW ist ein Maschinengewehr sowjetischer (jetzt russischer) Bauart.

KAREL GOTT, »Die goldene Stimme aus Prag«, war ein berühmter und beliebter Schlagersänger aus Prag, der in Deutschland vor allem durch das Titellied der Kinderserie »Biene Maja« bekannt wurde.

Die **KASSETTE** ist die Kurzform für Kompaktkassette. Ein Tonträger, bei dem die Musik auf ein Tonband aufgezeichnet und wiedergegeben wurde.

Ein **KONTERREVOLUTIONÄR** bezeichnet das Bestreben, eine Revolution durch eine Gegen-Revolution wieder rückgängig zu machen, also z. B. den Sozialismus wieder abzuschaffen.

KONSUM war eine Handelskette aus Supermärkten, die alle zu einem einzigen, staatlichen Betrieb gehörten.

KYRILLISCHE SCHRIFT ist eine Buchstabenschrift, die in vielen ost- und südslawischen Sprachen in Europa und Asien verwendet wird, z. B. in Russland (in der Tschechoslowakei nicht).

LAIKA war ein Hund, der als erstes Lebewesen 1957 von der Sowjetunion ins All geschossen wurde.

LENIN, Wladimir Iljitsch, war ein russischer Politiker und Revolutionär, der als Begründer der Sowjetunion gilt.

KARL MARX war ein deutscher Philosoph, der gemeinsam mit Friedrich Engels »Das Kommunistische Manifest« verfasst hat und dadurch zum Vordenker des Kommunismus wurde.

KOSMOS ist das im Ostblock verwendete Wort für das Universum bzw. Weltall.

KATJUSCHA-RAKETEN sind sowjetische Raketen, die mit einem Mehrfachraketenwerfer sehr schnell abgeschossen wurden.

NATO ist das westliche Militärbündnis der kapitalistisch orientierten Staaten und wurde insbesondere als Abschreckung gegen die sozialistischen Staaten des sogenannten »Warschauer Paktes« gegründet.

Die **OKTOBERREVOLUTION** war die gewaltsame Machtübername 1917 in Russland durch die Kommunisten unter der Führung Lenins.

Der **OSTBLOCK** war die Bezeichnung des Westens für die sozialistischen Länder des Ostens.

PARTISANEN sind bewaffnete Widerstandskämpfer, die zu keiner offiziellen Armee gehören.

PERSHING-RAKETEN sind militärische Raketen der US-Streitkräfte und der NATO.

Anders als im Kapitalismus, wo die Nachfrage den Bedarf an Konsumartikeln bestimmt, war (und ist) in sozialistischen Ländern das **PLANSOLL** ein im Voraus gemachter Plan, was produziert werden soll.

RON PETERSON war ein Formel-1-Rennfahrer der Siebzigerjahre.

RUSSISCHE EIER ist eine Vorspeise aus hart gekochten Eiern, mit Remoulade und Kaviar verziert.

SPARTAKIADE waren regelmäßig stattfindende Sportwettkämpfe der sozialistischen Länder für junge Menschen.

ŠKODA ist eine tschechische Automarke.

Die **STAATSSICHERHEIT** (oder StB) war ein Geheimdienst, der den sozialistischen Staat gegen Feinde aus dem Inland schützen sollte.

TRABANT war ein Auto aus DDR-Produktion, dessen Karosserie aus Kunststoff bestand.

Die **TSCHECHOSLOWAKEI** war ein Staat, in dem die heutigen Staaten Tschechien und Slowakei von 1918 bis 1990 vereint waren. Von 1960 bis 1990 als »Tschechoslowakische Sozialistische Republik«.

Das **VISUM** ist eine in einen Pass eingetragene amtliche Bestätigung eines Landes, dass der Inhaber dieses Passes in das Land einreisen bzw. sich dort aufhalten darf.

WOLGA ist ein russischer Fluss und war eine russische Automarke.

Natürlich magellan©

FSC
www.fsc.org
MIX
Papier aus verantwortungsvollen Quellen
FSC® C083411

Wir pflanzen Bäume
Für unsere Umwelt
www.magellanverlag.de

FAIR PRODUZIERT
www.magellanverlag.de

Hergestellt in Deutschland
Gedruckt auf FSC®-Papier
Lösungsmittelfreier Klebstoff
Drucklack auf Wasserbasis

1. Auflage 2021

Vermittelt durch die Literaturagentur
im Verlag der Autoren, Frankfurt am Main
Umschlaggestaltung: Christian Keller
unter der Verwendung von Motiven von shutterstock / Zonda
Druck: CPI, Leck
ISBN 978-3-7348-5054-7

www.magellanverlag.de